AILLEURS, CHEZ MOI

ÉGALEMENT CHEZ POCKET

L'homme qui voulait vivre sa vie
Les Désarrois de Ned Allen
La Poursuite du bonheur
Rien ne va plus
Une relation dangereuse
Les Charmes discrets de la vie conjugale
La Femme du Ve
Piège nuptial
Quitter le monde
Cet instant-là
Cinq jours
Mirage
La Symphonie du hasard – Livre 1
La Symphonie du hasard – Livre 2
La Symphonie du hasard – Livre 3
Isabelle, l'après-midi
Les hommes ont peur de la lumière
Et c'est ainsi que nous vivrons
Ailleurs, chez moi

Récits

Au pays de Dieu
Au-delà des pyramides
Combien ?
Toutes ces grandes questions sans réponse

Nouvelles

Murmurer à l'oreille des femmes

Douglas Kennedy

Douglas Kennedy est né à New York en 1955 et vit entre Londres, Paris et Berlin. Auteur de trois récits de voyage remarqués – *Au pays de Dieu* (2004), *Au-delà des pyramides* (2010) et *Combien ?* (2012) –, il s'est imposé avec *Piège nuptial* (1997), porté à l'écran par Stephen Elliot, *L'homme qui voulait vivre sa vie* (1998), adapté au cinéma par Éric Lartigau en 2010, avec Romain Duris et Catherine Deneuve, et *Les Désarrois de Ned Allen* (1999). Ont suivi *La Poursuite du bonheur* (2001), *Rien ne va plus* (2002) – Prix littéraire du Festival du cinéma américain de Deauville 2003 –, *Une relation dangereuse* (2003), *Les Charmes discrets de la vie conjugale* (2005), *La Femme du Ve* (2007) – adapté au cinéma en 2011 par Pawel Pawlikowski, avec Kristin Scott Thomas et Ethan Hawke –, *Quitter le monde* (2009), *Cet instant-là* (2011), *Cinq jours* (2013), *Murmurer à l'oreille des femmes* (2014), *Mirage* (2015), *Toutes ces grandes questions sans réponse* (2016), *La Symphonie du hasard* (2017-2018), *Isabelle, l'après-midi* (2020), *Les hommes ont peur de la lumière* (2022), *Et c'est ainsi que nous vivrons* (2023) et *Ailleurs, chez moi* (2024). Tous ses ouvrages ont paru chez Belfond et sont repris chez Pocket. Douglas Kennedy a également publié une série de livres jeunesse illustrés par Joann Sfar, *Les Fabuleuses Aventures d'Aurore*, aux éditions PKJ.

Retrouvez toute l'actualité de l'auteur sur :
www.douglas-kennedy.com

DOUGLAS KENNEDY

AILLEURS, CHEZ MOI

Traduit de l'anglais (États-Unis)
par Chloé Royer

belfond

Titre original :
ABROAD AT HOME

ISBN : 978-2-266-35156-0
Dépôt légal : novembre 2025

À Evy et David Jester

« Le despotisme des factions n'y est pas moins
à redouter que celui d'un homme.
Mais, pour perdre la liberté politique,
il suffit de ne pas la retenir, et elle s'échappe. »

Alexis DE TOCQUEVILLE,
De la démocratie en Amérique, 1848

« L'Amérique est le pays le plus bruyant
qui ait jamais existé. »

Oscar WILDE,
« Impressions personnelles sur l'Amérique », 1884

Prologue

Simple question préliminaire : qu'est-ce qu'un Américain ?

Central Park dans la pénombre. À moins d'avoir envie de mourir, il valait mieux ne pas se trouver là après le coucher du soleil à la fin des années 1960 – alors que la ville de New York comptait plus de trois mille homicides par an. À l'époque, ce chef-d'œuvre de verdure urbaine était considéré la nuit comme une zone de non-droit. Des histoires circulaient sur des âmes téméraires qui s'étaient aventurées dans ses ténèbres et n'en étaient jamais revenues. Pourtant, ce soir-là, je suis entré dans Central Park avec mon père. J'avais quatorze ans. Papa, un ancien marine d'un mètre quatre-vingt-cinq élevé à Brooklyn pendant la Grande Dépression, était un glorieux vétéran de la Seconde Guerre mondiale, miraculeusement rescapé de la boucherie d'Okinawa (quatre-vingt-deux jours de massacre et presque deux cent mille morts dans les deux camps, américain et japonais). Ce n'est que bien des années plus tard, une fois devenu adulte, que j'ai compris cette *totentanz* autodestructrice qui le caractérisait : la guerre l'avait brisé psychologiquement, altérant le cours de son existence entière.

À l'été 1969, je savais déjà une chose – mon père était du genre colérique. Il ne retenait jamais sa colère sur des sujets aussi divers que les cheveux longs (qu'il ne supportait pas), les étudiants d'extrême gauche et les militants africains-américains. Il était pourtant capable de nuance quand il s'agissait des manifestations pacifiques contre la guerre ou en faveur des droits civiques, mais, pour un homme d'une quarantaine d'années à peine, il me paraissait déjà retranché dans ses convictions conservatrices et n'était pas avare de platitudes. Une de ses sorties favorites était celle-ci : « Je ne suis pas comme ces *rednecks* qui disent : "Mon pays, à tort ou à raison" [pour citer un slogan de droite très populaire à l'époque], mais… "Mon pays a raison", le voilà, mon credo. »

Il avait joué au hockey sur glace au lycée, et il était très populaire auprès de tout le monde – du moins jusqu'au moment, qui finissait toujours par arriver, où il vous disait d'aller vous faire foutre. Il transpirait une virilité excessive, suivant en cela les standards de la domination masculine américaine. Et il était si grand… Quand j'avais quatorze ans, il me dépassait d'une demi-tête, mais j'ai fini par le rattraper vers la fin de mon adolescence. J'ai compris très tôt qu'il me considérait, moi, son fils aîné, comme une sorte d'anomalie. J'avais les pieds plats et les genoux cagneux, ce qui me donnait une démarche élastique, à la Jacques Tati, et m'attirait les moqueries impitoyables de mes camarades d'école puis, plus tard, d'université.

« Ce qu'il te faudrait, m'a dit un jour mon père, c'est un instructeur des marines qui avance à côté de toi avec une règle en bois et qui te file un bon coup sur la tête chaque fois que tu t'obstines à marcher n'importe comment. »

Je ne suis pas certain qu'il ait été présent quand l'orthopédiste – le magnifiquement nommé Dr Ballensweig – avait expliqué que j'étais né avec des défaillances musculaires qui me faisaient rebondir comme un ballon de basket quand je marchais, mais peu importe. Ma démarche perturbait mon père. Tout comme l'habitude que j'avais prise de lire avec avidité chaque week-end la rubrique Arts et Loisirs du *New York Times*. Il savait que j'achetais des places pas chères pour aller voir des spectacles à Broadway. Pour mes treize ans, j'avais demandé à mes parents un seul cadeau : un abonnement annuel au musée d'Art moderne, grâce auquel j'accéderais gratuitement à la cinémathèque située au sous-sol du bâtiment. J'avais toujours le nez dans un livre, et j'empruntais les œuvres de Mailer, de Vonnegut, d'Updike et de Salinger à la bibliothèque du quartier. La culture n'était pas complètement absente de la vie de mon père : amateur de danse classique, il m'avait emmené voir les chefs-d'œuvre modernes de Balanchine au New York City Ballet et pouvait discourir avec passion sur la *Missa Solemnis* de Beethoven ou le *Don Giovanni* de Mozart. Lorsque j'ai appris que Beethoven avait écrit cette messe pour apporter un peu de consolation existentielle à ceux qui, comme lui, avaient connu des coups du sort cruels, j'ai compris : mon père tentait lui aussi de trouver du réconfort dans la métaphysique musicale du grand compositeur.

Après tout, bien qu'il ne pratique plus la foi catholique, il était resté obstinément attaché à toute sa structure doctrinale (exception faite du Sixième Commandement, celui qui proscrit l'adultère). J'ai déjà raconté dans un autre livre la première fois que j'ai découvert les aventures extraconjugales de mon père – le mari de sa maîtresse du moment avait téléphoné chez nous un après-midi, après avoir clairement abusé des gin martinis, et m'avait tout raconté.

Sacré coup de fil – qui, dans notre société actuelle si sensible, aurait valu à ce mari furieux quelques désagréments. Mais, en 1968, personne ne s'était formalisé qu'un garçon de treize ans soit informé que son père « sautait » la femme d'un autre. Des décennies plus tard, sur le divan d'un psy, j'ai raconté cet incident et évoqué l'hypothèse que cet événement soit à l'origine de cette propension à tout compartimenter intérieurement, qui a fait de moi un romancier. Cette révélation brutale m'avait aussi ouvert les yeux sur autre chose : notre famille (mes parents, mes grands-parents, mes tantes paternelles et leurs maris) était le parfait exemple de l'éternelle discorde domestique. Pourquoi cette misère affective sans fin ? Leur mésentente était-elle le reflet non seulement de leur situation, mais aussi des limites qu'ils percevaient en eux-mêmes ? Je ne comprenais pas comment ce grand et beau pays qui était le nôtre – un pays que le monde entier nous enviait, la terre élue de Dieu (ainsi que les partisans les plus extrêmes de la guerre froide aimaient le rappeler) – pouvait accumuler autant de conflits. La guerre du Vietnam faisait rage. Les manifestations contre ce fiasco géopolitique inhumain et meurtrier se poursuivaient sans faiblir.

Aux quatre coins du pays, les ghettos s'enflammaient – alors que les Noirs américains s'indignaient, à juste titre, de la pauvreté et du piètre statut social dans lesquels ils étaient maintenus de force, sans la moindre possibilité de s'en extirper.

Tant de fractures. Tant de violence. Et pour mon père, qui avait grandi dans un minuscule appartement pendant les années 1930, le fait que toutes les vieilles valeurs américaines – en particulier la suprématie masculine blanche – soient ainsi remises en cause était une source constante de désarroi et de fureur. Il n'était pas le seul à ressentir ça. Ses collègues de travail, ses amis mariés (qui semblaient tous, sans exception, haïr la prison conjugale dans laquelle ils s'étaient enfermés), et à plus forte raison leurs épouses (qui, comme ma mère, avaient étudié à l'université pour finalement se retrouver coincées dans l'existence pré-féministe de femme au foyer) – tous exprimaient amertume et ressentiment… surtout après quelques verres de vodka. Les deux sœurs de mon père étaient malheureuses en ménage. Mes grands-parents maternels ne se supportaient pas (mais restaient ensemble par obligation et par habitude), et je ne connaissais personne, que ce soit à l'école ou parmi les amis de mes parents, dont le « domicile conjugal » était un tant soit peu harmonieux. Seul Bob, le cousin de ma mère, et sa femme Ann paraissaient sincèrement heureux ensemble.

Pourtant, notre culture ne cessait de glorifier la famille comme un refuge idéalisé permettant d'échapper aux tracas de la vie. Toutes les chansons populaires, les films et les séries télévisées, à une époque où la télévision était considérée comme un loisir bas de gamme et idiot, parlaient de l'amour comme du saint graal des aspirations humaines. La quête ultime était celle de l'âme sœur capable de nous sauver de la solitude et des rigueurs de l'existence. Alors *pourquoi* commençais-je déjà à comprendre (je n'étais pourtant qu'un adolescent encore largement ignorant) que cette « poursuite du bonheur » (objectif entériné par notre Constitution) était peut-être vaine ? Et que ce besoin, si profondément américain, de vénérer la félicité familiale n'était qu'un moyen de dissimuler nos névroses sous un vernis d'idéalisation ?

Au sein de la famille, le chaos ; au sein de la patrie, le chaos également. À la fin des années 1960, tous nos principes traditionnels et ancestraux vacillaient sur leurs bases – et l'impression d'unité qui régnait de la côte Est à la côte Ouest commençait à se fissurer. Pour ne rien arranger, un nouveau code moral dissolu (à en croire les think tanks conservateurs) détruisait nos valeurs sociales. Le divorce, autrefois considéré comme un choix personnel incompréhensible, indicateur de psychose et de narcissisme, était soudain devenu une stratégie ordinaire et acceptable pour fuir une conjugalité dysfonctionnelle. Les traditionalistes prétendaient que faciliter le divorce, en plus d'annihiler le socle de la vie américaine – la famille –, créerait une génération d'enfants à la fois déstabilisés et enhardis par cette prise de conscience : les vœux du mariage n'étaient plus un contrat inaliénable, un asservissement jusqu'à la mort. Il était maintenant possible de s'en aller. Mon père ne rêvait que de cela – ma mère était de nature fragile et leur union n'était que de façade, sans amour ni intimité physique –, ainsi qu'il me le confiera plus tard. Mais, en bon catholique (qui n'hésitait pas cependant à batifoler avec d'autres femmes), il n'a jamais pu se résoudre à quitter l'épouse qu'il détestait tant.

Rage intérieure ; rage extérieure. La danse américaine si parfaitement interprétée par mon père, cet homme que j'aimais tout autant que je le craignais. Je mendiais son approbation, bien conscient que je ne l'obtiendrais jamais. Quand, vers quarante ans, j'ai enfin rencontré un certain succès en tant qu'auteur, mon père écumait de colère. Il venait justement de perdre son emploi à cause de son tempérament explosif et de ses tendances à l'autosabotage. Ayant très peu d'argent de côté, il était fauché. Le jour où j'ai signé un chèque pour régler les charges annuelles de son appartement, qu'il ne pouvait tout simplement pas payer, il l'a extrêmement mal pris. Nous étions au bar de l'hôtel où je logeais pour quelques jours, en visite depuis Londres.

« Pourquoi tu fais ça ? m'a-t-il demandé.

— Parce que tu as besoin d'argent.

— T'essaies de m'émasculer.

— Pourquoi tu t'énerves comme ça ?

— Parce que je me suis toujours dit que t'étais qu'un petit branleur intello. Et peut-être que je le pense encore.

— Tu n'es pas obligé de prendre cet argent », ai-je murmuré en m'efforçant de ne pas montrer à quel point il venait de me blesser.

Il a pris le chèque. Puis il a commandé une nouvelle tournée.

« Si tu t'avises de payer pour ces verres, m'a-t-il averti, je te brise les doigts.

— Tu peux payer, papa.

— Ben tiens, évidemment que je peux. »

Sa voix exprimait à la fois la bravade et la défaite tandis qu'il pliait l'addition pour la ranger dans sa poche.

Freud prétend qu'il arrive un moment, dans la vie d'adulte, où le fils tue le père. Pour moi, ça a été ce moment-là ; et, trois ans plus tard, la découverte des malversations de mon frère nous a définitivement séparés, puisque mon père a pris le parti de son fils cadet en choisissant d'ignorer son irresponsabilité par rapport à l'argent et sa malhonnêteté. Il avait l'impression de rétablir une sorte d'équilibre : d'après sa vision conservatrice du monde, les intellectuels de centre-gauche n'étaient pas censés réussir dans la vie. L'une des nombreuses raisons pour lesquelles il admirait Ronald Reagan – le Président que je prenais un malin plaisir à critiquer devant lui en l'appelant « le prince pas très charmant », sans parler de ses talents d'acteur déplorables – était qu'il représentait une sorte de cheval de Troie néoconservateur : l'image débonnaire et nostalgique de l'Amérique des cartes postales d'antan. Un mythe qui n'était qu'un mensonge, mais qui comblait le besoin national de croire à nos propres fictions.

L'ère Reagan est aussi l'époque où la désunion américaine s'est accélérée. Vu d'ici, à travers les années, on pourrait presque considérer que mon père et moi jouions à l'époque une version miniature de cet affrontement idéologique. Papa, fidèle à lui-même, ne se lassait jamais de me rappeler que son camp était en train de gagner la partie… Même s'il était bien conscient que le système d'entreprise qu'il défendait avait fini par le dévorer à son tour.

Mais, en ce soir de juillet 1969, ses préoccupations ne tournaient pas autour des divisions nationales passées, présentes ou à venir. Non, nous étions là pour célébrer un véritable triomphe scientifique et technologique : un Terrien venait de poser le pied sur la Lune. Et cet événement incroyable était une prouesse purement américaine : notre acharnement, notre capacité d'innovation, notre imagination visionnaire, notre optimisme indéfectible avaient porté leurs fruits à l'instant où Neil Armstrong avait laissé son empreinte sur la surface grêlée de cet astre flottant loin au-dessus de nos petits soucis quotidiens. Et, parbleu, on y était arrivés avant ces affreux Soviétiques totalitaires. Les gentils avaient gagné. C'était en tout cas ce que pensait mon père lorsqu'il a désigné du doigt la sphère spectrale suspendue dans le ciel en disant :

« Retiens bien ça, Douglas. À partir d'aujourd'hui, c'est notre lune. »

Un autre souvenir américain de l'année 1969.

C'était un vendredi matin, au mois de juin. Mon père se dépêchait de partir au bureau. Ma mère, vêtue d'une robe de chambre et déjà en pleine effervescence (alors qu'il n'était que 7 h 30), le houspillait à propos de quelque chose dans la cuisine. Quand la dispute s'est envenimée, je me suis réfugié dans ma chambre sous prétexte d'aller m'habiller – hélas, l'année scolaire avait déjà pris fin et j'étais donc privé de mon échappatoire quotidienne à la dépression de ma mère, qui s'aggravait chaque soir quand mon père rentrait du travail. Malgré la petite salle à manger et les deux murs séparant ma chambre de la cuisine (nous vivions à cinq dans un appartement de cent mètres carrés dans l'Upper West Side), j'entendais encore leurs voix furieuses – ces disputes incessantes se sont poursuivies jusqu'en 2010, date à laquelle mon père, alors très âgé, a été interné en maison de soins pour un début de maladie d'Alzheimer après avoir tenté de défoncer le crâne de ma mère à coups de canne. Mais cet apogée de leur long mariage malheureux ne surviendrait pas avant des décennies, et, en ce matin de juin 1969, ils s'adonnaient seulement à ce qui était le calvaire quotidien qu'ils s'infligeaient l'un à l'autre, comme je le sais maintenant. L'infélicité est une roue de hamster qui ne cesse jamais de tourner… tant que personne n'a le courage d'y mettre fin. Mes parents menaçaient régulièrement de divorcer – ce qui me terrifiait, moi, leur fils aîné, parce que cela aurait signifié me retrouver sous la responsabilité de ma mère (puisque mon père voyageait sans cesse pour son travail). Grandir dans une telle atmosphère d'hostilité m'a rendu indépendant très jeune : dès l'adolescence, j'ai pris l'habitude de me cacher dans des théâtres, des cinémas, des salles de concert et même des clubs de jazz (j'en reparlerai plus loin). Cela m'a aussi doté d'une anxiété permanente que, grâce à de nombreuses années de thérapie, je considère à présent comme faisant partie intégrante de ma personnalité… et comme l'une des choses qui ont fait de moi un écrivain très prolifique.

Mais je m'égare…

10 juin 1969. Il me restait moins de deux semaines avant de partir en camp de vacances dans le Maine, ce que je détestais – et qui est la cause de mon profond

dégoût pour les activités de groupe et le camping sous tente (j'en ai refait souvent depuis, mais toujours avec réticence). Ce jour-là, donc, j'ai décidé de me rendre à la bibliothèque, puis de trouver refuge dans le New Yorker Cinema, à l'intersection de la 88e Rue et de Broadway, qui projetait deux films de John Ford dans la même séance. J'aurais fait n'importe quoi pour rester en dehors de la maison aussi longtemps que possible. Je suis allé prendre une douche en réfléchissant à l'idée de déjeuner d'un sandwich au pastrami de chez Gitlitz (notre *deli casher* local) après un détour par la Library of Performing Arts du Lincoln Center, où l'on pouvait emprunter des albums de jazz ou de classique, ainsi que des enregistrements de performances originales, et les écouter au casque sur l'un des dix ou douze lecteurs de disque disponibles, tout en feuilletant un livre sur le théâtre new-yorkais (pour lequel je me passionnais déjà du haut de mes quatorze ans). La bibliothèque du Lincoln Center, un *deli casher*, deux films mythiques signés par un homme à la vision absolument homérique de l'Ouest américain : une journée parfaite à Manhattan. J'ai également pensé au paquet de cigarettes caché sous mon matelas, que je comptais emporter en douce afin de m'en griller une (à l'époque c'était autorisé dans les cinémas) face aux panoramas à couper le souffle du Wyoming et de la Californie, tout en songeant qu'un jour je partirais loin de cet appartement de malheur, de cette famille de malheur… Même si, à cet âge, je n'imaginais pas une seule seconde pouvoir vivre ailleurs qu'à New York.

Alors que je sortais de la douche, le crescendo des voix a atteint son summum, suivi par un claquement de porte. Je me suis séché, habillé, et j'ai retrouvé ma mère qui sanglotait à la table de la cuisine, au-dessus du *New York Times* du jour (livré chaque matin devant la porte d'entrée de notre appartement).

« Qu'est-ce que tu veux pour le petit déjeuner ? » a-t-elle demandé sans lever les yeux du journal.

Il fallait que je me sorte de là au plus vite. J'ai donc annoncé à ma mère que j'allais petit-déjeuner au café du coin. Ce qui signifiait que je devais renoncer à mon sandwich au pastrami, mais le choix était quand même vite fait.

« Pourquoi dépenser ton argent au lieu de manger ici ?

— Parce que j'ai envie de pancakes », ai-je répondu, sachant pertinemment qu'elle ne cuisinait jamais ce genre de choses.

« Tu jettes ton argent par les fenêtres.

— J'ai des économies.

— Tu ne travailles même pas », a-t-elle dit.

J'ai eu envie de lui répondre : « Toi non plus », mais je me suis retenu. Elle se plaignait souvent de n'avoir ni carrière ni avenir, et d'avoir renoncé à tout cela pour m'élever. Un reproche courant parmi les mères de cette époque, comme je l'ai appris plus tard en discutant avec mes amis du même âge : malgré l'éducation qu'elles avaient reçue, elles étaient prisonnières de vies frustrantes dont elles ne voulaient pas – et avaient peu d'issues pour y échapper.

« Je m'occupe de toutes mes corvées », ai-je rappelé.

C'était vrai, et mon père me donnait pour cela 10 dollars par semaine. En 1969, ce n'était pas une petite somme, surtout quand on sait qu'une place de cinéma coûtait 1,50 dollar et qu'on pouvait trouver des billets à 2 dollars pour l'orchestre philharmonique de New York. De plus, avec mon abonnement au MoMA, je pouvais accéder gratuitement à la cinémathèque. Tout le monde a ses pirouettes pour s'échapper – et, malgré mon jeune âge, j'étais déjà doué pour trouver des manières de disparaître autant que possible.

« Tu détestes tout ce que je suis », a-t-elle soudain déclaré.

Cette phrase m'a fait un choc. Parce qu'elle était vraie. Mais je n'ai pas répondu – ce qui n'était visiblement pas la réaction souhaitée par ma mère, car elle s'est remise à sangloter, prostrée sur la table. Quand j'ai voulu la réconforter en passant un bras autour de ses épaules, elle a hurlé :

« N'essaie pas de te faire pardonner en jouant les gentils ! Tu n'es pas gentil ! Tu ne l'as jamais été ! Et je n'ai jamais eu d'affection pour toi ! »

Pour toute réponse, je suis retourné dans ma chambre, où je me suis laissé tomber sur ma chaise de bureau. J'aurais tellement aimé quitter cette maison pour toujours. Une minute plus tard, la porte s'est ouverte à la volée (ma mère ne frappait jamais et n'hésitait pas à lire mon journal intime et mes notes de cours, convaincue que le fait de vivre sous son toit m'empêchait d'avoir droit à une vie privée). Elle m'a regardé depuis le seuil, tout sourire.

« Qu'est-ce qui ne va pas ? » a-t-elle demandé comme si je boudais sans raison.

Adulte, j'ai eu une brève liaison avec une journaliste parisienne, que j'ai immédiatement fuie quand je me suis rendu compte qu'elle était capable d'enchaîner les crises de nerfs (surtout quand il était question de son amant précédent, décédé peu de temps auparavant) et de rire aux éclats quelques minutes plus tard au téléphone avec une amie. Pour avoir grandi avec une mère qui se comportait exactement de la même façon, l'idée de m'exposer à nouveau à cette forme de schizophrénie m'était insupportable.

Mais, à quatorze ans, on ne peut fuir nulle part – à moins de prendre la décision drastique de fuguer. Je me suis donc contenté de me lever en annonçant à ma mère que je sortais et que je serais rentré avant six heures du soir.

« Regarde-toi, toujours à t'énerver pour rien », a-t-elle commenté.

C'était une autre de ses méthodes : prétendre que ses actions n'avaient aucune conséquence et que tout le monde la brimait alors qu'elle ne faisait jamais rien de mal.

« À ce soir, maman.

— Tu veux emporter le *New York Times* pour ton petit déjeuner ? Tu devrais lire l'article sur l'Union américaine pour les libertés civiles. Ce qui se passe en ce moment dans ce pays ne me dit rien qui vaille, en général. Mais, si tu lis ça, tu comprendras pourquoi on devrait être fiers de ce qu'on représente. »

Son ton était calme, sérieux et réfléchi – trois traits de caractère dont elle faisait rarement preuve. Elle m'a tendu le journal, ainsi qu'un billet de 10 dollars.

« Merci, maman ! »

Je savais que c'était sa manière de se faire pardonner pour ce qu'elle avait dit dans la cuisine – sans pour autant s'excuser pour sa colère et ses paroles blessantes.

Mais elle était ainsi. Mon père aussi avait parfois de brefs accès de culpabilité – et se hâtait de détourner l'attention. Il se plaignait sans cesse de toujours faire ce qui était juste alors que tout le monde se comportait mal, et de s'être marié à quelqu'un qui le rendait fou. Mais ils avaient prêté serment, etc., etc., et un des principes de cette génération était de souffrir jusqu'au bout au nom de l'unité familiale si chère à l'Amérique. Bien sûr, tous ces ménages malheureux ont profondément affecté leurs enfants, dont la plupart ont fini dans le cabinet d'un ou d'une psychanalyste une fois adultes. Mais ma mère et mon père avaient été élevés par des parents du XIXe siècle, adeptes de la discipline à coups de canne, de l'autorité parentale toute-puissante et de l'idée que montrer le moindre signe de faiblesse indiquait une profonde défaillance de l'être. Aujourd'hui, je vois bien qu'ils étaient de purs produits de leur époque – ils étaient nés moins de dix ans après la Première Guerre mondiale, alors que la Grande Dépression ravageait l'économie du pays, et avaient grandi à l'ombre du fascisme européen qui avait fini par produire une seconde guerre, pendant laquelle une nation orientale impérialiste avait aussi décidé de s'en prendre aux États-Unis. Une fois la Seconde Guerre mondiale remportée, les champs de bataille d'Europe et du Pacifique avaient laissé place à une nouvelle ère de prospérité et de conformisme. Mes parents se sont mariés en 1952 (je suis né deux ans et demi plus tard, le premier jour de janvier 1955), et la pression sociale les a poussés vers une vie dont ils ne voulaient sans doute pas, mais que tout le monde autour d'eux considérait comme un devoir. Je doute que l'un ou l'autre aient possédé les ressources créatives nécessaires pour devenir artiste ou se bâtir une vie en marge de la société... Mais quand mon père critiquait violemment les « beatniks » ou quand ma mère parlait l'air de rien de sa brève carrière comme assistante de production à la télévision du début des années 1950 (où elle avait rencontré tant de grandes figures du divertissement), je décelais souvent un soupçon de regret de s'être eux-mêmes enfermés dans ce cul-de-sac familial d'où ils étaient incapables de s'extraire. Et à présent, dix-sept ans après leur mariage, voilà que ma mère offrait à son fils un billet de 10 dollars et le *New York Times* du jour en guise d'excuses pour son emportement. Alors que je quittais l'appartement, elle m'a lancé :

« N'oublie pas de lire l'article sur l'ACLU ! »

L'ACLU, ainsi que je l'ai découvert dans le journal, était l'Union américaine des libertés civiles (American Civil Liberties Union), un groupe d'avocats majoritairement juifs œuvrant à travers tout le pays, spécialisé dans les affaires de liberté d'expression et de violation des droits civiques. Je m'étais installé dans un coffee shop au coin de la 75e Rue et de Columbus Avenue, un établissement exigu dont le cuisinier, âgé d'une cinquantaine d'années, préparait d'excellents pancakes. J'en avais commandé une assiette, ainsi qu'une tasse de café. J'ai déplié le *New York Times* : l'article consacré à l'ACLU se trouvait en bas à droite de la première page. Voici un résumé de l'affaire en question, trouvé sur le site Internet de l'association :

Au cours de l'été 1964, Clarence Brandenburg, dirigeant du Ku Klux Klan, a fait un discours lors d'un rassemblement. À cause des propos qu'il a tenus dans ce discours – dont plusieurs remarques accusant le gouvernement des États-Unis de faire disparaître la « race blanche » –, il a été condamné pour incitation à la violence en vertu du statut sur le syndicalisme criminel de l'Ohio. Cette loi rend illégale l'incitation « au crime, au sabotage, à la violence ou à une quelconque méthode terroriste illicite dans le but d'obtenir une réforme industrielle ou politique ».

Après cette première condamnation, Brandenburg a accepté d'être représenté par l'ACLU de l'État de l'Ohio. L'avocat bénévole Allen Brown s'est chargé de son dossier, et l'association a accepté de financer un éventuel procès devant la Cour suprême.

Hier, le 9 juin 1969, la Cour suprême a jugé que le statut sur le syndicalisme criminel de l'Ohio enfreignait la liberté d'expression de Brandenburg. Selon la Cour, cette loi ne prend pas en compte le fait que les propos qu'elle criminalise mènent ou non à des actes illicites. Cette absence de distinction rend la loi trop vague et, par conséquent, inconstitutionnelle.

Étais-je en mesure, à quatorze ans, de saisir tout ce jargon juridique (dont une grande partie était explicitée dans l'article, qui précisait que Brandenburg avait convié – je cite – « *un caméraman de la télévision à une cérémonie de croix de feu [...] et dénigré par ses remarques les Noirs et les Juifs* ») ? Non, bien sûr – mais j'ai tout de suite compris pourquoi ma mère, Juive new-yorkaise, était si fière de l'ACLU et de ce qu'elle représentait. Après tout, le Ku Klux Klan était un ramassis de brutes encagoulées, notoirement racistes et antisémites, qui, non contentes de lyncher d'innocents Africains-Américains, croyaient sincèrement en la supériorité de la race aryenne. Le Klan soutenait également des fascistes nationalistes comme George Lincoln Rockwell, le chef du Parti nazi américain. Mais que l'Union américaine des libertés civiles, si sémite, gauchiste et progressiste qu'elle soit, accepte de représenter le leader du Ku Klux Klan dans une affaire concernant le premier amendement et la liberté d'expression… Ma mère avait raison de souligner ce fait. En soi, existait-il plus beau symbole de la démocratie américaine ?

Pour être honnête, je ne pouvais m'empêcher d'être d'accord avec elle. Et c'est encore le cas cinquante-cinq ans plus tard.

Le coffee shop où je lisais cet article – tout en dégustant ma pile de pancakes surnageant dans un lac de sirop d'érable – appartenait à deux émigrants polonais âgés. Comme j'étais du quartier, ils me saluaient toujours à leur manière bougonne, mais le New-Yorkais en moi reconnaissait dans leur « Qu'est-ce que tu veux, petit ? » une manière de se serrer les coudes entre citoyens de cette étourdissante métropole.

« Regarde-moi ça, un gosse qui lit le *New York Times*, a commenté l'un des deux propriétaires ce matin-là. Tu dois en avoir dans le crâne. Qu'est-ce qui t'intéresse comme ça ? »

Je me suis retenu de répondre : « Un article sur l'ACLU qui défend les nazis du Ku Klux Klan », parce qu'il avait un numéro tatoué sur l'avant-bras. Tout comme l'autre propriétaire, son cousin. À dix ans, alors que je dégustais un *egg cream* (une préparation typiquement new-yorkaise à base de lait, de sirop au chocolat et d'eau gazeuse) à ce même comptoir en compagnie de ma mère, j'avais demandé tout haut :

« Pourquoi ils ont des numéros sur le bras ? »

Rouge de honte, elle m'avait répondu de ne pas poser ce genre de questions, mais le plus mince des deux hommes s'était retourné vers nous.

« Il a raison de demander… Dites-lui la vérité. Il est assez grand pour savoir tout ça. »

« Tout ça », c'était l'Holocauste. Et c'est là, dans le coffee shop de ces deux Polonais marqués à vie par leur déportation à Auschwitz, que j'avais entendu pour la première fois parler de la guerre menée contre les Juifs par Hitler et ses bouchers nazis. Comment tous les Juifs d'Europe avaient été arrêtés et envoyés dans des camps de concentration ; comment les enfants avaient été séparés de leurs parents ; comment les Allemands avaient tenté d'exterminer les Juifs et réussi à en tuer six millions, pour la majorité gazés au sein des camps de la mort ; et comment mes grand-tantes Amelia et Minnie, ainsi que mon grand-oncle Joe – qui vivaient tous ensemble dans un appartement sombre de l'autre côté de la rivière, dans le quartier de Flatbush à Brooklyn – avaient fui les nazis en 1938. Le propriétaire de l'établissement avait écouté les explications de ma mère d'un air approbateur.

À présent, quelques années plus tard, alors que ce même homme me demandait ce que je lisais, j'ai levé la première page du *New York Times* pour lui désigner l'article. En voyant le titre, il a secoué la tête.

« Donc les gens victimes des nazis de l'autre côté de l'Atlantique défendent maintenant la liberté d'expression de ces mêmes nazis – même si cette liberté consiste à tenir des propos racistes et antisémites. Comment ne pas aimer ce pays ? »

Notre pays est comme notre famille. Il nous fournit une identité commune et individuelle. Il en dit long sur notre vision du monde, notre philosophie et la manière dont nous percevons et menons cette petite chose qui s'appelle la vie. On peut s'expatrier à long terme (comme je l'ai fait autrefois). On peut élire domicile dans un autre pays pendant des années. On peut adopter une deuxième nationalité (comme je l'ai fait également). On peut se rendre compte que, après plusieurs décennies passées ailleurs, notre accent n'est plus ce qu'il était, de même que notre style vestimentaire et notre définition de ce qu'est une nation, une démocratie sociale ou la nature même de l'argent. Notre approche de l'amour, de l'engagement et du sexe peut elle aussi changer. Mais qu'en est-il de notre rapport aux choses de tous les jours ? Certains faits sont immuables. Par exemple, je ne supporte toujours pas de devoir faire la queue. J'ai vécu vingt-trois ans à Londres, où les files d'attente sont un devoir national. En tant que New-Yorkais, je suis un râleur-né, or au Royaume-Uni, « on ne doit pas se plaindre » – cette philosophie, pour moi, a à voir avec une certaine malveillance qui prend sa source dans les conflits de classes, les niveaux de réussite scolaire vraiment différents, le manque de mobilité sociale…

et l'inévitable grisaille d'un pays où des nuages sinistres obscurcissent le ciel pendant presque toute l'année.

Mais qui se laisse aller à généraliser sur un pays tombe rapidement dans le cliché. L'Irlande (où j'ai vécu onze ans et dont j'ai obtenu la citoyenneté en 1983) s'enorgueillit de son ouverture d'esprit et de sa bonhomie. « L'Irlande accueillante », comme ils disent. Mais c'est aussi un pays où la rancune est un sport national, et où dire du mal d'autrui et s'adonner à des échauffourées verbales fait partie intégrante des traditions. Cela veut-il nécessairement dire que tout le monde y critique les autres dans leur dos et emploie régulièrement ce qu'on appelle là-bas des « mots durs » ?

En tant qu'écrivain, je me vois toujours comme un ennemi des truismes faciles et des platitudes évidentes. Le fait d'être américain donne souvent droit à des procès d'intention bourrés d'idées reçues. Pour certains, je serais un capitaliste à la Adam Smith ou un impérialiste ne jurant que par la parole de Notre Sauveur Jésus-Christ. Lors d'un salon du livre à Évian, j'ai déjeuné avec un parfumeur de Grasse qui avait écrit un livre sur sa vie dans le monde de l'eau de Cologne. C'était un homme assez intéressant. Son épouse, en revanche, était une femme sèche et anguleuse dont le manque d'assurance sociale se manifestait sous la forme d'une arrogance toute provinciale. Au beau milieu du déjeuner, pendant lequel j'avais beaucoup appris sur le métier de parfumeur, elle s'est soudain adressée à moi.

« Vous êtes plutôt raffiné, pour un Américain. »

Cette insulte sous couvert de compliment m'a pris de court.

« C'est-à-dire ? ai-je demandé.

— Vous parlez français, vous discutez de culture. Les Américains ne font jamais ça.

— Oh, vraiment ? me suis-je entendu lui répondre. Je connais beaucoup d'Américains qui parlent français ou d'autres langues étrangères… Et nous avons une vie culturelle très riche, chez nous.

— La culture américaine ? Vous voulez dire les fast-foods ?

— La culture américaine, c'est John Coltrane, Herman Melville, John Ford, Orson Welles, Toni Morrison, Saul Bellow, l'orchestre symphonique de Boston, Leonard Bernstein, Stephen Sondheim… »

J'étais sur la défensive, et je le savais. Mon interlocutrice a bien vu qu'elle avait touché un point sensible, car elle a répliqué avec un sourire sardonique :

« Et la cuisine américaine est répugnante.

— Voilà qui manque de nuance. Où est-ce que vous avez mangé, aux États-Unis ?

— Je ne suis jamais allée aux États-Unis, a-t-elle répondu, si bien que toute la table l'a regardée fixement.

— Alors qu'est-ce qui vous permet de dire que notre cuisine est mauvaise et que nous n'avons pas de culture ?

— Je le sais, c'est tout.

— Vous véhiculez des préjugés, ai-je rétorqué, et vous n'avez même pas l'honnêteté de vérifier par vous-même. Je crois bien que je n'ai jamais rien entendu d'aussi stupide. »

Et j'ai quitté le restaurant en disant à mon hôte que j'allais manger ailleurs. Presque aussitôt, je me suis demandé si je n'avais pas dépassé les bornes en réagissant de manière typiquement new-yorkaise : *Vous êtes idiote... ou juste stupide ?*

Quelques heures plus tard, alors que je dédicaçais des livres, le mari de cette femme est venu me voir. Je me suis préparé à une confrontation, qui plus est devant mes lecteurs. Allait-il m'expédier un coup de poing dans la figure ? Ou se mettre à crier que j'étais l'Américain le plus malpoli qu'il ait jamais rencontré ?

La suite est intéressante. Il s'est arrêté à côté de moi et m'a tendu la main. Je l'ai serrée.

« Mes excuses, a-t-il dit en français.

— Pas besoin d'excuses, ai-je répondu. Mais merci.

— Un petit cadeau… »

Et, après avoir déposé une minuscule boîte au creux de ma paume, il est reparti.

J'avais devant moi une lectrice qui attendait sa dédicace. J'ai mis la boîte sur la table, discuté un peu avec la jeune femme, signé son livre et fait signe à la personne suivante d'approcher. La séance a pris fin au bout d'une heure, et j'ai pu m'intéresser au cadeau de ce parfumeur de Grasse. C'était un petit flacon d'eau de toilette de sa propre marque. J'ai mis un point d'honneur à lui rendre visite à sa table de dédicace afin de le remercier. Il m'a adressé un signe de tête comme pour dire : *N'en parlons plus.*

Je n'ai rien d'un Américain pétri de chauvinisme. Je suis parfaitement d'accord avec cet aphorisme de Samuel Johnson que les gens citent à tort et à travers : « Le patriotisme est le dernier refuge de la crapule. » Et je suis très perturbé par les fractures qui divisent en ce moment les États-Unis – à commencer par celles provoquées par un parti politique (les républicains) radicalisé par l'extrême droite et visiblement peu enclin à respecter notre remarquable Constitution et nos institutions démocratiques.

Mais, malgré toutes mes critiques à l'encontre de l'exceptionnalisme américain – nos lacunes en matière de démocratie sociale, et le gouffre insondable qui sépare la ploutocratie du reste des mortels –, j'ai été le premier surpris par ma réaction face à la bêtise de cette femme à Évian. Il en a été de même récemment, lors d'un dîner où un vieil homme grincheux (qui, je l'ai appris plus tard, était un notaire à la retraite) s'est mis à dire que l'invasion de l'Ukraine était la faute des Américains. Lorsque je lui ai demandé d'expliquer le raisonnement derrière cette déclaration ridicule, il a simplement répondu :

« Vous êtes fourrés dans tous les mauvais coups, vous autres, pas vrai ? »

Là encore, j'ai réagi avec véhémence. S'était-il renseigné sur l'histoire longue et difficile des relations entre l'Ukraine et l'impérialisme russe et soviétique ? Avait-il pris le temps de lire des livres, des articles de presse ? ai-je voulu savoir. Tandis qu'il baissait les yeux sur son assiette, notre hôte m'a lancé un regard qui disait clairement : *Change tout de suite de sujet, Douglas*. Je me suis donc contenté d'ajouter :

« Vous pouvez nous blâmer autant qu'on le mérite, mais faites au moins l'effort de vous renseigner avant de faire des déclarations de ce genre. »

Cet anti-américanisme primaire m'avait piqué, je l'ai bien vu. Alors je me suis posé la question : pourquoi cette réaction quasi pavlovienne chaque fois qu'une personne fait une remarque idiote sur mon pays ? C'est étrange, surtout pour quelqu'un qui s'est toujours considéré comme davantage new-yorkais qu'américain, et dont la carrière littéraire est bien plus florissante à l'étranger que sur sa terre natale. Se pourrait-il que je sois après tout une espèce de patriote, tiraillé entre le désir de critiquer mon pays et celui de le défendre ? Au fond, même après toutes ces années ailleurs – et bien que je vive encore la moitié de l'année en Europe –, je reste profondément américain.

Mais qu'est-ce qu'un Américain ? En dépit de tous les attributs nationaux que nous avons en commun, chercher à caractériser quelqu'un simplement en fonction de son pays de naissance est une idée qui confine dangereusement à l'ignorance. J'ai énormément de mal à supporter les gens qui tiennent des propos caricaturaux sur les particularismes, les manies d'un pays. Un ancien camarade d'université m'a dit un jour qu'il n'aimait pas les Français parce qu'ils étaient « tous tellement anti-Américains ». À quoi je n'ai pu que répondre :

« Pas du tout. Les Français adorent la culture américaine. Ce sont les plus grands lecteurs de notre littérature. Ils connaissent nos réalisateurs, nos musiciens de jazz, nos artistes visuels et la dimension romantique de nos paysages. Certes, ils critiquent parfois notre politique étrangère et la domination culturelle que nous avons infligée au monde. Mais moi aussi, je critique tout cela.

— C'est parce que tu es un expatrié endurci, a-t-il fait remarquer.

— Je croirais entendre un républicain. »

Je savais que ce camarade était assez libéral et chauvin sur les bords.

« Tu vois bien avec quelle arrogance ils nous traitent, a-t-il insisté.

— Non, je ne vois pas, alors que je vis depuis vingt-trois ans une partie de l'année en France.

— Tu parles leur langue. Tu as adopté leurs manières.

— Qu'est-ce que c'est, les "manières" françaises ? ai-je demandé, perdant patience.

— Leur snobisme, leur mépris envers tous ceux qui ne parlent pas français, leur certitude qu'ils valent mieux que le reste du monde.

— C'est bête et vague, comme généralisation. Sur quoi t'appuies-tu pour dire ça ?

— Sur les observations que j'ai faites pendant mes séjours en France. Mais je ne parle pas français couramment.

— Je connais beaucoup d'Américains qui viennent à Paris sans parler français et sont très bien traités par les commerçants, les chauffeurs de taxi et…

— Tu dis ça juste parce qu'ils t'ont adopté en tant qu'écrivain. »

L'aigreur de cette remarque m'a déconcerté.

« Laisse-moi te poser une question, ai-je dit. Tu pars en vacances en France presque tous les étés. Pourquoi continues-tu à y aller ?

— Pour la cuisine et le vin. Et parce que le pays est sublime.

— Alors pourquoi as-tu cette vision des Français tout droit sortie de Fox News ?

— Merde, tu sais bien que je ne regarde pas Fox News ! s'est-il écrié.

— À t'écouter, on dirait que si. N'est-ce pas l'une des tendances modernes les plus tristes, ce besoin de mettre tout le monde dans des cases ? Et de transformer la vie en western : nous, on est les gentils en blanc, et vous les bandits en noir ?

— Tu schématises, m'a-t-il reproché.

— Comme toi quand tu dis que tous les Français détestent les Américains.

— Si tu étais un vrai Américain…

— Oh, ça suffit ! » J'ai soudain haussé le ton. « C'est quoi, un vrai Américain ? Tu es juif. Comme moi. Pour beaucoup de gens dans notre pays, les Juifs ne sont pas de vrais Américains. Et si tu penses que je schématise encore, tu n'as qu'à taper "antisémitisme au sein du Parti républicain" dans Google. »

Cela a mis fin à la conversation. Et, à sa décharge, mon ami s'est excusé. Mais je me suis demandé tout haut pourquoi chaque discussion politique semblait devoir se solder par des reproches et des accusations ; vivons-nous une époque si dure, si divisée (que ce soit dans notre pays ou n'importe où ailleurs dans le monde) que chacun se mette à creuser des tranchées dès lors que le dialogue s'oriente vers des questions de politique, d'éthique ou même de moralité ? Je suis un homme né dans la réalité d'après-guerre, où, malgré l'existence de deux partis politiques distincts aux idées opposées sur le principe de l'impôt et le rôle de l'État, la plupart des gens s'accordaient sur l'importance de maintenir une société laïque fondée sur la sacro-sainte séparation de l'Église et de l'État – et où, en dépit des normes sexistes et homophobes de l'époque, l'on considérait de plus en plus que ce n'était pas au gouvernement de réguler les activités des citoyens dans l'intimité de leur chambre, ni ce que faisaient les femmes de leur corps.

Bien sûr, le droit d'une femme à mettre fin à sa grossesse – et la puissante campagne organisée depuis des décennies par une Cour suprême majoritairement conservatrice afin d'abolir ce droit – n'est que l'une des nombreuses batailles actuelles entre l'Amérique encore convaincue du bien-fondé d'un État pluraliste et laïque tel que l'envisageaient les auteurs de notre Constitution, et l'Amérique viscéralement attachée aux valeurs chrétiennes d'« une nation unie sous l'autorité de Dieu » (phrase clé du serment d'allégeance que chaque enfant de notre pays doit apprendre dès son jeune âge).

Les profondes divisions au sein du corps politique américain contemporain sont un sujet récurrent de mes romans et de mes articles. Et elles occuperont sans nul doute une part importante du livre que vous avez entre les mains. Mais revenons à la question que j'ai posée il y a quelques pages : « Qu'est-ce qu'un Américain ? » J'y ajouterais volontiers : en particulier en ce moment où l'on assiste progressivement au déclin du siècle américain (déclin annoncé avec l'élection de Trump en 2016).

Être américain de nos jours, c'est se surprendre régulièrement à songer : il y a deux pays à l'intérieur de nos frontières, et ils se vouent une haine farouche.

Bien sûr, dès 1980, la trajectoire socio-économique du pays a pris un virage serré, notamment à cause de la révolution Reagan – qui, tout en œuvrant à démanteler les structures mises en place par le New Deal de Roosevelt, a remis en question la nécessité d'un pouvoir étatique. Cette guerre menée contre la notion de gouvernement était, dans les faits, un retour de l'économie de marché et du darwinisme social cher à la seconde moitié du XIXe siècle, lorsque l'industrialisation et l'expansion économique galopantes ont permis à la ploutocratie de s'enrichir démesurément sans la moindre responsabilité sociale (tout en commettant de tels abus qu'ils ont provoqué, au début du siècle suivant, une ère de progressisme). Les Roaring Twenties – les années 1920 – et leur commerce florissant ont inauguré une vague de prospérité pour le pays. Mais, s'il existe une seule loi incontestable en économie, c'est bien celle de la gravité : tout ce qui s'élève doit retomber. Le krach de 1929 a profondément changé la donne – ainsi que le fait remarquer Tom, le narrateur du chef-d'œuvre de Tennessee Williams *La Ménagerie de verre* :

> *Pour commencer, je renverse le cours du temps. Je ramène l'aiguille à cette période attendrissante de l'entre-deux-guerres, où la classe moyenne américaine se rôtissait les plumes à un système économique en fusion, et où toute une jeunesse désemparée, désabusée, cherchait à tâtons on ne sait quelle illusoire espérance*[1].

Le prix de cette décennie de débauche et de capitalisme décomplexé fut une économie comateuse qui s'étira jusqu'au début des années 1940 et laissa

1. Tennessee Williams, *La Ménagerie de verre*, trad. Marcel Duhamel, Robert Laffont, 1958. *(N.d.É.)*

des millions d'Américains sans le sou, dépouillés de cet ingrédient psychologique essentiel à la mentalité nationale : l'espoir. Nul ne devrait sous-estimer l'importance du rôle joué par l'espoir au sein de la mythologie américaine. Nous sommes après tout la terre de tous les possibles, là où les rêves deviennent réalité.

La Grande Dépression a fait éclater ce conte de fées comme une bulle. L'espoir a mis les voiles. Après des années de faible imposition, de dérégulation financière et de consommation ostensible de la part des classes supérieures, le retour sur terre a fait des ravages. Ont suivi vingt années de gouvernement démocrate, qui ont commencé par le New Deal, remarquable expérience de démocratie sociale. Le maelström économique de la Seconde Guerre mondiale a remobilisé le pays avant d'octroyer aux États-Unis le statut de superpuissance – alors même que les explosions atomiques de Hiroshima et de Nagasaki donnaient le coup d'envoi de la guerre froide et d'une course à l'armement qui bouleverseraient à jamais la géopolitique mondiale grâce au principe d'équilibre de la terreur. La fin du monde décrite dans l'Apocalypse de Jean est devenue une hypothèse bien réelle, provoquée non par la fureur de Dieu envers les déviances humaines, mais par les avancées scientifiques permettant l'annihilation de toute vie sur Terre. Plus besoin des quatre cavaliers pour annoncer à l'humanité que son heure était venue – il suffisait d'appuyer sur un bouton.

Une crise a éclaté en 1962 avec la découverte que l'autre dangereux joueur initial de cette ère atomique – l'Union soviétique – possédait à Cuba des missiles pointés sur les grandes villes américaines. Les nations les plus industrialisées ont alors décidé de développer leurs propres armes nucléaires ; la destruction mutuelle assurée ne relevait plus de la science-fiction, mais risquait bel et bien de tous nous mener à notre perte. C'est pourquoi il n'est pas surprenant qu'à l'apogée de la guerre froide – et dans le sillage des bouleversements sociaux et des remises en cause des années 1960 et 1970 –, de nouvelles tendances aient commencé à émerger dans le corps politique. À partir de 1980, les progressistes ont peu à peu perdu du terrain face aux néoconservateurs attachés aux questions fiscales, et aux évangélistes chrétiens en lutte pour sauver l'âme du pays.

Pour comprendre le dilemme de l'Amérique contemporaine – et le danger que représente le délitement de cette expérience démocratique remarquable, aujourd'hui âgée de deux cent quarante-huit ans –, il faut d'abord comprendre les guerres culturelles qui ont défini le paysage politique à partir des années 1960 : une importante partie de ce livre leur sera aussi consacrée. J'ai beau avoir voulu devenir historien (telle était mon ambition première à l'université, jusqu'à ce que mon professeur principal m'en dissuade : il ne me voyait pas passer ma vie à faire des recherches en bibliothèque et était certain que je détesterais les querelles intestines du monde universitaire), ma perspective est celle d'un romancier. Je m'intéresse donc principalement aux ressorts d'intrigue et aux retournements de situation ; à la manière dont nous nous enfermons si souvent dans des situations qui ne nous conviennent pas, des culs-de-sac de notre propre invention. Sans compter que nous négocions de bien des façons avec le poids de notre héritage et ses effets sur notre fonctionnement psychologique. Chaque vie est atypique – mais depuis Eschyle, Sophocle et Homère, la littérature a toujours montré à quel point la condition humaine repose sur l'aveuglement volontaire et l'évitement de vérités fondamentales qui miroitent non loin de nous et nous défient de détourner les yeux.

Un écrivain peut-il parler sous cet angle du pays qui l'a vu naître ? Surtout si ce même écrivain se trouve en plein conflit avec son héritage – et s'il a l'impression tenace que sa patrie fonce pleins gaz dans l'obscurité vers un précipice, un point de non-retour ?

Suis-je moi-même en train de succomber à la pensée apocalyptique, ou ne fais-je qu'exprimer la profonde crainte ressentie par beaucoup de mes compatriotes ? Après avoir écrit un roman (*Et c'est ainsi que nous vivrons*[1]) dans lequel, en 2045 – soit un siècle après la fin de la Seconde Guerre mondiale –, il n'existe plus d'États-Unis, mais deux pays distincts et aussi totalitaires l'un que l'autre (l'un est une théocratie et l'autre un État laïque, d'apparence progressiste, mais dont les citoyens sont perpétuellement sous surveillance), je me surprends à poser un regard nostalgique sur l'Amérique de ma jeunesse. À l'époque, en dépit de notre impérialisme interventionniste et de la violence inhérente à notre culture, même moi, le New-Yorkais cynique, je voyais bien que, dans le grand jeu de hasard que nous appelons l'existence, naître américain était l'équivalent de toucher le jackpot.

1. Belfond, 2023. *(N.d.É.)*

Nous autres écrivains adorons les contradictions – tous ces conflits intimes et collectifs qui définissent une vie individuelle ou une conscience nationale. Et je suis moi-même bien conscient qu'au cours des cinq dernières décennies, j'ai passé énormément de temps hors de ma terre natale – avant de revenir y habiter en 2011. De nos jours, j'ai le plus souvent un pied dans ma patrie, l'autre à Paris ou à Berlin, et je voyage presque sans répit. C'est pourquoi on m'a souvent comparé à une balle rebondissant de-ci de-là sans jamais trouver son centre de gravité émotionnel. Je plaide toujours coupable. Beaucoup de mes compatriotes me reprochent de ne pas me consacrer pleinement à mon pays… Et de fait, grâce à ma seconde nationalité (et à mon passeport européen), j'ai toujours une amarre à l'extérieur des États-Unis, mais (si tout se passe bien) je continuerai mes allées et venues dans la vie américaine jusqu'à ce que la mort m'emporte.

Les États-Unis de l'an 2024 sont une entité profondément déchirée, mais toujours aussi captivante à mes yeux. J'ai expliqué une fois à un ami dramaturge de Dublin que la raison pour laquelle j'avais quitté l'Irlande après y avoir vécu plus d'une décennie était que ce pays ne m'inspirait pas de réelle fascination. C'est loin d'être le cas des États-Unis, qui – malgré toutes mes années d'expatriation – demeurent une présence constante dans ma vie, un nœud gordien qui me déconcertera toujours. Je pense souvent à deux écrivains expatriés de la génération précédente : Gore Vidal et James Baldwin, deux génies, deux homosexuels, à la fois respectés et méprisés dans leur pays d'origine, et qui ont fait le choix de passer l'essentiel de leur vie d'adulte ailleurs (Vidal en Italie, Baldwin dans le sud de la France) sans pour autant se désengager des complexités de la politique américaine. Vidal – sans doute l'un des essayistes les plus éminents de son temps, aux côtés de Baldwin – est retourné finir ses jours à Los Angeles et n'a jamais perdu sa verve contre ce qu'il surnommait « les États-Unis d'Amnésie ». Quant à Baldwin, malgré toutes ses années d'exil à Saint-Paul-de-Vence, il s'est battu jusqu'au bout pour que l'Amérique reconnaisse ses crimes passés et présents envers les Africains-Américains, aiguillonnant infatigablement la conscience publique à force de diatribes rigoureuses contre notre racisme. Ces deux immenses auteurs et intellectuels étaient bel et bien chez eux ailleurs, et ailleurs chez eux – mais ils n'ont jamais pu se défaire du besoin d'interroger sans cesse les mensonges et les grands symboles de notre mythologie nationale.

Je ne doute pas que Vidal, décédé en 2012, aurait dégainé ses commentaires les plus percutants pour maudire la folie de la présidence Trump. Baldwin, qui nous a quittés en 1987, aurait fait preuve d'une virulence froide dans son analyse des meurtres de George Floyd, de Trayvon Martin et de tant d'autres hommes et femmes africains-américains au cours de la dernière décennie – alors que la police doit enfin rendre des comptes concernant la façon dont elle traite les personnes racisées (sans que le racisme soit moindre pour autant). S'ils étaient encore parmi nous, Vidal et Baldwin seraient démontés et tournés en ridicule par Fox News et les chrétiens blancs colériques du mouvement Make America Great Again. Nous vivons une époque où le débat politique civilisé est un concept antédiluvien – et où c'est le plus souvent à qui gueulera le plus fort. Il n'y a qu'à voir les vidéos de Gore Vidal affrontant l'essayiste conservateur (mais tout aussi majestueux) William F. Buckley à la télévision nationale, pendant les conventions républicaine et démocrate de 1968, pour s'émerveiller de la féroce partie de ping-pong idéologique qui se joue entre eux – chacun met son érudition au service de ses puissantes convictions. De même, il suffit de regarder le débat opposant Baldwin à Buckley au sujet de la « race américaine », qui avait eu lieu à l'université de Cambridge, pour être ébahi par ce qu'un commentateur a décrit comme « les mélodieuses arabesques rhétoriques » de Baldwin. Mais derrière leur éloquence – et le portrait au vitriol qu'ils faisaient de leur terre natale –, le fait est que, malgré leur mépris et leur désespoir face aux innombrables crimes des États-Unis, ils leur restaient tous deux profondément attachés. Cet attachement était, sans aucun doute, leur argument permanent.

« Chez moi ailleurs… Ailleurs chez moi ». Tel était le titre d'une rubrique publiée pendant trente ans dans le *New York Times*, œuvre d'un extraordinaire érudit, Anthony Lewis, journaliste et professeur à Harvard. Je me suis pris de passion pour son travail dès mon adolescence à Manhattan. Mon père traitait volontiers Lewis de « libéral au ventre mou » lorsqu'il me voyait dévorer sa rubrique au petit déjeuner dans notre cuisine étriquée. J'ai compris très tôt son goût pour la provocation : mon père adorait faire des déclarations intempestives de ce genre afin de déstabiliser les gens. Bien des années plus tard, alors que je vivais en Irlande, j'ai eu une petite amie anglo-irlandaise du nom d'Aileen ; elle était résolument socialiste. Mon père, en voyage d'affaires à Londres, a fait un crochet par Dublin pour le week-end, histoire de passer me voir. Il m'a suggéré d'amener ma « jeune dame » à dîner au Shelbourne Hotel, où il séjournait pour la nuit. Vers le milieu du repas, après avoir insisté pour commander une deuxième bouteille de vin (sachant qu'il avait commencé l'apéritif par deux doubles whiskys) et, alors qu'Aileen nous parlait de ses deux années passées à travailler comme bénévole au Soudan, il s'est brusquement lancé dans une diatribe contre la corruption des gouvernements africains, affirmant que le joug colonial britannique était bien préférable, et (c'était là le vrai coup de théâtre) il a déclaré qu'il faisait partie des agents de la CIA ayant organisé le coup d'État qui avait mis le dictateur Augusto Pinochet à la tête du Chili. Aileen a tenté d'argumenter, mais mon père – enragé et saoul – ne voulait rien entendre. Quand j'ai voulu intervenir, il m'a souri.

« Je suis sûr que ta jeune dame est capable de se défendre toute seule. »

Sur quoi Aileen s'est levée, en larmes, pour disparaître aux toilettes.

« Ne me dis pas que je l'ai vexée », a-t-il raillé.

Sans répondre, je suis allé attendre Aileen devant les WC. Elle est ressortie, les yeux rouges, et m'a plus ou moins traité de connard pour n'avoir pas tenu tête à mon père. Lorsque je lui ai expliqué que calmer celui-ci quand il s'embarquait dans ses tirades politiques avinées revenait à essayer d'abattre un tank avec une carabine, elle m'a traité de lâche avant de s'enfuir dans la nuit.

De retour à table, j'ai vu que mon père avait presque terminé la deuxième bouteille de vin.

« Où est ta demoiselle gauchiste ?

— Elle est partie.

— C'est ça, le problème avec les socialistes. Ils n'ont aucun humour. Pas étonnant que tu l'aies choisie, monsieur Chez-Moi-Ailleurs. »

À la mort de mon père en 2014 – nous ne nous parlions plus depuis treize ans, et c'était lui qui avait rompu le contact –, je me rappelle avoir repensé à cette soirée à Dublin. À son besoin d'avoir raison coûte que coûte, quitte à anéantir sa carrière sous le coup de la colère et, quelques années plus tard, sa relation avec moi. Mais surtout, parce qu'il se sentait enchaîné à ma mère et à sa ville natale, New York (qu'il en était venu à haïr à force de se sentir pris au piège dans un mariage qui l'étouffait à petit feu), j'ai l'impression qu'il était jaloux de ma vie d'expatrié et de ma liberté amoureuse. Et il n'avait pas tort quand il me qualifiait de « monsieur Chez-Moi-Ailleurs ».

Même aujourd'hui, alors que je réside dans le Maine depuis treize ans, je suis comme schizophrène – américain, mais toujours hanté par le besoin de garder un pied en dehors du pays. Étant donné la gravité du moment socio-politique, est-ce si étrange de continuer à s'interroger sur ce que cela signifie d'être américain ?

Au fil des pages de ce livre, je vais mêler souvenirs, histoire et carnets de voyage dans une tentative de discerner les multiples facettes de l'identité américaine au sein d'un pays menacé par ses valeurs conflictuelles, son omniprésence mondiale et sa fidélité compulsive à ses propres mythes. En bref, le bon, le mauvais et le laid qui définissent notre psyché nationale de plus en plus fragile. Je puiserai aussi dans une histoire personnelle – la mienne – afin de répondre à cette question : en cette heure infiniment incertaine, qu'est-ce qu'un Américain ?

Chez moi ailleurs... Ailleurs chez moi. L'histoire de ma vie. Et l'histoire de ce livre.

1

Un serment d'allégeance à l'East Village

Le lendemain du jour où j'ai chanté à mon père une chanson prônant le désarmement, on m'a annoncé que j'allais changer d'école. C'était en 1963, une semaine après l'assassinat du président John F. Kennedy. J'avais huit ans ; issu de la classe moyenne, je vivais avec mes parents et mes deux jeunes frères dans un appartement de soixante-cinq mètres carrés au croisement de la 19e Rue et de la Deuxième Avenue (un quartier qui, même dans le New York gentrifié de nos jours, reste à mourir d'ennui). J'avais bien entamé ma quatrième année de cours à Downtown Community, une école primaire résolument progressiste située au cœur de l'East Village, sur St. Mark's Place. Downtown Community était mixte – chose rare à l'époque – et opposée au principe de punition, un fait tout aussi atypique. En cas d'infraction, l'enfant fautif était pris à part, et on lui expliquait son méfait avec douceur afin qu'il puisse poliment le réparer. Notre cour de récréation était Tompkins Square Park, le centre névralgique d'Alphabet City, où nous batifolions sur les toboggans et les balançoires tandis que des junkies se piquaient, des ivrognes se pissaient dessus sur les bancs publics et des prostitués des deux sexes monnayaient leurs services.

Pour les jeunes New-Yorkais que nous étions alors, ce genre de spectacle était tout à fait naturel. De la même manière, nous ne nous sommes posé aucune question lorsque le directeur de l'école nous a enseigné une chanson digne des jeunesses soviétiques aux paroles aussi évocatrices que :

… et battront leurs épées en socs
Les nations n'apprendront plus la guerre.

Ma seule erreur a été de rentrer chez moi et de réciter cette ballade devant mon père. Je ne me doutais pas qu'il réagirait aussi violemment. Après tout, il était catholique et irlandais. Au beau milieu de ma performance, il m'a interrompu pour vitupérer mon « école de foutus communistes » – et ce n'est que l'un des nombreux commentaires imagés que j'ai entendus ce soir-là.

Le lendemain, ma mère m'a annoncé :

« J'ai une excellente nouvelle. Tu as un entretien à Collegiate ! »

Je n'avais aucune idée de ce dont elle parlait. J'ai rapidement appris que la Collegiate School for Boys était considérée comme le nec plus ultra des écoles privées de Manhattan. C'était l'institution éducative la plus ancienne du pays, fondée par des marchands néerlandais et les prêtres qui les accompagnaient, alors que notre île s'appelait encore Nieuw Amsterdam. Depuis, elle avait conservé son affiliation à l'Église protestante néerlandaise et son niveau académique scrupuleusement exigeant. Après l'esprit bohème de Downtown Community, la formalité vestimentaire de Collegiate a été un choc : veste bleu marine, chemise à col, cravate, pantalon de flanelle gris et souliers vernis. Je me suis présenté à l'entretien dans ma tenue toute neuve et encore amidonnée. J'ai commencé par passer une batterie d'examens avant d'être envoyé dans une salle de classe où j'ai fait mauvaise impression en oubliant de me lever à l'entrée d'un adulte, contrairement aux autres garçons. Le professeur, un homme sévère à qui son costume trois-pièces conférait une allure toute dickensienne, m'a ordonné de les imiter.

« Votre nom ?

— Douglas.

— Votre nom de famille.

— Kennedy.

— Kennedy, monsieur, a-t-il corrigé.

— Pardon, monsieur.

— Vous apprenez vite, Kennedy. »

Puis, avec un bref signe de tête, il m'a autorisé à me rasseoir.

Je suis rentré à la maison ce soir-là en espérant que mes petits impairs inciteraient l'école à refuser ma candidature.

Hélas, j'ai été admis.

Le moment de mon entrée à Collegiate a marqué la fin de mon enfance dans l'East Village. Nous ne tarderions pas à déménager dans le nord de Manhattan. Et, au sein de ce bastion ultra-prestigieux, je mènerais dorénavant une vie d'écolier bien différente de celle que j'avais connue jusque-là. Mais mes premières années dans ce recoin interlope de la ville m'avaient déjà donné un aperçu du chaos passionnant que pouvait receler le monde.

Nous habitions au 242 de la 19e Rue Est, un vénérable immeuble des années 1910 situé au coin sud-ouest de la Deuxième Avenue. À l'époque, c'était une adresse relativement sans prétention, un quartier de la classe moyenne sans charme ni personnalité. Plus à l'est se trouvait Peter Cooper Village, un vaste lotissement de petits immeubles en brique pareils à des boîtes à chaussures, dont l'argument de vente était ses appartements au prix abordable pour les actifs au revenu modeste. À quelques pâtés de maisons au sud s'étendait une autre collection de cubes de briques rouges légèrement plus hauts que ceux de Peter Cooper Village : Stuyvesant Town, dont les logements étaient loués aux ouvriers et aux employés de la ville. La monotonie de ces deux quartiers, leur torpeur morne était ce que Robert Moses – le baron Haussmann du New York d'après-guerre – considérait comme un parfait exemple de réhabilitation d'un quartier pauvre en logements abordables. Moses est l'urbaniste machiavélique qui a fait bâtir des routes au milieu de zones résidentielles (son refus de déplacer une autoroute un kilomètre plus à l'est dans le Bronx a mené à la création de l'un des bidonvilles les plus dangereux du pays). Il démolissait des faubourgs peuplés d'immigrés afin de construire à la place des immeubles sans âme, véritables cellules d'isolement urbaines dénuées à la fois d'intimité et de l'esprit de communauté qui rend vivables même les quartiers les plus difficiles.

Ma mère ne se privait pas de critiquer l'impersonnalité de ces deux visions aseptisées de l'avenir new-yorkais. Et, quand quelqu'un qu'elle ne connaissait pas bien lui demandait où nous habitions, elle citait une adresse sur Gramercy Park.

C'était un mensonge éhonté. Notre coin de la 19e Rue Est avait beau se situer à cinq minutes à pied de ce lieu mythique, c'était comme si nous vivions sur une autre planète. Gramercy Park était sublime : une grande place dans le style londonien (elle m'évoque Belgravia), entourée d'une succession de maisons de ville distinguées et d'immeubles remarquables. Il y avait notamment un grand immeuble de style gothique dont l'entrée en ogive était flanquée de deux statues de chevaliers en armure (de véritables armures en métal – la façon dont ils s'y prenaient pour les empêcher de rouiller pendant l'interminable hiver new-yorkais, glacial et neigeux, était un secret bien gardé). Sans oublier le Gramercy Arts Club, un vaste manoir datant visiblement de la fin du XIXe siècle, quand les ploutocrates de la ville avaient pris l'habitude de se faire édifier des hôtels particuliers dans ce style. En parlant d'hôtel, il y en avait également un, The Gramercy, établissement vénérable dont l'atmosphère délabrée faisait penser à une vieille dame bohème. On y trouvait une maison quaker merveilleusement austère et une synagogue ; le flanc ouest était entièrement composé de maisons au raffinement coûteux. On y voyait d'autres immeubles qui n'auraient pas déparé dans les environs de Park Avenue, tant ils étaient luxueux, et des ruelles peuplées de maisons mitoyennes en grès rouge rappelant le New York d'Edith Wharton. Il y avait même un célèbre bar d'écrivains – Pete's

Tavern – qui servait de la cuisine italienne dans un décor de saloon à l'ancienne. Mon père m'y emmenait dîner au moins toutes les deux semaines. Leurs spaghettis aux boulettes de viande étaient les meilleurs de New York (du moins, c'était mon avis quand j'avais huit ans), et ces soirées passées en compagnie de mon père étaient un répit bienvenu, loin de l'anxiété de ma mère et des disputes incessantes entre mes parents.

Depuis sa jeunesse, mon père n'avait cessé de se plaindre de la vie à New York. Il rêvait de s'installer sur la côte du Connecticut, dans une banlieue résidentielle, à une heure de route de Manhattan. Il était de ceux qui trouvent toujours l'herbe plus verte ailleurs, il fantasmait une autre vie que la sienne, rêvant par exemple de posséder un bateau dans le détroit de Long Island. Sa rancœur envers New York (où il était né) reflétait le sentiment d'emprisonnement dont il souffrait auprès de ma mère. Nous avions pris l'habitude de louer tous les étés une maison dans la bourgade très cossue d'Old Greenwich – un lieu que j'avais appris à haïr et à redouter dès le plus jeune âge, d'abord parce que j'y étais martyrisé par les autres enfants, tous sportifs et de bonne famille, qui me considéraient comme un citadin bizarre ; et ensuite parce que je redoutais que cette existence provinciale à mourir d'ennui ne devienne mon quotidien si mon père réalisait son rêve de nous arracher à mon Manhattan bien-aimé.

Par chance, en dépit de toutes ses sautes d'humeur, ma mère refusait obstinément de quitter la ville. Je pense qu'elle avait vite compris, après quelques étés passés à Old Greenwich, que dans une enclave blanche protestante elle serait toujours considérée comme une Juive névrosée. La frénésie absolue et l'exubérante diversité de New York lui étaient chevillées au corps, peu importe son statut de mère au foyer et son incapacité à garder longtemps le moindre emploi. C'est grâce à elle que nous n'avons pas suivi l'exode blanc d'après-guerre en direction des banlieues résidentielles. Nous sommes restés new-yorkais – sans pour autant habiter Gramercy Park. Ce qui ne m'a jamais dérangé, peut-être parce que ma vision du monde se réduisait à notre quartier de la classe moyenne et à mes incursions quotidiennes dans l'East Village quand j'étais encore écolier.

Revenons soixante et un ans en arrière, vers 1963. Chaque matin, j'attendais le bus scolaire au coin de la 19e Rue et de la Deuxième Avenue, et celui-ci me déposait huit pâtés de maisons plus au sud, au croisement de la 11e Rue et de St. Mark's Place, où se trouvait ma première école aux mœurs très libres. Le début des années 1960 aux États-Unis était une période d'immense allégresse et de confiance en l'avenir. John Kennedy habitait la Maison-Blanche. C'était le début d'« un bref instant lumineux » (les paroles d'une célèbre comédie musicale de Broadway, *Camelot*, que Jackie Kennedy a adoptées plus tard comme métaphore pour décrire les trente-quatre mois de présidence de son mari). Kennedy lui-même proclamait que son mandat serait le début d'une Nouvelle Frontière, à partir de laquelle le monde entier avancerait vers un avenir meilleur. Étais-je conscient de tout cela à l'époque ? Lors de l'intronisation de JFK, je n'avais que six ans. Pourtant, j'ai gardé de lui un souvenir extraordinaire. En octobre 1960, en plein milieu de sa campagne présidentielle contre Nixon (que beaucoup de gens lui ont reproché de n'avoir battu que grâce à son père, à la moralité douteuse et aux relations influentes), ma mère a appris que Kennedy paraderait le long de la Deuxième Avenue – et a insisté pour nous emmener, mon petit frère Bruce, alors âgé de deux ans, et moi au coin de notre rue afin de le regarder passer. On sait tous à quel point un enfant de cinq ans peut trouver le temps long. La demi-heure d'attente avant l'arrivée de Kennedy m'a paru aussi interminable que les cinq heures du *Siegfried* de Wagner aujourd'hui. Bruce pleurait d'ennui. Je demandais sans cesse à ma mère – elle avait trente et un ans à l'époque – quand il allait finir par se montrer.

« Patience ! Tu te souviendras de ce jour toute ta vie. »

Elle avait raison, puisque je suis en train de raconter cette histoire des décennies plus tard. Je me rappelle avoir entendu une femme crier : « Il arrive ! » La foule s'est élancée, et un policier a soudain fait quelque chose d'impensable pour moi à ce moment-là, mais que je trouve rétrospectivement fabuleux : il m'a hissé sur ses épaules pour que je puisse regarder passer la parade.

Et, après plusieurs agents de police à moto et deux voitures ornées de grandes bannières « KENNEDY-JOHNSON 1960 », une limousine à toit ouvrant est apparue. C'était lui : le sénateur du Massachusetts, âgé de quarante-trois ans, « incroyablement bel homme » (comme l'a décrit ma mère par la suite), en train de saluer la foule. Il m'a remarqué, assis sur les épaules du policier. Il m'a désigné du doigt. Il m'a adressé un pouce levé. Je lui ai rendu son geste. Il a souri. Puis…

La parade a continué sa route.

Trois ans et un mois plus tard, nous lisions à voix haute des paragraphes de *Tom Sawyer* dans ma classe de CM1 quand, sans prévenir, on a frappé à la porte et le principal de l'école a fait signe à notre maîtresse, Mrs Flack, de le suivre dans le couloir. Quelques secondes plus tard, elle a crié :

« Oh mon Dieu, non ! »

Les élèves ont échangé des regards nerveux. Puis Mrs Flack est revenue et s'est assise face à nous, tête baissée et doigts entrecroisés comme pour dire une prière. Mais elle ne communiquait pas avec sa version personnelle du Tout-Puissant. Non, elle pleurait. Après avoir fixé la surface grêlée de son bureau pendant un très long moment, elle a relevé vers nous ses yeux rougis, le visage ruisselant de larmes.

« Les enfants, le président Kennedy s'est fait tirer dessus à Dallas. On l'a emmené d'urgence à l'hôpital. »

Les cours ont immédiatement pris fin. Le temps que je rentre à la maison, une heure et demie plus tard, ma mère était plantée devant la télévision, où le présentateur le plus célèbre de cette ère – Walter Cronkite, considéré à l'époque comme la voix de l'autorité américaine – annonçait que le président Kennedy venait de décéder. Mon père se trouvait au Chili « pour affaires » au profit de la compagnie minière qu'il représentait (même si j'apprendrais plus tard qu'il était également à la solde d'une célèbre agence de renseignement). Ma mère était seule. Elle s'est mise à sangloter.

« C'était le meilleur d'entre nous », a-t-elle murmuré, puis elle m'a crié dessus parce que j'avais oublié d'enlever mes chaussures sales avant d'entrer dans l'appartement. Il est vrai qu'elles portaient encore des traces de terre en provenance du terrain de jeux. Je me suis caché dans ma chambre, que je partageais alors avec mon frère Bruce. Le bébé, Roger, dormait dans un berceau dans la minuscule salle à manger attenante à la cuisine. Nous étions une famille de la classe moyenne à Manhattan. Mon père haïssait tout dans cette vie étriquée et tâchait de passer autant de temps que possible hors du pays. Quoique aussi jeune, à quelques mois de mon neuvième anniversaire, j'avais déjà le sentiment que mes parents ne s'appréciaient pas, et que le meilleur moyen d'échapper aux drames de leur guerre domestique sans fin serait de quitter la maison dès que je le pouvais. Mes grands-parents maternels, qui habitaient l'Upper West Side, m'ont longtemps fourni le refuge dont j'avais besoin. Ils possédaient un assez grand appartement juste en face du Muséum d'histoire naturelle. Leur logement était un endroit sombre plein de meubles anciens et de photos de messieurs allemands du XIXe siècle qui avaient fait le voyage de leur patrie jusqu'au Nouveau Monde. Mon grand-père Milton, né en 1895, avait grandi à Yorkville à l'époque où ce quartier de Manhattan était une enclave de la classe ouvrière juive-allemande. Sa femme Mildred venait de Brooklyn, n'avait jamais travaillé, avait donné naissance à une fille unique, et n'avait jamais foutu la paix à personne. Elle était ce qu'on appelle une *yenta* en argot yiddish – une fouineuse qui se mêlait des affaires de tout le monde comme si c'était son droit le plus strict. Mais, quand j'avais huit ans, elle m'accueillait toujours à bras ouverts, visiblement ravie que son petit-fils aîné veuille passer autant de temps chez eux. J'y allais surtout pour voir mon grand-père, un petit homme propriétaire d'une entreprise de bijouterie dans le Diamond District de Manhattan. Il était amoureux de New York. « N'oublie jamais ça, aimait-il me dire, tu habites la meilleure ville du monde. » Comme ma grand-mère, il n'avait pas fait d'études. Mais tous deux, férus de lecture, étaient abonnés à un service bien connu à l'époque, le Book of the Month Club, qui leur envoyait un livre chaque mois. Puisque ma grand-mère préférait les romances et la fiction historique, et mon grand-père les romans policiers et les récits de guerre, ils recevaient chacun un ouvrage différent toutes les quatre semaines… qu'ils ne manquaient jamais de dévorer. Ils possédaient une énorme radio ancienne – une vieillerie datant des années 1930 – que ma grand-mère laissait allumée sur une fréquence qui diffusait de la musique populaire, facile à écouter. Quand nous avons récupéré leur appartement l'année suivante, j'ai hérité de la radio – et, adolescent, je me suis découvert une obsession pour les stations de jazz et de musique classique new-yorkaises. Assis face à ce mastodonte (la radio mesurait environ un mètre vingt de haut, encastrée dans un meuble en acajou verni, avec un bouton aux fioritures dorées qui s'illuminait avec un bourdonnement caractéristique lorsqu'on le tournait), j'ai découvert une nouvelle forme d'échappatoire en me noyant dans la musique. J'écoutais religieusement les concerts du Metropolitan Opera diffusés en direct tous les samedis après-midi à 13 h 05.

Mes grands-parents n'étaient pas un couple très heureux, c'était évident. Je ne me rappelle pas les avoir vus se témoigner la moindre affection. Ils dormaient dans des lits à part. Mon grand-père trouvait sans doute Mildred exaspérante, avec sa manie de s'occuper de tout et son incapacité à tenir en place. Ma mère avait hérité de ces deux caractéristiques, et ma grand-mère n'arrangeait rien en lui téléphonant au moins cinq fois par jour. Elle ne la laissait jamais tranquille : à ses yeux, ma mère resterait perpétuellement une petite fille.

Malgré tout, mes grands-parents se montraient aimants envers moi. Ma grand-mère remplissait toujours ses placards et sa glacière (un réfrigérateur à l'ancienne) de ma boisson préférée, la Ginger Beer. Elle me servait du saumon fumé de chez Barney Greengrass, The Sturgeon King (« Le Roi des Esturgeons », c'était le vrai nom de la boutique), sur du bon pain de seigle de la boulangerie Grossinger's située au coin de leur rue, au croisement de Columbus Avenue et de la 76e Rue, ainsi que des cupcakes ornés de glaçage qui provenaient d'une autre pâtisserie du quartier. Mon grand-père m'emmenait souvent voir des films, des matchs de base-ball et des pièces de théâtre. J'adorais lui rendre visite à son bureau, dans un magnifique immeuble Art déco sur la 49e Rue et la Cinquième Avenue, où je ne me lassais pas de jouer avec les calculatrices de ce temps-là. C'est aussi là qu'a commencé tout doucement mon addiction aux claviers : j'ai laborieusement appris à taper sur une antique machine à écrire dans un coin des locaux. La compagnie de mon grand-père s'appelait Milton Braun Inc. et employait cinq personnes, dont deux comptables africaines-américaines – ce qui, je l'ai appris plus tard, était plutôt osé à une époque où les personnes de couleur étaient généralement reléguées à des travaux de ménage ou d'entretien.

Passer du temps chez mes grands-parents signifiait avant tout échapper au petit appartement familial résonnant d'éclats de voix, où régnait constamment la crainte que mon univers tout entier se déchire du jour au lendemain.

C'est pourquoi, quand ma mère s'est mise à crier à cause de mes chaussures sales et de mon flagrant manque de respect face à son chagrin alors que notre si beau Président venait d'être assassiné, je me suis enfui dans ma chambre. J'ai attendu de l'entendre s'affairer dans la cuisine, à s'occuper de Bruce et à nourrir le bébé, pour me faufiler dans la chambre de mes parents et composer le numéro du bureau de mon grand-père sur le téléphone au bruyant cadran rotatif. Sa secrétaire a décroché immédiatement. Elle aussi avait la voix de quelqu'un qui vient de pleurer. Quand je lui ai dit qui j'étais, elle a crié à travers le bureau :

« Mr Braun… C'est votre petit-fils, Dougie ! »

Au téléphone, mon grand-père semblait peiné, quand bien même il votait toujours républicain.

« C'est très mal, ce qui est arrivé aujourd'hui à Dallas, Dougie. Tu te souviendras toute ta vie du 22 novembre 1963. Ta mère est là ? »

Je lui ai expliqué précipitamment qu'elle était très contrariée et s'était énervée contre moi à cause de mes chaussures. Puis j'ai demandé si je pouvais venir passer le week-end chez lui et ma grand-mère.

« Passe-la-moi, a-t-il dit.

— Si elle apprend que je t'ai téléphoné…

— D'accord, alors raccroche. Je vais la rappeler tout de suite. Je ferai comme si c'était mon idée. Ensuite, je préviendrai ta grand-mère pour qu'elle t'attende. »

Trente minutes plus tard, muni d'un petit sac d'affaires de rechange, de trois livres que j'avais l'intention de lire et de 2 dollars, je me trouvais en bas de l'immeuble avec mes deux frères et ma mère qui hélait frénétiquement un taxi. Au moment où je montais dans le véhicule, elle s'est penchée vers moi.

« Je parie que c'est toi qui as téléphoné pour lui dire que j'étais une mauvaise mère…

— Pourquoi je ferais ça, maman ? »

J'étais bien conscient de mentir, mais c'était la seule façon pour moi de m'évader pour le week-end.

« Tu te rappelles ce qui arrive à Pinocchio quand il ment ? a-t-elle demandé.

— Son nez s'allonge. »

Machinalement, j'ai touché le mien.

« Ah, tu vois ! Tu vois ! Je t'ai vu toucher ton nez. Tu me racontes des bobards !

— Mais mon nez ne s'allonge pas, maman. »

J'aurais donné n'importe quoi pour pouvoir ajouter : « Et je ne suis pas un foutu pantin en bois. »

J'ai insisté pour donner moi-même au chauffeur l'adresse de mes grands-parents au lieu de laisser ma mère s'en charger. Rétrospectivement, je sais que cet instant de mon enfance a tracé une ligne de démarcation importante : je commençais à comprendre que des issues de secours étaient à ma disposition – comme la bibliothèque du quartier, sur la 23e Rue Est, où j'étais autorisé à me rendre à pied deux fois par semaine à la condition expresse d'être de retour moins d'une heure trente après avoir quitté la maison. En 1963, un ticket de métro valait 15 cents, et le long trajet en taxi jaune jusqu'au numéro 40 de la 77e Rue Ouest (une distance de cinq kilomètres vers le nord et trois vers l'ouest) ne coûtait pas plus de 2 dollars, pourboire inclus – aujourd'hui, il y en aurait pour environ 30 dollars.

Mon chauffeur ce jour-là était du genre taiseux, et le seul son dans l'habitacle était la radio 1010 WINS, une station commerciale d'information en continu. Alors que nous démarrions, j'ai appris que le vice-président Johnson venait de prêter serment à bord d'Air Force One, l'avion présidentiel, qui ramenait en ce moment même le corps de JFK à Washington. Nous avons pris la Sixième Avenue vers le nord, puis obliqué à l'ouest sur la 42e Rue – alors un ramassis monochrome de petits cinémas en déréliction, qui étaient pour la plupart ouverts vingt-quatre heures sur vingt-quatre et proposaient des tickets à 25 cents. Nous avons remonté la Huitième Avenue, une artère délabrée le long de laquelle déambulaient des prostituées parmi les cinémas porno et les sex-shops. Partout, des Amérindiens mendiaient pour survivre. Des types louches vendaient toutes sortes de drogues sous le nez de gros flics blancs, qui touchaient probablement un bakchich sur toutes les activités illégales se déroulant dans leur juridiction. Treize ans plus tard, le *Taxi Driver* de Martin Scorsese saisirait à la perfection l'esprit crapuleux, démuni et rageur de ce coin de Manhattan. Bien sûr, à huit ans, je ne connaissais rien à ce monde miséreux et sordide – si ce n'est qu'il me paraissait miséreux et sordide.

Toute cette malpropreté prenait fin dès qu'on passait au nord de la 57e Rue. Nous avons dépassé le New York Coliseum – un centre commercial où mon père se rendait une fois par an lors du Salon nautique pour contempler le sloop qu'il rêvait de posséder et qui resterait hors de sa portée toute sa vie durant –, puis Broadway, où un ancien quartier pauvre venait d'être démoli pour faire place à un impressionnant complexe dédié aux arts, le Lincoln Center. *West Side Story* avait été tourné trois ans auparavant dans la misère des ruelles alentour. Nous avons longé le coin de la 70e Rue surnommé Needle Park, le « parc aux aiguilles », à cause de la haute densité de junkies et de dealers d'héroïne qui se regroupaient dans ce triangle de béton derrière une station de métro. Nous avons pris la 78e Rue vers l'est, croisant Amsterdam Avenue, encore considérée à l'époque comme un piège mortel à la nuit tombée – des gangs y prenaient pour cible quiconque ne possédait pas ce qu'on appelait dans mon adolescence la *sidewalk craft*, la « conscience du trottoir », cette capacité à négocier intelligemment les rues dangereuses où il ne faisait pas bon s'aventurer.

Enfin, le taxi s'est engagé sur la 77e Rue Ouest, entre Columbus Avenue et Central Park West. Côté nord s'élevait le monumental Muséum d'histoire naturelle, qui occupait deux pâtés de maisons entiers et comptait parmi ses innombrables trésors une galerie des dinosaures (le tyrannosaure rex m'avait donné des cauchemars) et un planétarium sous le dôme duquel j'ai appris pour la première fois l'immensité de notre système solaire et l'infinité absolue de l'espace. La rue de mes grands-parents était emblématique du West Side de l'époque, strié de frontières sociales. Du côté de la New York Historical Society et de Central Park se trouvaient deux immeubles de logements élégants, aux loyers élevés (pour le quartier), abritant les familles d'employés de haut rang dont les enfants fréquentaient les écoles privées alentour. Un petit édifice en briques rouges était pris en sandwich entre deux bâtiments destinés à la classe moyenne (dont celui de mes grands-parents, le numéro 40, situé le plus à l'ouest). À côté se trouvait le numéro 44, l'un des grands classiques du style gothique en vogue dans les années 1920, dessiné par l'architecte Stanford White – qui avait laissé son empreinte distinctive et décidément baroque sur une bonne partie de la ville… jusqu'à ce que le mari de sa maîtresse l'abatte d'une balle de pistolet sur le toit de l'une de ses plus prestigieuses créations : le Madison Square Garden. Le numéro 44 était l'un de ses derniers projets au cœur d'une ville qui sacrifiait trop souvent la magnificence sur l'autel du commerce. Un mois avant l'assassinat de Kennedy, l'un des chefs-d'œuvre de l'architecture urbaine, Pennsylvania Station, avait été démoli – un acte de vandalisme qui résonne encore de nos jours.

Mais revenons à la 77e Rue Ouest. À côté de la bâtisse extravagante et quasi médiévale de Stanford White se tenait un hôtel merveilleusement miteux du nom de Park Plaza. Surmonté d'une enseigne électrique hideuse, il était connu pour être un endroit où la ville reléguait de nombreux sans-abri, junkies et prostituées. Comparée au Manhattan aseptisé d'aujourd'hui, cette juxtaposition délirante d'un hospice pour miséreux et d'un immeuble d'habitation extrêmement recherché par les nantis m'apparaît comme le parfait exemple du New York d'avant Giuliani, la preuve ultime de la futilité des frontières sociales dans une ville alors sans-le-sou, dangereuse et incroyablement captivante.

Mes grands-parents étaient tous les deux présents pour m'accueillir quand je suis arrivé chez eux. Leur cuisinière, Geneva, m'a serré dans ses bras. Africaine-Américaine et plantureuse, elle travaillait pour eux depuis plus de trente ans et savait, de ce que j'avais compris, que Mildred et ma mère étaient folles à lier, mais se gardait bien d'exprimer la moindre pensée là-dessus. Elle habitait Harlem et, en tant que veuve, elle était la seule ressource de sa fille, qui avait eu un enfant hors mariage à une époque où c'était considéré comme une véritable disgrâce sociale. Ce soir-là, elle a fait de son mieux pour garder son calme – mais, pendant qu'elle nous servait le dîner, elle s'est soudain mise à pleurer. Alors qu'elle s'enfuyait en courant vers la cuisine, secouée de sanglots, ma grand-mère a murmuré :

« Elle est malheureuse parce que Kennedy était très bon envers les nègres. »

Si ce commentaire vous semble suinter le racisme... eh bien, c'était le cas. Mais il est important de le replacer dans son contexte : ce point de vue était largement partagé au sein de la population blanche de l'époque. Après tout, le Voting Rights Act de 1964 et le Civil Rights Act de 1965, passés de force au Congrès et au Sénat et ratifiés par Lyndon Johnson (un Texan qui ne se privait pas d'employer le mot qui commence par *n*, mais s'est avéré le Président le plus progressiste depuis Roosevelt), n'existaient pas encore. Le mouvement pour les droits civiques prenait de l'ampleur, mais la majorité blanche des États-Unis se refusait à reconnaître le racisme omniprésent dans la société ainsi que le monstrueux héritage de l'esclavage et des plantations, sans parler de la ghettoïsation en vigueur dans le pays entier, qui empêchait toute personne de couleur de s'élever sur l'échelle sociale.

Ma grand-mère ne faisait donc qu'exprimer une opinion très répandue selon laquelle les « nègres » étaient différents de nous – ce qui faisait d'eux, au mieux, des citoyens américains de seconde zone. Mon grand-père, lui, a levé les yeux au ciel.

« Tu sais ce que je pense ? Ils vont mettre la main sur Oswald et l'abattre avant la fin de la semaine.

— Ne dis pas des choses pareilles devant Dougie.

— Pourquoi pas ? Il est assez grand pour comprendre.

— Et je sais que c'est Oswald qui a tué le Président, ai-je précisé.

— Tu vois ! a exulté mon grand-père. Tu es un malin, Dougie. Et, crois-moi, Oswald va mourir dans les jours qui viennent. »

Il ne serait pas exagéré de dire qu'il avait eu une prémonition. De toute évidence, il ne voyait pas en Oswald un assassin indépendant – et la théorie dominante après le meurtre de JFK était effectivement qu'il avait été employé par une puissance malveillante, peut-être les Soviétiques (après tout, il avait vécu plusieurs années en URSS et était marié à une Russe). Plus tard, une nouvelle supposition assez convaincante a émergé, dépeinte par Martin Scorsese en 2019 dans son film *The Irishman* : la mafia avait ordonné l'assassinat en réponse à la croisade de Bobby Kennedy (alors ministre de la Justice au sein du gouvernement dirigé par son frère) contre le crime organisé. D'après le film, la mafia avait contribué à truquer les élections de 1960 en faveur de JFK (principalement dans des États décisifs comme l'Illinois) et enrageait de cette trahison de la part de la famille Kennedy, au point qu'elle avait décidé de donner une bonne leçon au monde entier : personne, pas même le Président des États-Unis, ne se paie la tête de la mafia. Et elle avait choisi Oswald comme bras armé.

Soixante et un ans plus tard, les théories du complot pullulent encore quant aux véritables commanditaires de cet assassinat (mais l'hypothèse de Scorsese me paraît diablement crédible après avoir vu le film). Et il est fort probable que le mystère ne sera jamais élucidé – nombreux sont ceux qui croient que la commission Warren (chargée de l'enquête par le Congrès américain) a délibérément choisi, afin de ne pas provoquer la panique, de dire que Lee Harvey Oswald avait agi de son propre chef. Et ce, même à la suite des événements du dimanche 24 novembre 1963. Comme pratiquement tout le pays ce matin-là, j'étais devant la télévision – avec mon grand-père – pour regarder la police de Dallas escorter Oswald hors de la prison afin de le conduire à sa comparution initiale. Soudain, un homme en costume bon marché et fédora sombre (un choix vestimentaire typique des films noirs de l'époque) s'est planté devant le prisonnier et lui a dit quelque chose (rapporté plus tard comme : « Tu as tué mon Président ! ») avant de lui tirer trois coups de feu dans le torse et l'abdomen. Je me rappelle avoir pensé : « Est-ce que c'est un téléfilm ? » En effet, cela ressemblait bel et bien à une mise en scène. Ma grand-mère venait d'entrer dans la pièce (où je dormais dans un lit escamotable) quand mon grand-père et moi avons vu les événements se dérouler en direct.

Pan, pan, pan.

Les coups de pistolet étaient à demi étouffés, mais bien reconnaissables. Oswald s'est plié en deux. Les policiers ressemblaient à une bande de lapins figés devant les phares d'une immense voiture. Ma grand-mère a poussé un cri aigu. Mon grand-père a lâché sa pipe.

« Il est mort ? ai-je demandé. Il est mort ? »

Mon grand-père a ramassé sa pipe sur le tapis avant de se pencher pour éteindre le poste. L'image d'Oswald effondré en pleine rue s'est évanouie, comme aspirée par un trou noir (c'est à cela que ressemblait l'extinction des téléviseurs de l'époque).

« Viens, Dougie, on va boire un milk-shake », a déclaré mon grand-père.

J'adorais les milk-shakes. Nous étions dans les années 1960, et il n'était pas question de parler du meurtre auquel je venais d'assister en direct à la télévision, ni de l'expliquer. Mieux valait faire comme si de rien n'était. Mon grand-père m'a donc emmené dans un petit troquet local, où j'ai mangé un hot dog et bu un milk-shake au café tandis qu'il m'interrogeait sur mon école et s'efforçait de faire la conversation. Il semblait malgré tout assez secoué par la scène qui s'était déroulée sur ce petit écran en noir et blanc. Quand je suis rentré à la maison en taxi, ce soir-là, ma mère ne m'a pas posé une seule question sur le fait que j'avais vu Lee Harvey Oswald se faire cribler de plombs… même si je ne doute pas que ma grand-mère lui avait déjà tout raconté.

« Tu as passé un bon week-end chez tes grands-parents ? » m'a-t-elle simplement demandé.

J'ai hoché la tête. J'imagine que, dans mon cerveau de petit garçon de huit ans, je m'interrogeais déjà sur la date de ma prochaine visite chez eux – afin de m'échapper une fois de plus.

Ma famille n'a plus reparlé de l'assassinat de Kennedy. En sortant de l'école le jour des obsèques, j'ai regardé une bonne partie de la cérémonie à la télévision avec ma mère : il y a eu John John Kennedy (ainsi qu'était surnommé son fils) saluant le cercueil de son père, et le cardinal Spellman bégayant au milieu d'une prière, et l'allumage de la flamme éternelle au cimetière d'Arlington, et les lamentations de ma mère, et mon père rentrant du Chili ce soir-là, et la violente dispute entre mes parents, et mon père me racontant comment il avait appris la nouvelle à Santiago, sans me poser la moindre question sur ce que je pensais de tout cela, ni sur ce que j'avais ressenti en voyant Oswald se faire abattre en direct.

Bien sûr, cet événement historique est aujourd'hui comparable au franchissement du Rubicon – son impact au niveau mondial ne s'est ressenti qu'après coup. Les années 1960 avaient annoncé une ère de prospérité et de prestige pour les États-Unis : finie, la lourdeur provinciale de l'administration Eisenhower. JFK et Jackie avaient formé un beau couple moderne, instruits tous les deux. Le Président avait publié deux livres, dont des mémoires de ses années de guerre, où il s'était illustré en héros. À la Maison-Blanche, sa femme avait pris un soin particulier à organiser des soirées culturelles, dont une lecture par Robert Frost (notre plus grand poète en vie), un récital dédié à Beethoven et à Chopin par le célèbre pianiste Arthur Rubinstein et un concert mémorable de Duke Ellington et son orchestre. Soudain, les États-Unis avaient pour couple présidentiel deux Médicis modernes qui croyaient dur comme fer en une culture américaine aussi multiple que profonde, et en son importance pour notre identité nationale. Notre Président adorait le terme « vigueur » (qu'il prononçait avec son accent caractéristique de Boston) parce qu'il représentait sa vision du pays, *vigoureux* fer de lance d'un monde d'après-guerre dans lequel nous avions presque toutes les cartes en main. Et, malgré quelques erreurs géopolitiques au début de son mandat, il avait bel et bien tenu tête aux Soviétiques lors de la crise des missiles de Cuba, évitant un affrontement nucléaire qui aurait marqué la fin du monde tel que nous le connaissions.

JFK avait été abattu d'une main experte, son assassin prétendument indépendant avait subi le même sort quelques jours plus tard, et l'assassin de cet assassin – qui avait des liens avec la pègre – avait fini par mourir en prison. Le frère qui avait provoqué la colère de la mafia, Bobby Kennedy, a été assassiné quelques années plus tard par un autre homme ayant supposément agi de son propre chef – mais qui, après cinquante-six ans d'incarcération, commence maintenant à dire qu'il n'était pas le seul impliqué dans ce meurtre. Que penser de ce récit en forme de casse-tête chinois dans lequel la vérité du complot et du contre-complot ne sera probablement jamais révélée au grand jour ?

Ce que je sais avec certitude sur ce jour de fin novembre 1963, c'est que, à huit ans, j'ai vu un homme tué de sang-froid à la télévision nationale. Tout comme, quatre ans plus tard, l'assassinat de Bobby Kennedy, filmé lui aussi. Tout comme, au journal télévisé, les images choquantes des atrocités commises au Vietnam. Tout comme celles des émeutes au sein des ghettos, de plus en plus brutales, souvent en réaction à des violences policières. Puis est survenu le traumatisme national de l'assassinat de Martin Luther King – avec les célèbres photos de ses collègues agenouillés près de son corps, désignant du doigt la direction d'où était venu le coup de feu.

Grandir aux États-Unis durant cette période troublée m'a fait voir la violence de près. Comme beaucoup, j'ai eu la possibilité de faire des études, ce qui m'a sauvé de la conscription. Ainsi, contrairement à nos pères qui avaient combattu pendant la Seconde Guerre mondiale ou en Corée (je n'ai quasiment pas connu d'amis ou de camarades de classe dont le père n'avait pas été dans l'armée ou vu un combat), nous n'avons pas eu à subir personnellement l'horreur du champ de bataille.

Quand j'ai confié à mon père que je faisais des cauchemars depuis que j'avais vu « le méchant qui a tué le Président se faire tirer dessus », sa réponse a été des plus classiques.

« Il a eu ce qu'il méritait, et tant mieux si tu l'as vu manger du plomb. Ce n'était pas joli à regarder – mais la vie est souvent moche, morveux. »

Une réplique tout droit sortie d'un roman de gare, mais qui résumait bien sa vision du monde. Une fois qu'on a fait la guerre, tous les autres problèmes de l'existence (en particulier ceux d'un fils aîné pas du tout endurci) ne sont plus que menu fretin, infantiles et ridicules. De mon côté, j'étais si intimidé par la brusquerie de mon père que je lui parlais rarement de mes soucis – sauf quand ceux-ci étaient liés à ma mère. Aucun de leurs amis n'était divorcé (cela n'a commencé à changer qu'au début des années 1970) et l'un des programmes télévisés les plus populaires à l'époque était une espèce de soap-opéra appelé *Divorce Court*, où de pauvres diables se présentaient devant un juge incroyablement sévère… qui appliquait à la lettre la notion de « jusqu'à ce que la mort nous sépare » et ne se privait jamais de sermonner l'assistance en annonçant sa décision. Le message de cette émission était on ne peut plus clair : divorcer revenait à saboter les fondations mêmes de l'Amérique.

Enfant, j'étais terrifié par l'idée de me retrouver seul avec ma mère – elle n'hésitait pas à ouvrir en grand la porte des toilettes même quand quelqu'un s'y trouvait, elle me rappelait régulièrement que c'était à cause de moi qu'elle n'avait jamais pu faire carrière, et me répétait à l'envi : « Je t'aime, mais qu'est-ce que tu m'agaces ! » La possibilité que mes parents divorcent était donc un cauchemar. Je craignais sans cesse que mon père, toujours en déplacement dans des lieux aussi explosifs que Haïti, l'Algérie ou le Chili (soi-disant afin d'y établir des mines de cuivre pour le compte de son entreprise, mais également sous couverture pour la CIA), ne périsse dans un crash aérien. Un ami d'enfance, Bobby Benjamin, avait perdu son père lorsque l'avion de celui-ci avait manqué la piste d'atterrissage à l'aéroport d'Idlewild (plus tard rebaptisé en l'honneur de JFK), sombrant dans les eaux glacées de Jamaica Bay. Les accidents n'étaient pas rares à l'époque.

Vers la fin des années 1960, certains amis de mon père ont également décidé de se mettre à une nouvelle mode nationale appelée jogging, et ont succombé à des crises cardiaques foudroyantes dans les allées de Central Park. Il faut dire qu'à l'époque, pratiquement tout le monde fumait – seule ma mère dérogeait à cette règle –, le dîner moyen était constitué de viande rouge et de pommes de terre, et la norme voulait qu'on s'envoie deux gin martinis au déjeuner, un ou deux cocktails en rentrant à la maison, et un whisky à table (le vin n'était pas encore une boisson très répandue). Personne ne parlait de pression, d'anxiété, ni de stress post-traumatique, alors que mes deux parents étaient visiblement affectés par chacun de ces maux. Comment ne pas ressentir un minimum d'empathie quand, à l'âge adulte, j'ai commencé à mieux comprendre mon père ? Retrouver sa mère morte d'un infarctus sur le sol de leur appartement à seulement treize ans ; perdre tous ses amis d'enfance – qui s'étaient engagés à ses côtés – ainsi que la plupart de ses frères d'armes dans le bain de sang d'Okinawa ; se convaincre du bien-fondé d'un mariage qu'il savait être une mauvaise idée dès le départ ; s'enfermer dans une carrière commerciale alors que son rêve était de devenir médecin (rêve qu'un examen de chimie raté lors de son premier semestre à Columbia, tous frais payés par l'armée en remerciement de ses services, avait définitivement brisé) ; se retrouver père de trois enfants à trente-six ans, croulant sous les responsabilités alors qu'il ne voulait que sa liberté… Quand je pense à lui aujourd'hui, avec tous ses défauts et ses mauvaises décisions, je vois en lui une parfaite représentation de ce que les Américains sentimentaux aiment décrire comme la « meilleure génération » – en référence au fait que cette génération a grandi sous la Grande Dépression avant de combattre pendant la Seconde Guerre mondiale (surnommée la « bonne guerre » dans certains milieux). Ils reprochaient souvent à leurs enfants, les baby-boomers, d'être trop fragiles et pourris gâtés. Maintenant que je suis parent à mon tour, je vois dans ses méthodes paternelles – notamment la menace et le recours à la violence physique sous le coup de la colère – un symptôme de ses déficiences et de ses traumas personnels. Il s'avère qu'une déception latente parcourt l'entièreté du narratif de la « meilleure génération » : les immenses sacrifices de la guerre, suivis par la paix et l'abondance suffocantes des années 1950, ont donné lieu à un spleen viscéral : l'ennui d'une vie conjugale et familiale aux horizons limités, le calvaire d'un métier sans intérêt et d'un quotidien monotone…

Cependant, contrairement à mes parents, tous les New-Yorkais ne tombaient pas dans ce piège domestique. Certains passaient leurs nuits entre les sessions du Village Vanguard, les clubs de jazz de la 52e Rue et les cinémas de la 42e. L'intelligentsia de l'Upper West Side débattait de Marcuse et de Sartre tout en écumant les bouquinistes de la 8e Rue et de Greenwich Village, les petites salles proches de Broadway où des dramaturges d'avant-garde tels qu'Edward Albee redéfinissaient le théâtre américain, ou les clubs de musique folk autour de McDougall Street où le jeune Bob Dylan trouvait son public. Sans oublier Ginsberg et la Beat Generation du Lower East Side, et toute l'effervescence des expressionnistes abstraits qui conduisaient la scène artistique vers de tout nouveaux rivages.

Deux étages au-dessus de chez nous vivait l'un des assistants du conservateur du MoMA. Mon père et lui avaient à peu près le même âge, s'étaient rencontrés dans l'ascenseur de l'immeuble et sortaient de temps en temps boire un coup dans un bar du quartier. Il était marié, mais encore sans enfants. Quand j'avais dix-huit mois – en juin 1956, ainsi que me l'a raconté plus tard mon père d'un air assez pensif –, l'assistant du conservateur l'a invité à regarder un match de base-ball chez lui un dimanche après-midi, sur l'un de ces bijoux technologiques flambant neufs appelés téléviseurs. Ma mère était sortie au cinéma avec une amie, si bien que mon père m'a emmené chez le voisin, où se trouvaient six hommes en train d'enchaîner les bières et les cigarettes. À notre arrivée, quelqu'un lui a tendu une cannette de Schaeffer, et l'un des autres invités a proposé de s'occuper de moi quelques minutes afin qu'il puisse faire une pause. Le type en question était Willem De Kooning, l'expressionniste abstrait d'origine néerlandaise. Par la suite, il m'a passé à Robert Motherwell, qui m'a passé à Robert Rauschenberg, qui m'a passé à Franz Kline. Chacun semblait content de s'occuper de ce New-Yorkais miniature pendant un moment. Mais, quand Kline a voulu me passer à Jackson Pollock, le grand homme aurait déclaré :

« Je hais les gosses. »

Ce genre de situation ne pouvait avoir lieu que dans le Manhattan du milieu du siècle ; et mon père, qui n'avait rien d'un philistin malgré toute sa rigueur conservatrice, était fier de se trouver dans la même pièce que ces illustres figures de l'art américain d'après-guerre. Je n'ai jamais compris pourquoi ce New-Yorkais était si désireux d'aller s'enterrer en banlieue – si ce n'est son don inné pour se gâcher la vie à coups de décisions profondément contre-intuitives. Comme je l'ai dit plus tôt, ma mère avait beau être cinglée, son refus catégorique de quitter New York nous a tous sauvés d'une vie de déracinement et d'ennui. J'ai pu finir l'année scolaire dans mon école de l'East Village – où, une semaine après l'assassinat de JFK, on nous a tous rassemblés et fait lever pour entonner des paroles ronéotypées (qui se souvient encore des ronéotypes, ces pré-photocopieuses antédiluviennes permettant de reproduire une page de texte ?).

Mon père était revenu tôt du bureau cet après-midi-là. Il était d'humeur massacrante, et j'entendais déjà des éclats de voix en provenance de la cuisine à mon retour de l'école. Quand j'ai utilisé ma clé (que je portais autour du cou) pour ouvrir la porte d'entrée, il m'a gratifié d'une étreinte rapide tout en me demandant ce qu'on nous apprenait sur l'assassinat de Kennedy dans mon « école de communistes ».

« Il n'y a que toi pour dire ça, a sifflé ma mère. C'est une bonne école libérale où ils ne frappent pas les enfants, contrairement aux frères chrétiens chez qui tu étais.

— Et toi, toujours à parler de ce que tu ne connais pas, a-t-il violemment rétorqué. Pour quelqu'un qui a fait une "bonne" école pour filles médiocre et une "bonne" université de seconde zone…

— Tu ne peux pas t'empêcher d'être un salaud, hein ? »

Et elle s'est enfuie en pleurant dans leur chambre. Mon père est allé se servir un triple J&B à la petite crédence où il rangeait ses alcools et l'a descendu d'un trait. Alors seulement il a remarqué le papier que je tenais à la main.

« Qu'est-ce que t'as là ? a-t-il demandé avec son accent de Brooklyn.

— Une chanson qu'on a chantée à l'école aujourd'hui.

— Une bonne chanson ?

— Moi, j'ai bien aimé.

— Eh bien, qu'est-ce que t'attends ? Chante-la. »

J'ai donc déplié la feuille ronéotypée pour réciter à mon père ce qui, à mon insu, était une ballade pacifiste avec des relents de socialisme. Je n'en étais qu'à la moitié de mon concert improvisé quand mon père m'a arraché les paroles des mains.

« Ils t'inculquent ces conneries de rouges à l'école ?

— Ils ont juste demandé qui voulait chanter une chanson.

— Mon œil, a-t-il rugi. Ils vous obligent à chanter ces saloperies anti-américaines. Laisse-moi deviner : pour Thanksgiving, ils vous emmènent au kolkhoze ?

— Papa, c'est juste une chanson.

— C'est un serment d'allégeance à Moscou, voilà ce que c'est ! »

Je ne me rappelle pas grand-chose du reste de la soirée, si ce n'est qu'avant de m'endormir, j'ai entendu mes parents se disputer une fois de plus, et mon père beugler :

« Je ne laisserai pas mon fils chanter ces conneries de pédés communistes ! »

Conneries de rouges. Kolkhoze. Pédés. À huit ans, je ne comprenais pas encore la portée de ces mots. Les termes insultants envers les minorités étaient monnaie courante. Mon père n'employait certes jamais le mot en *n*, mais il utilisait volontiers « négro » pour décrire un militant africain-américain qui l'agaçait particulièrement ou un comédien qu'il trouvait trop prétentieux. Ce qui ne l'empêchait pas de critiquer ouvertement les racistes décomplexés comme George Wallace ou Lester Maddox (gouverneurs respectifs de l'Alabama et de la Géorgie, qui s'acharnaient à contrecarrer les progrès sociaux dans leurs enclaves sudistes). Malgré tout, mon père restait résolument conservateur, et la véhémence de son attachement à notre mode de vie national ne pouvait faire bon ménage avec l'apprentissage de chansons antimilitaristes dans mon école. Ce fut la fin de mon idylle scolaire dans l'East Village. Une semaine plus tard, ma mère m'a annoncé qu'on allait faire des courses et m'a entraîné dans un grand magasin de la Cinquième Avenue, Best & Co., où l'on m'a fait essayer les différentes pièces de l'uniforme de Collegiate. Mon père a noué lui-même ma cravate le matin où ma mère devait m'y emmener.

« Tu as l'air d'un jeune homme comme il faut, maintenant, pas d'un beatnik. »

J'ai compris plus tard que mon père détestait l'East Village parce que ce quartier représentait l'exact inverse du code de conduite en vigueur dans l'Amérique d'après-guerre. Comme tant d'hommes de sa génération, il avait dans le crâne une petite voix de l'autorité qui lui dictait son comportement, et rares étaient ceux qui osaient s'élever contre ces lois aussi strictes que tacites. Depuis sa mort en 2014, je me suis souvent demandé si sa rage aveugle à l'encontre de tout ce qui dérogeait à la norme masculine blanche était due à son sentiment d'enfermement dans ce monde étriqué et rigoureusement codifié. C'est cette prise de conscience-là qui m'a permis de mieux comprendre le mouvement conservateur actuel : il est né de cette frustration, de ce sentiment d'être pris au piège par un système nettement dysfonctionnel dans lequel on croit dur comme fer et dont on ne peut cependant pas se libérer. Le conservatisme a indéniablement à voir avec la nostalgie, on regrette sans cesse une époque révolue décrite comme plus bucolique, plus ordonnée, aux certitudes que rien ne remet en question. Rétrospectivement, les premiers signes de la rage masculine blanche qui domine aujourd'hui les États-Unis étaient déjà bien visibles en 1964, parmi des hommes comme mon père et ses anciens frères d'armes… devenus à contrecœur employés de bureau et pères de famille, furieux contre tous ceux qui ne leur ressemblaient pas.

Si mon père a voulu me faire entrer à Collegiate, et s'il m'a emmené de force chez le coiffeur pour m'affubler d'une détestable coupe en brosse (qui, du haut de mes huit ans, faisait de moi une version miniature de la nouvelle recrue des marines qu'il avait été pendant la guerre), c'était pour lui une façon de dire : *Pourquoi devrais-tu être différent de moi ?*

Le fait est que j'étais déjà très différent : j'aimais grandir dans cette ville et explorer chaque jour les rues de l'East Village sous la supervision de mes professeurs, parmi les *delis* lituaniens, les clubs croates, les synagogues, l'église russe orthodoxe et toutes sortes de stands et d'échoppes dont beaucoup de tenanciers portaient les grands chapeaux noirs et les tresses (nommées *payess* en hébreu) caractéristiques des juifs hassidiques.

Dans mon regard d'enfant, l'ambiance délicieusement populaire et sordide de ce quartier regorgeait de merveilles sans fin. J'y étais chez moi.

Mon père, lui, rêvait d'une jolie maison à bardeaux blancs dans une banlieue bien blanche du Connecticut ou de Westchester, débarrassée de toute cette crasse urbaine, où tout le monde respectait les règles et où ses enfants, dans le parc du quartier, n'auraient pas à côtoyer des junkies en train de s'acheter un sachet d'héroïne pour 5 cents ou des prostituées négociant une pipe à 3 dollars.

Nous sommes tous façonnés par les contours de notre enfance : le bon, le mauvais, le laid – et toutes les zones grises au milieu. J'ai connu des gens issus de familles stables qui sont devenus bizarres, presque psychotiques ; à l'inverse, j'ai des amis qui ont été élevés dans des circonstances plus que cruelles et ont néanmoins réussi à s'en sortir plutôt bien dans leur vie d'adulte.

Moi, j'ai grandi dans ce petit appartement malheureux, mais l'East Village et la ville tout entière ont fourni très tôt un contrepoids à cette hystérie familiale typique du milieu du siècle.

Voilà pourquoi je dis toujours : oui, je suis peut-être américain – mais, avant tout, je suis new-yorkais.

2

L'argent : notre façon de marquer des points

« Tu as trouvé du boulot pour cet été ? » m'a demandé Ben, mon camarade de classe.

On était en 1971. Je venais de finir mon avant-dernière année à la Collegiate School for Boys. Dans quelques mois, je commencerais à envoyer des candidatures aux universités. Mes notes étaient excellentes, mais j'avais obtenu des résultats désastreux aux SAT (Standardized Aptitude Tests) servant à évaluer les compétences cognitives des élèves (raisonnement, analyse, calcul complexe et vocabulaire avancé). Ces tests consistaient à lire des questions, puis à y répondre en cochant la bonne case. J'ai toujours eu des problèmes avec *tout* ce qui est standardisé – et ma vision se brouillait chaque fois que j'essayais de me concentrer sur ces cases. Résultat : j'avais des notes suffisantes pour intégrer l'une des universités mineures de l'Ivy League, et un score aux SAT qui me donnerait au mieux accès à l'université de l'Alabama. Je commençais sérieusement à m'inquiéter pour mon avenir estudiantin.

Mais en attendant, j'avais tout l'été devant moi. Mes parents emmenaient mes deux petits frères pour les traditionnelles vacances sur la côte du Connecticut (à l'époque où une famille de la classe moyenne comme la nôtre pouvait se permettre d'y louer une maison pendant deux mois entiers), et j'avais obtenu l'autorisation de rester en ville, à condition de leur rendre visite un week-end sur deux, puisque j'avais trouvé du travail entre le mois de juin et la mi-août – ainsi que je l'ai expliqué à Ben tandis que nous buvions un café dans un *diner* typique de New York (The Burger Joint, sur Broadway, entre la 76ᵉ et la 77ᵉ Rue).

« Je vais animer des visites guidées à la galerie des dinosaures au Muséum d'histoire naturelle.

— C'est cool, a commenté Ben d'un ton qui disait tout le contraire.

— Et toi ? »

Il m'a regardé droit dans les yeux.

« Je vais produire un film à Londres. »

C'était la pure vérité. Ben était l'un des héritiers d'une famille qui avait fait fortune dans la vente de spiritueux au Canada à partir des années 1920, alors que la Prohibition avait interdit tout alcool aux États-Unis – donnant ainsi lieu à un juteux marché noir en provenance des pays voisins. Le Canada s'était lancé dans la production de whisky et de gin, et la famille de Ben avait fondé une entreprise spécialisée dans l'alcool de seigle à des fins d'exportation illégale. L'entreprise se trouvait toujours là-bas, longtemps après que Roosevelt avait mis fin à la Prohibition, mais la famille de Ben avait émigré à New York, dans un duplex au croisement de la Cinquième Avenue et de la 66e Rue – encore de nos jours l'un des quartiers les plus huppés de Manhattan. Les parents de Ben, désireux de lui fournir la meilleure éducation possible, l'avaient bien évidemment inscrit à Collegiate, et c'était là qu'il avait rencontré des gamins de la classe moyenne tels que moi. Nous venions de mondes complètement différents. Sa famille employait des domestiques – une batterie de cuisiniers, de personnel de ménage, de valets et de chauffeurs voués à satisfaire chacun de leurs besoins. Nous avions une femme de ménage qui venait une fois par semaine, ce que nous considérions comme un luxe. Loin du domaine privilégié de la Cinquième Avenue, nous avions récupéré l'appartement à loyer encadré de mes grands-parents sur la 77e Rue Ouest, juste à côté de l'hôtel Park Plaza et de sa clientèle plus que douteuse. Chaque matin, deux prostituées africaines-américaines travesties me regardaient partir pour l'école dans mon uniforme et me lançaient : « Quelle classe, trésor ! » Tout d'abord intimidé par cette jovialité outrancière, j'avais vite pris le parti de leur sourire avec bonne humeur.

Non loin de l'hôtel se trouvait Columbus Avenue. Pendant mon adolescence – et jusqu'à ce que la gentrification gagne du terrain à partir de 1976 –, Columbus Avenue avait encore le grain visuel et social des scènes de rue à la Weegee, le grand maître de la misère sordide et violente en noir et blanc. Dans cette artère principalement composée d'immeubles d'habitation bas, avec de petites boutiques et quelques galeries marchandes, il y avait notamment la meilleure boulangerie juive de la ville : Grossinger's, où mes grands-parents achetaient le fameux pain de seigle auquel j'étais devenu accro pendant mes visites chez eux. Il y avait une pharmacie à l'ancienne où j'ai, un jour, payé 1 dollar pour cinq paquets de cigarettes destinés à mon père – son cadeau de Noël 1964, après notre emménagement dans le quartier. Mr Moldau, le pharmacien, m'a même fait un paquet-cadeau. Plusieurs détails de cette histoire me semblent aujourd'hui marquants : d'une part, le paquet de cigarettes à seulement 20 cents (contre 17,50 dollars de nos jours, ce qui est insensé), et d'autre part le fait que Mr Moldau n'ait pas hésité à en vendre à un enfant de neuf ans. Aujourd'hui, vendre des cigarettes à un mineur lui vaudrait de sérieux ennuis. Mais à l'époque, nul ne voyait le moindre problème à ce qu'un enfant en offre à son père pour Noël ; Mr Moldau m'a même complimenté, disant que j'étais « un garçon attentionné ».

La pharmacie LaRochelle jouxtait le magasin de cigares Optimo, tenu par un vieil homme grincheux du nom de Morris qui – surprise, surprise – fumait constamment des cigares bon marché. Il vendait aussi des bonbons, des magazines et des journaux. J'y allais souvent pour m'acheter un paquet de M&M's à 10 cents et couler des regards en douce vers le *National Enquirer*, qui est aujourd'hui un journal à scandale aux gros titres complètement crétins comme : « Meghan Markle a-t-elle couché avec le prince Philip avant son mariage avec Harry ? » À l'époque, il me fascinait parce qu'il était connu pour son journalisme grand-guignolesque. Tom Wolfe a un jour écrit un brillant article sur sa visite à un congrès de pigistes de l'*Enquirer* spécialisés dans le genre d'articles dont même la police ne voulait pas parler : « Un nain jette une fille du haut d'une falaise pour avoir refusé de danser avec lui ! », « J'ai gavé mon bébé de poivre ! », ou encore, mon préféré : « Le soir de notre nuit de noces, mon mari m'a montré les cicatrices sur son torse : "C'est tout ce qu'il reste de mes seins" ! »

À neuf ans – l'âge auquel j'ai commencé à traîner à l'Optimo Cigar Shop pour lire ces torchons –, je commençais déjà à me passionner pour ce qui ne saurait être mieux décrit que comme le « gothique américain ». Mais Morris, ce misanthrope invétéré, me disait toujours sèchement :

« Petit, si tu veux lire ces bêtises, achète-les. Ça fera 25 cents. »

Je pourrais m'étendre sur le cordonnier local, un immigré lituanien qui (ainsi que me l'a appris ma mère) avait séjourné dans un camp de travail soviétique avant de s'échapper pour gagner les États-Unis ; sur la pizzeria portoricaine, la blanchisserie chinoise, le restaurant cubain, sans parler des gangs de rue qui faisaient de Columbus Avenue un coupe-gorge à la nuit tombée. Bref, le contraste entre le quartier de Ben et le mien n'aurait pas pu être plus frappant. Il existait certes un coin huppé près de Central Park West, où vivaient des familles de la haute ; mais, par-delà cette falaise d'immeubles luxueux, les environs étaient crasseux et souvent mal famés. Je me suis fait dépouiller deux fois sur le trajet de l'école – et, même adolescent, j'évitais autant que possible d'emprunter Columbus Avenue après le coucher du soleil. Dans le noir, notre quartier revêtait un aspect indéniablement dangereux.

À l'inverse, l'endroit où vivait Ben était à la fois trop cher et trop surveillé pour présenter le moindre risque. Telle était la ligne de démarcation principale du New York des années 1960 et 1970 : le schisme East Side/West Side. L'East Side était principalement sûr, blanc et cossu (en particulier dans la partie qu'habitaient presque tous mes camarades de classe, de la 59e à la 86e Rue et de la Cinquième à Lexington Avenue). Le West Side comportait de nombreux quartiers chauds (le paradis des junkies qu'était Needle Park, l'intégralité d'Amsterdam Avenue et tout ce qui se trouvait entre la 96e et la 110e Rue), mais la partie nord était aussi le repaire de nombreux intellectuels de l'époque, surtout autour de Columbia University. Il était tout à fait possible de vivre paisiblement dans des coins tels que West End Avenue ou Riverside Drive. Toutefois, Morningside Heights et Harlem étaient encore profondément ghettoïsés.

Inutile donc de préciser que Ben et moi avions beau être new-yorkais et fréquenter la même école, nous ne venions absolument pas du même milieu. La preuve en est que, pendant l'été que je passerais à guider des groupes de visiteurs autour du tyrannosaure rex et de l'ornithorynque empaillé pour 1,50 dollar de l'heure (une petite somme pour moi à l'époque), Ben travaillerait à Londres pour un éminent producteur de cinéma grâce à la fortune et aux relations de sa famille. Et son sentiment de légitimité était tel qu'il se permettait de présenter cela comme s'il allait lui-même produire un film, sans s'attendre une seule seconde à ce que je le contredise – ce que je me suis bien gardé de faire.

On allait ensemble au théâtre au moins deux fois par mois, à une époque où une place au tarif étudiant coûtait 2 dollars (somme non négligeable à mes yeux).

On se promenait en ville en s'arrêtant dans des bars peu regardants sur l'âge de leur clientèle, où deux garçons de seize ans pouvaient se faire servir un rhum-Coca. Ben aimait m'écouter parler d'art, et me régalait à son tour des histoires d'individus riches et célèbres qui venaient régulièrement dîner chez ses parents, ou qu'il rencontrait à des soirées mondaines ou durant ses nombreux voyages en famille.

Ma famille ne voyageait jamais nulle part. J'avais dix-neuf ans quand j'ai quitté les États-Unis pour la première fois. Je ne connaissais rien du monde au-delà de nos frontières, ni même au-delà de la côte Est (mon unique expérience un tant soit peu exotique avait été une visite chez un oncle à Cleveland).

Pour être honnête, je me souciais peu de ce qui existait en dehors de Manhattan. Je n'enviais pas à Ben ses vacances de Noël à Paris ou dans les Caraïbes. J'étais un New-Yorkais pur et dur, et la ville me suffisait largement. Mais dès l'instant où nous avons quitté notre appartement de la 19e Rue et de la Deuxième Avenue, quelques mois après que Collegiate m'a proposé une place pour la rentrée scolaire 1964, j'ai commencé mon apprentissage des disparités économiques : après ma première école bohème et sociale-démocrate, je me suis soudain retrouvé dans un établissement scolaire intellectuellement rigoureux et fréquenté en majeure partie par la jeunesse dorée de la ville. Bien sûr, il y avait d'autres garçons issus de la classe moyenne, comme moi, et même quelques Africains-Américains de Harlem. Mais nous étions les exceptions à la règle ploutocratique. À Collegiate, j'ai reçu à la fois une éducation classique et toute une série de leçons sur la règle principale de notre société : dans la hiérarchie américaine, l'argent détermine presque tout.

La Collegiate School for Boys était l'œuvre d'explorateurs néerlandais de la Compagnie des Indes occidentales. Une flottille de leurs vaisseaux avait quitté les Caraïbes (après avoir fondé la colonie d'Antigua) et longé la côte atlantique vers le nord avant de remonter une rivière, découvrant bientôt une île étroite et allongée entre deux grandes étendues de terre. Les explorateurs avaient jeté l'ancre au sud ce havre et, en bons marchands qu'ils étaient, négocié avec la tribu amérindienne locale afin d'acheter cette île de cinq kilomètres sur douze pour l'équivalent actuel de 24 dollars. Parce que les Indiens Lenape la nommaient *manahåhtaan* (ce qui signifiait « l'endroit où l'on obtient des arcs » ou « l'endroit où l'on ramasse du bois pour faire des arcs »), les Néerlandais ont décidé de baptiser l'île « Manhattan », et le nom lui est resté. Mais la colonie fondée sur *manahåhtaan* s'est appelée Nieuw Amsterdam. En quelques années, elle s'est développée en un comptoir commercial florissant sous la houlette d'un homme sévère mais juste : Peter Stuyvesant. Tout le territoire à l'ouest de Nieuw Amsterdam était encore inexploré, vierge : difficile d'imaginer aujourd'hui que les Néerlandais (ainsi que les Anglais et les Français qui s'étaient eux aussi établis sur la côte Est de cette *terra incognita*) ignoraient tout de l'immensité du continent qui s'étendait à leur porte – au début du XVIIe siècle, il n'était possible de dessiner une carte qu'après avoir soi-même exploré physiquement l'intégralité d'un lieu. Seule la partie sud de *manahåhtaan* était habitée : tout ce qui se trouvait au-dessus de l'actuelle 8e Rue demeurait sauvage (même au tout début du XXe siècle, une grande partie du nord de Manhattan était constituée de fermes et de luxueuses maisons de campagne). Alors que la population de Nieuw Amsterdam se multipliait, il est devenu nécessaire d'ouvrir une école afin d'éduquer tous ces jeunes colons. La Collegiate School for Boys a ainsi été inaugurée en 1628 – il existe peu d'informations sur l'existence d'un établissement similaire destiné aux filles, à croire que l'éducation de celles-ci n'était pas une priorité à l'époque. L'école a ensuite survécu à l'invasion anglaise de 1648, qui a changé Nieuw Amsterdam en New York. Vers 1900, elle a déménagé sur la 77e Rue Ouest, dans un bâtiment de briques rouges ressemblant à une grande maison néerlandaise, attenante à une imposante église protestante réformée où nous devions assister à la messe chaque lundi (et où j'ai fini par être recruté par la chorale de l'école). Quand j'ai intégré Collegiate en septembre 1964, l'établissement fêtait son trois cent trente-sixième anniversaire – un âge plus que respectable au regard de l'histoire des États-Unis. Il n'accueillait que quarante-cinq nouveaux élèves chaque année, et allait du CP à la terminale, si bien qu'il était possible d'y passer toute sa scolarité sans jamais rien connaître d'autre avant d'entamer des études supérieures.

Comme son nom l'indique, Collegiate est restée réservée aux garçons – c'est toujours le cas aujourd'hui. Tel a été l'un des nombreux chocs qui m'attendaient à mon arrivée, surtout après l'atmosphère progressiste de Downtown Community. Pas une seule fille. J'avais également passé un entretien dans une école quaker proche du séminaire de la 19e Rue : Friends Academy.

Conformément aux principes inclusifs, généreux et bien pensés de l'Église quaker, Friends Academy avait entièrement modernisé son approche éducative après la Seconde Guerre mondiale, et je m'y étais immédiatement senti à l'aise – sans compter que j'avais pu me présenter à l'entretien en salopette et baskets, ma tenue d'école quotidienne.

Mais j'ai été accepté à Collegiate et huit mois plus tard, j'y suis entré au CM2 – et j'ai rapidement découvert que donner du fil à retordre aux nouveaux était une sorte de tradition locale. Nous avions emménagé entre-temps dans l'appartement occupé jusque-là par mes grands-parents et j'étais l'un des rares élèves à habiter le West Side, parmi un océan de riches héritiers de l'Upper East Side. Des garçons dont les parents possédaient des grands magasins, des compagnies pétrolières ou d'éminents cabinets d'avocats sur Wall Street. Le fils de Leonard Bernstein était dans la classe en dessous de la mienne, et John F. Kennedy Jr – le fils du Président assassiné – entrerait à Collegiate à peine quelques années après moi. Pour moi, c'était un nouveau monde étrange, un monde où les écarts de richesse étaient criants.

Les formalités de la vie scolaire étaient sans fin. Il ne m'a pas fallu longtemps pour apprendre le fonctionnement de Collegiate : strict, drastique, compétitif et intransigeant. Parvenus en classe de troisième, vers l'âge de treize ans, les quarante-cinq élèves de mon niveau ont été répartis en trois groupes sur la base de nos capacités intellectuelles. À mon immense consternation, on m'a annoncé que je figurais parmi les meilleurs du groupe B, et l'échec de n'avoir pas été placé dans le groupe A

– ceux qui étaient assurés de réussir – m'a hanté pendant des années.

On m'avait assigné comme professeur principal un certain Mr Mitchell, un Irlandais célibataire, autoritaire et guindé, mais qui n'avait pas son pareil pour nous initier à la poésie de Robert Frost et d'Emily Dickinson – en la lisant d'une voix vibrante d'intelligence lyrique. Mr Mitchell était obsédé par l'ordre et la discipline : l'intérieur de nos pupitres devait être impeccablement rangé, les cahiers, stylos et manuels alignés avec une précision militaire. Quiconque enfreignait cette règle s'exposait à ce qu'on appelait le Mouvement Mitchell : au cours de son inspection hebdomadaire aléatoire, il ouvrait à la volée le couvercle du pupitre tout en hurlant sur le fautif, puis se mettait à en jeter le contenu dans tous les sens, avant de renverser le bureau avec fracas. Enfin, il remontait sur son estrade, s'essuyait le front à l'aide de son mouchoir de poche et ordonnait calmement à l'élève traumatisé de remettre son pupitre en ordre… et correctement, cette fois.

Si un élève commettait le crime de ne pas être assez sportif ou de paraître bizarre, introverti ou excentrique aux yeux de ses camarades (je cochais toutes ces cases), cela faisait de lui une cible idéale pour toutes sortes de harcèlement. La brute de notre classe s'appelait Ames Sweet. Il m'a rendu la vie impossible pendant des années, saisissant la moindre occasion pour me malmener. Par exemple, il avait l'habitude de me donner des coups de genou dans le dos en me surnommant « Bouncy » – à cause de ma démarche élastique, qui m'attirait toujours autant de moqueries – ou encore en me traitant de « pédé ». Quand j'ai demandé à ma mère ce que ce mot voulait dire, elle a viré au cramoisi (on était en 1964, après tout) et répondu que je n'avais pas besoin de le savoir. Je n'étais pas la seule victime du sadisme de Sweet. David Wise, futur créateur de la série des *Tortues Ninja*, souffrait lui aussi de cette persécution. Bien des années plus tard, alors que nous déjeunions ensemble à Los Angeles, David m'a confié avoir gardé de Collegiate des souvenirs douloureux. Pour l'établissement, bien sûr, ces mauvais traitements étaient le problème des élèves, et rien n'a jamais été entrepris pour les faire cesser.

Au bout de deux semaines de ce régime, je redoutais chaque matin d'aller à l'école. Sweet savait pertinemment qu'il me terrifiait. Comme je l'ai expliqué quarante ans plus tard à mes propres enfants, alors qu'eux aussi étaient harcelés dans leurs écoles respectives de Londres, la peur est ce qui sert d'oxygène aux brutes, qu'il s'agisse de petites frappes de cour de récréation ou de partisans de Donald Trump. Le jour où Sweet m'a enfoncé le visage dans une immonde assiette de betteraves (la nourriture à Collegiate était immangeable), j'ai atteint ma limite. Cet après-midi-là, je l'ai poussé violemment dans le couloir, le faisant tomber à genoux. Malheureusement, Mr Mitchell a assisté à la scène : il m'a agrippé par le col de mon blouson et m'a traîné dans sa salle de classe pour me dire que j'allais avoir de sérieux ennuis. J'ai tenté d'expliquer que Sweet me martyrisait depuis le jour de mon arrivée.

« Il me traite sans arrêt de pédé ! ai-je crié.

— Comment osez-vous employer ce mot ! s'est indigné Mr Mitchell.

— Ce n'est pas moi qui le dis. C'est Ames Sweet qui m'appelle comme ça tous les jours.

— Et vous venez de le répéter. Je suis sûr que vous ne savez même pas ce qu'il signifie.

— J'ai demandé à ma mère. Elle m'a dit…

— Que vous ne deviez *jamais* employer ce genre de termes. Vous ne me laissez pas le choix : je vais devoir vous mettre en retenue samedi. »

Je me suis mis à pleurer. J'avais entendu toutes les horreurs possibles et imaginables sur les retenues du samedi, le goulag à la sauce Collegiate.

« C'est pas juste, ai-je dit.

— Bienvenue dans le vrai monde, Kennedy. La vie n'est pas toujours juste. »

Mes parents n'ont pas été ravis d'apprendre que, trois semaines à peine après la rentrée, j'avais déjà reçu la pire punition de Collegiate. Ma mère a proposé de plaider ma cause auprès de l'école, mais mon père a rétorqué :

« Non, Douglas va subir sa punition comme un homme. » Puis il m'a félicité de m'être défendu contre mon harceleur. « La prochaine fois, a-t-il ajouté, attends d'être sorti de l'école pour lui casser les dents. »

Intéressant conseil à donner à un garçon de neuf ans. Mais, malgré la satisfaction d'avoir enfin obtenu un semblant d'approbation de la part de mon père, il me restait encore à affronter mon châtiment. On m'a informé que je devrais me présenter à l'école à 7 h 55 précises le samedi suivant, vêtu de mon uniforme complet, et que la retenue durerait deux heures.

En 1964, les châtiments corporels n'étaient plus autorisés aux États-Unis, si bien que Collegiate avait dû trouver une nouvelle punition à substituer aux coups de canne ou de ceinture. Nous étions sept renégats debout devant la porte de l'école ce samedi-là. Les six autres étaient tous lycéens, si bien qu'ils n'ont prêté aucune attention à l'enfant terrorisé parmi eux. Lorsque le surveillant – lycéen lui aussi – a ouvert la porte à huit heures pile, il nous a ordonné de former une file afin de le suivre jusqu'à une salle de classe. Là, il nous a assigné à chacun un pupitre dans les deux premiers rangs, à côté duquel nous devions attendre debout. Lorsqu'il nous dirait de nous asseoir, a-t-il expliqué, nous devrions obéir, joindre les mains et regarder droit devant nous.

« Ụn, deux, trois, *assis* », a-t-il lancé.

Nous avons suivi ses instructions. Il s'est ensuite avancé jusqu'au tableau, sur lequel il a dessiné à la craie un point blanc de la taille du centre d'une cible de fléchettes.

« Là, vous avez quelque chose à fixer. »

Et, pendant les deux heures suivantes, c'est tout ce qu'on a fait : fixer le point blanc sur le tableau. On n'avait le droit ni de détourner le regard ni de changer de posture. Si on baissait un tant soit peu la tête ou si nos yeux se posaient ailleurs, le surveillant nous réprimandait. Au bout de deux réprimandes, il nous informait que la troisième nous vaudrait une nouvelle convocation la semaine suivante, pour recommencer le même supplice.

Et c'était bel et bien un supplice. Ces cent vingt minutes ont peut-être été les plus longues de toute ma vie. Blaise Pascal a écrit que « tout le malheur des hommes vient d'une seule chose, qui est de ne savoir pas demeurer en repos dans une chambre » ; mais allez dire cela à un garçon de neuf ans qui n'a pas encore développé une vie intérieure très riche, et qui a le sentiment d'avoir été puni injustement. Le surveillant m'a averti deux fois. Après la deuxième, j'avais terriblement besoin d'aller aux toilettes, mais je craignais de subir une nouvelle retenue si j'osais lever la main ou dire quoi que ce soit. En plus de ma vessie sur le point d'exploser, j'ai donc dû affronter ce que je reconnais aujourd'hui comme l'horreur existentielle : ne rien pouvoir faire d'autre que regarder fixement devant soi. Le point de craie s'est mué en une espèce de trou noir aspirant mon jeune esprit. Je me souviens des larmes qui coulaient sur mes joues – parce que être obligé de rester assis bien droit pendant deux heures, complètement immobile, n'était pas seulement une épreuve physique mais aussi un vrai tourment psychologique. Il s'agissait bel et bien d'une forme de torture, qui n'aurait pas détonné à Guantanamo ou dans les geôles de la famille Kim en Corée du Nord.

De nos jours, difficile d'imaginer qu'une école puisse mettre au point un tel calvaire chaque samedi matin. Mais, comme l'a fait remarquer mon père quand je suis rentré à la maison, le pantalon taché d'urine :

« Je préfère largement regarder un tableau que laisser les salauds abstinents de mon ancienne école me filer cinq coups de fouet sur la paume. »

À neuf ans, je ne savais pas ce que voulait dire « abstinent ».

L'un des grands mythes conservateurs concernant les châtiments sévères est que ceux-ci montrent aux potentiels criminels le cauchemar qui les attend s'ils passent à l'acte, tout en décourageant les récidives. Après ces deux heures de torture immobile, je ne me suis plus jamais défendu. J'ai souffert en silence pendant qu'Ames Sweet passait les années suivantes à me martyriser. J'ai fait mon possible pour me montrer irréprochable sur tous les plans, et je n'ai plus jamais enfreint les règles de l'école.

Alors que les années 1960 battaient leur plein, même Collegiate a bien été forcée de s'adapter à son époque. Dès 1968, les élèves ont été autorisés à porter des jeans et des baskets, et le blouson de l'école n'était plus obligatoire – même si le port d'une veste était toujours de rigueur. Les retenues du samedi ont pris fin à peu près au moment où je suis parti à l'université, en 1972. Lors de mes dernières années dans l'établissement, j'ai étudié Joyce, Tchekhov, Ibsen et Henry James. Un programme entier était consacré au chef-d'œuvre moderniste de Melville, *Moby Dick.* On nous a enseigné Robespierre et les Jacobins, Cromwell, ainsi que les machinations théocratiques des puritains américains. On savait tous parler un assez mauvais français et déchiffrer le latin. Un jour, un professeur de musique a passé un cours entier à analyser la *Passacaille et fugue en* do *mineur* de Bach. Je me rends compte à présent que j'ai reçu une excellente éducation classique, et je sais que ce niveau élevé d'exigence intellectuelle perdure encore aujourd'hui – Collegiate possède encore le processus d'admission le plus sélectif de toutes les écoles de New York… et réclame la modique somme de 41 370 dollars par année scolaire, ce que les parents d'élèves issus des hautes sphères de la société n'hésitent pas une seule seconde à payer. Parce que chacun sait que les garçons de Collegiate sont formés à devenir les princes de la ville.

Mais malgré mes efforts pour le chasser de ma mémoire, ce samedi matin de détresse en face d'un tableau noir demeure un souvenir douloureux et majeur au sein d'une enfance à Manhattan aussi passionnante que complexe. Un an après qu'Ames Sweet m'a enfoncé le visage dans une assiette de betteraves, un nouveau professeur d'histoire – dont j'ai depuis longtemps oublié le nom – m'a ordonné de finir mes betteraves à la cantine. J'ai eu beau lui dire que je ne les supportais pas, il m'a menacé, si je ne terminais pas mon assiette, de m'envoyer en retenue le samedi suivant. Paniqué à l'idée de revivre ces deux heures de torture, j'ai rapidement avalé quelques bouchées – et, une horrible poignée de secondes plus tard, j'ai tout vomi directement sur la veste en tweed gris du professeur. Je me suis mis à pleurer tout en me confondant en excuses, la bouche pleine de vomi de betterave.

« Je vous avais dit que je ne pouvais pas en manger, monsieur ! »

À sa décharge, il n'a pas retourné le couteau dans ma plaie déjà béante, et je n'ai pas été collé.

Mais, cinquante-trois ans plus tard, je me sens toujours mal en présence de betteraves.

*

East Side, West Side… Quand j'ai commencé à rendre visite à des camarades de classe dans leurs appartements de Park Avenue et de la Cinquième Avenue, j'ai pris conscience de choses qui ne figuraient pas dans mon environnement familial : une décoration intérieure alambiquée (souvent trop) et enrichie d'œuvres d'art. Les hautes ambitions que procure une vue panoramique sur Central Park. Lorsque les parents d'un ami décidaient de nous emmener voir une pièce de théâtre sur Broadway, nous avions toujours les meilleurs sièges du parterre, et nous allions dîner avant le spectacle dans un restaurant coûteux dont le maître d'hôtel accueillait le père de mon ami en lui serrant la main… Car, dans le *cursus honorum* de la vie new-yorkaise, quiconque avait de l'argent était considéré comme l'un des gagnants de ce grand jeu de l'ascension sociale.

Au cours de ma deuxième année à Collegiate, je me suis lié d'amitié avec Bobby Kaufman, dont les parents possédaient un vaste appartement au coin de la 72e Rue et de Park Avenue. L'intérieur semblait tout droit sorti de la France du XVIIIe siècle, un mélange de style Louis XVI et de goût nouveau riche. Un vendredi soir où Bobby m'avait invité à dormir chez lui, ses parents nous ont emmenés voir *Half a Sixpence*, le grand triomphe de la saison à Broadway. Avant que nous sortions dîner, l'une des domestiques a informé Bobby que son père souhaitait nous parler. On nous a donc fait entrer dans une salle de bains (je n'invente rien), où Mr Kaufman – un homme proche de la cinquantaine, à la calvitie bien avancée et au torse extrêmement velu – était assis dans son bain, les parties génitales dissimulées sous la mousse.

« Je voulais simplement dire bonjour au meilleur ami de Bobby », a-t-il expliqué.

C'était la première fois que je le rencontrais. Il m'a bombardé de questions sur le quartier où je vivais et ce que faisait mon père (à l'époque, les femmes qui avaient des enfants ne travaillaient que rarement), avant de m'informer que, ce soir-là, le chauffeur familial nous ferait passer devant son grand projet du moment : le chantier du Madison Square Garden et de deux immenses immeubles de bureaux, à l'ancien emplacement de Penn Station. Je l'ai remercié de nous emmener au théâtre, ajoutant que j'étais très heureux de passer le week-end en compagnie de Bobby. Mrs Kaufman – une femme très élégante d'une quarantaine d'années, à l'accent new-yorkais remarquablement nasal – est alors survenue pour nous faire sortir de la pièce, plaisantant sur le fait que son mari nous ait invités à l'y rejoindre alors qu'il était nu sous la mousse de son bain. Sur le coup, je n'ai rien vu d'étrange à cela, mais Mrs Kaufman a passé le reste du week-end à mentionner cet incident avec embarras.

« On a l'habitude de se rendre visite dans nos salles de bains, chez nous… Tu me promets de ne rien dire à tes parents, n'est-ce pas ? »

J'ai promis, bien sûr, et j'ai tenu cette promesse, même si ce spectacle ne m'avait ni particulièrement ému ni inquiété. De nos jours, un homme qui inviterait le camarade d'école de son fils à lui parler pendant qu'il est nu dans son bain écoperait, au mieux, d'une visite des services sociaux. Mais on était au milieu des années 1960, et ce genre de maladresse de la part d'adultes n'était jamais abordé.

Collegiate se trouvait de mon côté de la ville, ce qui voulait dire que les garçons de l'East Side y étaient confrontés à la même dure réalité urbaine que je connaissais en permanence. Les restaurants chics étaient rares autour de notre école. En revanche, les *delis*, les *diners* et les cinémas d'art et d'essai abondaient – des lieux mythiques, aujourd'hui disparus, comme le Regency, le Thalia, et surtout le New Yorker, qui projetait chaque jour un double programme différent. C'est là que j'ai goûté pour la première fois à la Nouvelle Vague française (par une séance avec *Pierrot le Fou* et *Les Carabiniers* de Godard), aux films d'horreur post-atomiques (*L'Étrange Créature du lac noir*, ainsi qu'un film japonais complètement dingue des années 1950 appelé *Mothra*, au sujet d'un papillon de nuit géant), ainsi qu'à des films noirs et des westerns à n'en plus finir. Élève appliqué, j'ai passé toute mon adolescence à travailler à la bibliothèque, puis à me ruer au New Yorker juste à temps pour la double séance de 15 h 30, avant de rentrer à la maison pour dîner à dix-neuf heures. Malgré ses tendances maniaques, ma mère se montrait compréhensive envers mon appétit de culture. Et, en dehors de mon ami Ben, qui s'intéressait de très près au théâtre et à la musique – il m'a dit une fois qu'il souhaitait devenir le prochain George Gershwin, même s'il était déjà évident pour tout le monde (y compris pour lui-même) qu'il finirait par hériter de l'entreprise de son père –, je ne connaissais que peu de gens aussi férus de l'abondance culturelle new-yorkaise. Mes camarades de l'East Side ne se rendaient à Broadway, au Lincoln Center ou au Carnegie Hall que par obligation familiale.

Ce qui me ramène à cette soirée en compagnie de Bobby Kaufman et de ses parents. Nous avons quitté leur appartement juste avant dix-huit heures, et le portier nous a escortés jusqu'à une Lincoln avec chauffeur, dans laquelle nous avons descendu Park

Avenue, obliqué à l'ouest, puis pris la Cinquième Avenue, admirant la magnificence de la ville, rehaussée par les décorations de fête, les lumières, les vitrines de Noël des grands magasins et l'immense sapin (cinquante mètres de haut, magique au-delà des mots) qui ornait systématiquement le Rockefeller Center à cette époque de l'année. Pour un gamin de mon âge, Noël sur la Cinquième Avenue était toujours un spectacle éblouissant.

Pendant le trajet, Bobby s'est lancé dans une liste de tout ce qu'il voulait recevoir pour Noël et Hanoukka. Nous avions récemment cessé de croire au Père Noël, et savions maintenant que c'étaient nos parents qui achetaient les trésors amassés au pied du sapin. Tout en écoutant Bobby énumérer avec minutie les jouets dont il rêvait, je n'ai pas pu m'empêcher de penser à mon père en train de regarder la petite étagère de jeux dans la chambre que je partageais avec mon frère en me disant à quel point j'étais chanceux d'avoir tout cela, alors que lui-même ne possédait rien à mon âge. Quand je rendais visite à mes camarades de l'East Side, j'étais toujours estomaqué par la quantité d'affaires entassées dans leurs chambres et leurs salles de jeux. Mais, contrairement à ma mère – qui aurait sans doute mieux fait d'épouser un dentiste de Park Avenue appelé Sheldon –, je n'étais ni envieux ni intimidé face à toute cette richesse. Notre immeuble n'était pas loin d'être petit-bourgeois : le couple d'en face, sur le palier, avait une entreprise familiale de peinture en bâtiment très profitable, et le mari du couple de l'étage au-dessus (qui se disputait férocement sans arrêt) était cadre haut placé dans une boîte de publicité. L'un des appartements plus petits des étages inférieurs était la demeure d'un éditeur employé par une grande maison ; le pompier du seizième étage envoyait ses enfants à l'école catholique. Ces derniers n'étaient pas tendres avec moi quand on jouait au ballon dans les espaces verts entourant le Muséum d'histoire naturelle, dont l'accès nécessitait d'escalader une clôture d'un mètre cinquante de haut – mais les employés du Muséum se souciaient peu à l'époque de laisser des jeunes du quartier s'amuser et fumer sur leur pelouse. De nos jours, on les accuserait d'encourager la délinquance juvénile et ils se verraient forcés de nous chasser jusqu'à Central Park (qui, comme je l'ai précisé plus haut, était un lieu souvent dangereux, où il ne faisait pas bon traîner).

Ainsi, notre immeuble abritait une grande diversité économique et sociale. Du côté Est du pâté de maisons, il n'y avait que deux appartements par étage : c'était là que vivaient les avocats d'affaires et les publicitaires à la *Mad Men*. Ma mère leur enviait leurs grands logements, leurs résidences secondaires dans le Connecticut, leurs vacances au ski dans le Colorado et le fait qu'ils n'aient pas à constamment s'inquiéter de joindre les deux bouts, contrairement à mon père et elle. C'était l'un de leurs sujets de dispute les plus récurrents – et, en tant que fils aîné, j'ai été profondément affecté par toutes ces conversations, qui m'ont donné une vision particulière de l'argent. Certes, nous ne manquions de rien, mais ma mère n'avait qu'à regarder de l'autre côté du palier, chez le couple de négociants de peinture en bâtiment, pour constater que mon père n'avait pas les mêmes revenus et que, malgré notre statut de membres de la classe moyenne-haute, nous étions loin de rouler sur l'or. Elle avait travaillé pendant trois ans après ses études, avant de devenir mère au foyer. Plusieurs décennies plus tard, j'apprendrais que le monde de l'entreprise se souciait de mon père comme d'une guigne, quand il serait mis à la porte à soixante ans, sans le sou, et que seul l'appartement hérité de mes grands-parents les empêcherait, ma mère et lui, de se retrouver à la rue. Il finirait par dénicher un emploi mal payé dans l'administration d'une entreprise appelée The Copper Club, qui s'occupait d'organiser des événements dans l'industrie du cuivre – où il avait autrefois tenu le haut du pavé. Il est ainsi passé de président de la division commerciale d'une éminente compagnie de métaux à organisateur de soirées pour le compte de ses anciens collègues, à les regarder s'enrichir à millions pendant le boom économique des années 1980. Pas étonnant que son amertume ait atteint des sommets toxiques alors qu'il approchait de son soixante-dixième anniversaire – presque l'âge que j'ai aujourd'hui.

« C'est avec l'argent qu'on marque des points, dans ce pays », m'a-t-il confié avec colère un soir, après plusieurs verres, à l'époque où on se parlait encore.

Cette réplique n'était pas de lui – elle a été attribuée à de nombreux ploutocrates américains –, mais le fait même d'admettre cette vérité nationale en disait long sur ses regrets et sa rancœur de se voir ainsi laissé pour compte alors que ses contemporains finissaient leur vie dans l'opulence. Il avait presque tout sacrifié au système – et le système l'avait recraché, comme cela arrive à quiconque ne se vend pas suffisamment.

Entre-temps, le Manhattan d'après-guerre que je décris dans ce livre – merveilleusement tumultueux et varié – avait commencé à disparaître, grâce aux efforts obsessionnels du maire Giuliani pour neutraliser l'avant-gardisme de sa ville dans les années 1990. Une tendance qui n'a fait que s'accélérer lorsque le milliardaire Michael Bloomberg lui a succédé. Pendant son mandat, des quartiers entiers de la ville sont tombés aux mains de mégacorporations, annihilant les petits commerces tout en stérilisant le paysage urbain à coups d'uniformisation. Dans le Manhattan d'aujourd'hui, il faut un revenu annuel à six chiffres pour pouvoir vivre convenablement – la classe moyenne dont je faisais fièrement partie autrefois n'est plus qu'un lointain souvenir. Bien sûr, il subsiste encore en ville des gens aux salaires moyens. Mais comparé à l'époque où des artistes fauchés pouvaient habiter Greenwich Village ou Soho, ces quartiers sont maintenant le domaine de banquiers, d'avocats et – bien entendu – de magnats de l'industrie toujours plus profitable qu'on appelle la « tech ». L'augmentation en flèche des prix de l'immobilier et du coût de la vie a eu un impact profond. Prenons pour exemple Brooklyn, où ont grandi mes deux parents (mon père dans un quartier ouvrier, ma mère dans le voisinage juif petit-bourgeois de Flatbush). Prospect Park, où a vécu mon père, est à présent sérieusement bobo, avec des maisons à 4 millions de dollars et des écoles privées à 40 000 dollars l'année. Même Flatbush se gentrifie à vue d'œil. Il en va de même pour les quartiers gréco-italiens du Queens comme Astoria, et même Harlem, où il ne faisait pas bon traîner autrefois quand on était blanc. Il y a peu, je me suis rendu au fameux Apollo Theater sur la 125e Rue – l'un des meilleurs écrins de musique africaine-américaine du pays – et j'ai été estomaqué de découvrir un Gap et une salle de sport juste à côté de ce majestueux bâtiment. Le cancer que sont les chaînes de magasins n'épargne donc rien ?

Certes, les villes du monde entier ont changé de visage au cours des dernières décennies, sous l'influence de puissances commerciales qui ont ébranlé la démocratie autrefois inhérente aux centres urbains. J'ai vécu à Londres vers la fin de l'ère Thatcher, à l'époque où il était encore possible d'acheter un petit appartement dans le centre (près d'une station de métro) avec un revenu modeste. Même mes amis producteurs de pièces radiophoniques pour la BBC pouvaient se payer une maison familiale en périphérie de la ville. Ce Londres-là n'existe plus. Même à Berlin (restée ridiculement abordable jusqu'en 2010, où l'on pouvait s'acheter un appartement pour le prix d'une voiture), tout est maintenant quatre fois plus cher que lorsque je m'y suis établi pour la première fois au milieu des années 2000.

Bien sûr, c'est un signe de vieillissement que de se surprendre de plus en plus souvent à regarder en arrière et à songer que la vie était plus simple autrefois (bien que cette nostalgie paraisse moins évidente pour la génération ayant grandi dans les années 1930 et 1940). Mais il n'empêche : le début de l'ère Reagan à New York a bel et bien inauguré un véritable bouleversement de la vie américaine, et donné le coup d'envoi d'un nouveau Gilded Age.

Qu'était-ce donc que le Gilded Age ? En voici un excellent résumé, trouvé dans le puits de connaissances moderne qu'est Wikipédia…

Dans l'histoire des États-Unis, le Gilded Age [littéralement « âge doré »] est un terme inventé par Mark Twain et utilisé par certains historiens pour désigner la période située entre 1877 et 1900, séparant la Reconstruction [après la guerre de Sécession] de l'ère progressiste [instaurée par le président Theodore Roosevelt, qui a consacré énormément d'énergie à combattre la pauvreté et les terribles conditions de vie et de travail de la classe ouvrière]. C'était une période de croissance économique rapide, surtout dans le nord et l'ouest du pays [le Sud, après sa défaite lors de la guerre de Sécession, continuait à stagner financièrement]. Alors que les salaires américains atteignaient un niveau bien supérieur à ceux de l'Europe, surtout pour les emplois qualifiés, et que l'industrialisation nécessitait de plus en plus de main-d'œuvre non qualifiée, le pays a connu un afflux de millions d'immigrés européens.

[...] La distribution inégale de la richesse resta élevée pendant cette période. De 1860 à 1900, les 2 % les plus riches des ménages américains possédaient plus d'un tiers de la richesse de la nation, tandis que les 10 % les plus riches en détenaient environ les trois quarts. Les 40 % inférieurs n'avaient aucune richesse. En termes de propriété, les 1 % les plus riches possédaient 51 %, tandis que les 44 % inférieurs en revendiquaient 1,1 %.

[...] L'économiste français Thomas Piketty note que les statisticiens de l'époque, comme Willford I. King, craignaient que les États-Unis soient de plus en plus inégalitaires au point de devenir comme la vieille

Europe, et « de plus en plus loin de leur idéal pionnier originel ».

L'un des analystes les plus éminents du Gilded Age était le journaliste et économiste Thorstein Veblen. Polémiste aussi sardonique qu'élégant, il considérait comme son devoir de dénoncer les excès de cette époque et leurs conséquences sur la politique du pays. Son œuvre phare, *Théorie de la classe de loisir* (1908), apparaît encore aujourd'hui comme une dissection brillante et critique des systèmes d'argent et de classe au sein d'un pays plongé depuis peu dans l'industrialisation et l'expansionnisme géographique – la fin du XIXe siècle est l'époque où les chemins de fer ont pris d'assaut l'ouest du territoire américain, changeant la donne économique au niveau national. Veblen a été l'un des premiers à écrire noir sur blanc que l'argent était le baromètre de la vie américaine. C'est ainsi que chacun mesure sa propre valeur et celle des autres, renforçant la sinistre croyance selon laquelle le monde se divise en deux catégories : les gagnants et les perdants. Tempéré sous la présidence de Teddy Roosevelt, qui s'en est pris aux monopoles d'entreprise et a entamé un grand chantier de nettoyage des quartiers pauvres (avec le soutien de journalistes d'investigation comme Lincoln Steffens, qui a mené en 1907 une enquête qui a fait date sur la pauvreté urbaine publiée sous le titre *The Shame of the Cities*, « La honte des villes »), ce darwinisme social né pendant le Gilded Age a connu un véritable renouveau au cours des Années folles. Avant le krach boursier de 1929, l'argent coulait à flots – comme le montre si bien le chef-d'œuvre littéraire de F. Scott

Fitzgerald, *Gatsby le Magnifique*, qui dénonce avec un lyrisme impitoyable ce culte de la richesse, ce cercle vicieux où une insécurité grandissante le dispute à la crainte de tout perdre. Ce livre a connu un échec retentissant lors de sa première publication en 1925. Fitzgerald, tête d'affiche des lettres américaines depuis le succès de *L'Envers du paradis* en 1920, était lui-même un parfait exemple de l'exubérance financière de l'époque. Il rédigeait nouvelle sur nouvelle pour des hebdomadaires cossus tels que le *Saturday Evening Post*, ce qui lui rapportait autour de 24 000 dollars par an au summum de sa carrière (l'équivalent moderne d'un demi-million, d'après un article de *The American Scholar* sur les revenus de Fitzgerald). Pendant ses années passées à Paris, il était connu pour dépenser sans compter, louant des appartements hors de prix et organisant des fêtes somptueuses où, paraît-il, on pouvait trouver un saladier rempli de pièces dans lequel les invités piochaient avant de partir. Mais cette débauche financière n'a pas été sans conséquences : lorsque la Grande Dépression s'est abattue sur les États-Unis, Fitzgerald a peiné à maintenir la tête hors de l'eau en tant que scénariste à Hollywood. Sa consommation d'alcool et de tabac a décuplé. Il passait l'essentiel de ses journées ivre. Sa femme Zelda, notoirement « délicate » – pour employer un euphémisme de cette époque – depuis le début de leur jeune mariage, a sombré dans la folie, au point que Fitzgerald n'a eu d'autre choix que de la faire interner en hôpital psychiatrique, où elle est morte dans un incendie quelques années plus tard. Leur fille Scotty (qu'il aimait tendrement) a été envoyée en pension. Et Fitzgerald a passé les dernières années de sa vie dans le studio chaotique de Sheilah Graham, chroniqueuse mondaine d'origine anglaise, où il entamait chaque journée par un ou deux verres de whisky et une poignée de cigarettes. Le 20 décembre 1940, alors qu'il se préparait un café malgré le tremblement de ses mains (signe certain d'un alcoolisme avancé), il a soudain ressenti comme un coup de poing en pleine poitrine. Il a succombé presque instantanément à un infarctus massif. Il n'avait que quarante-quatre ans.

Fitzgerald me vient systématiquement à l'esprit quand on aborde le sujet de la « déesse chienne de la réussite » américaine (pour citer le philosophe rationaliste William James). Notre pays ne récompense les prouesses que si celles-ci peuvent se voir attribuer une valeur monétaire, et il piétine allégrement ceux qui échouent, ne se montrent pas à la hauteur, ou subissent simplement un revers de fortune tel que nous en connaissons tous – et je ne parle pas seulement en tant qu'écrivain.

De la même façon, si la situation économique périclite, nous chassons le Président de la Maison-Blanche. Mais, si elle prospère…

Je me rappelle la fois où mon banquier new-yorkais – qui pourtant n'a rien d'un conservateur pur et dur ni d'un mâle blanc en colère – a qualifié Donald Trump de « génie » (oui, je vous assure) pendant le début de son mandat, alors que le cours de la Bourse montait en flèche. Trump lui-même avait articulé sa campagne présidentielle autour de son statut d'homme d'affaires florissant, précisément ce dont avait besoin le pays pour remettre les choses en ordre. Que son empire immobilier tout entier soit bâti sur un monceau de dettes et de pratiques frauduleuses (ce que beaucoup savaient déjà à l'époque, et qui donne aujourd'hui lieu à d'innombrables poursuites à son encontre) ne comptait pas aux yeux de la majorité de mes compatriotes. Sa stratégie consistait à utiliser le « charcutage électoral » (découpage partisan des circonscriptions législatives) pour redessiner à son profit la carte électorale et s'assurer un pouvoir presque absolu. Quand on sait que Trump prend exemple sur Vladimir Poutine et cherche à mettre en place le même genre d'autocratie, je n'arrive toujours pas à croire que tant de mes concitoyens le soutiennent avec ferveur dans ce projet, quitte à ruiner notre système démocratique autrefois inébranlable. Mais…

L'argent est l'unité de mesure de notre existence nationale. Et Trump est un homme d'argent (même si l'essentiel de sa fortune est fictif), si bien que sa voix porte beaucoup plus loin que celle des autres.

Dès le premier Gilded Age, Thorstein Veblen voyait déjà la fascination et le pouvoir exercés par l'argent sur le public américain – notamment à travers le fait que la « consommation ostentatoire » (l'un des nombreux termes de son invention passés dans le langage courant) n'était pas considérée comme de mauvais goût, mais au contraire acclamée en tant que preuve de réussite financière. Pour citer Veblen :

> *Ne pas augmenter sa consommation visible alors même qu'on en possède les moyens semble appeler une explication, et quiconque ne se plie pas à cette exigence se voit attribuer des motivations avares et indignes. Une prompte réaction à ce stimulus, au contraire, est considérée comme naturelle. Cela suggère que la norme sur laquelle se fondent nos*

dépenses n'est pas celle des dépenses ordinaires déjà effectuées : c'est un idéal de consommation qui se situe juste hors de notre portée, et qui requiert un effort pour être atteint. La motivation est l'émulation – le stimulus d'une comparaison défavorable, qui nous encourage à faire mieux que ceux parmi lesquels nous avons l'habitude de nous ranger.

Une « comparaison défavorable ». J'ai passé tant de temps, au cours de mon enfance, à écouter ma mère nous comparer aux familles plus fortunées que nous, et mon père déplorer la perspective, malgré l'aspect romanesque de ses voyages d'affaires, de rester à jamais asservi à son emploi. Lorsque ma mère a appris que j'avais sympathisé avec Bobby Kaufman et que j'allais passer le week-end dans le vaste appartement de ses parents sur Park Avenue, elle a murmuré :

« C'est son père que j'aurais dû épouser. »

Je doute qu'elle ait jamais rencontré Donald Kaufman. Et, à voir la femme-trophée grande, blonde et snob qu'il s'était choisie, je ne pense pas que ma petite mère maniaque aurait été son genre. Je n'ai jamais parlé à personne de cette curieuse histoire de baignoire. Mais quand je suis rentré à la maison le dimanche en fin d'après-midi, ma mère m'a questionné sur tout ce que j'avais fait en compagnie des Kaufman. Je lui ai raconté le trajet en limousine jusqu'au 21, l'un des restaurants-clubs les plus huppés de New York, où Mr Kaufman s'était vu proposer la meilleure table, et où le propriétaire, Mr Kriendler, était venu le saluer personnellement avant d'offrir une coupe de champagne à chacun des adultes et un Shirley Temple (le cocktail sans alcool typique de cette époque) à Bobby et à moi.

« C'était du champagne Cristal ? » a demandé ma mère.

À cet âge, je n'avais pas l'habitude de regarder les étiquettes de champagne (et je ne m'y intéresse toujours pas plus que cela), si bien que je n'ai pas su lui répondre. Mais je lui ai décrit le délicieux hamburger que j'avais commandé, puis nos places au milieu du sixième rang pour voir la comédie musicale (pendant l'entracte de laquelle j'ai récité les chansons avec un tel enthousiasme que Mr Kaufman m'a acheté l'album), puis notre passage à l'ancien emplacement de Penn Station, à présent en ruine. Mr Kaufman m'avait assuré que le nouveau Madison Square Garden serait un lieu de toute beauté, un monument iconique – c'était la première fois que j'entendais ce mot.

« Même s'il a participé à démolir la plus belle gare du monde, a soupiré ma mère, ça ne m'aurait pas empêché de l'épouser. »

Bobby Kaufman a quitté Collegiate à l'âge de douze ans afin d'aller étudier en pension ; au moment de son départ, nous n'étions déjà pratiquement plus amis, pour des raisons que j'ai oubliées. Je ne me souviens de presque rien à son sujet – mais la scène de la baignoire m'est toujours restée, ainsi que son appartement décoré à mi-chemin entre Versailles et l'essence ploutocrate de l'Upper East Side. Le nouveau Madison Square Garden demeure à ce jour l'un des bâtiments les plus laids bâtis dans les années 1960. Donald Kaufman est décédé en 1989, et presque personne aujourd'hui ne se rappelle son rôle majeur dans le vandalisme architectural infligé au New York d'après-guerre. Je me demande si, lorsqu'elle a appris sa mort dans le journal – elle lisait chaque jour la rubrique nécrologique –, ma mère a songé : « J'aurais pu être sa riche veuve »… alors même qu'elle ne l'avait jamais rencontré. Avait-elle fini par se résigner à l'existence malheureuse que mon père et elle avaient bâtie ensemble, à cette époque où ils devaient compter chaque dollar ?

L'argent : déception perpétuelle, tristesse intrinsèque. Surtout lorsque c'est le fondement de notre culture – raison pour laquelle il fait tant souffrir.

3

Être impopulaire : réflexions sur le conformisme à l'américaine

Durant ma première semaine d'université, tous les nouveaux étudiants de Bowdoin ont été soumis au même rituel, connu sous le nom de « ruée vers les fraternités ».

Les fraternités. Leurs origines remontent aux universités allemandes et aux clubs de gourmets à Oxbridge, puis elles ont été adoptées par des établissements aussi prestigieux que Harvard, Yale et Princeton. Les fraternités américaines se sont démocratisées au début des années 1900 en tant qu'associations exclusives et excluantes. Être accueilli au sein de l'une de ces enclaves signifiait avoir été jaugé comme « l'un des leurs ». À l'inverse, un rejet était l'équivalent de : « Tu n'es pas ce qu'on cherche ». Les Juifs, par exemple, étaient considérés comme indésirables dans les fraternités jusqu'aux années 1960. Les Africains-Américains (du moins le peu d'entre eux qui parvenaient à intégrer ces universités presque intégralement blanches) s'en voyaient systématiquement refuser l'accès. Il en allait de même pour quiconque était jugé bizarre, rebutant ou insortable : les intellos, les timides, les mal dans leur peau. Chaque fraternité avait pour nom un ensemble de lettres grecques – Delta Kappa Upsilon, Alpha Rho Upsilon –, tradition presque classiciste datant de la première société académique américaine, Phi Bêta Kappa, fondée à la fin du XVIIIe siècle. La plupart de ces associations imposaient à leurs nouvelles recrues des rites d'initiation délirants : boire quatre litres de bière d'un coup, être jeté dans un lac, être attaché et enfermé plusieurs heures dans un cercueil, devoir grimper sur le toit de la maison en escaladant la gouttière…

Telle était une autre caractéristique des fraternités : chacune disposait d'une « maison ». Et, à l'université, la question « Tu es de quelle maison ? » était inévitable. À mon arrivée à Bowdoin en 1972, l'établissement venait tout juste de devenir mixte – si bien qu'on comptait moins de deux cents femmes sur une population de mille cent étudiants répartis en quatre niveaux. Pas étonnant qu'un New-Yorkais hyperurbain comme moi ait eu l'impression de se retrouver sur une autre planète. De l'extérieur, j'apparaissais comme un jeune homme cultivé et averti de bien des aspects du monde ; mais, intérieurement, je me sentais anxieux et peu séduisant. Bien sûr, j'ai fini par rencontrer d'autres intellectuels et amateurs d'art. L'université était si sélective que même les athlètes recrutés pour renforcer les équipes de hockey et de football américain étaient raisonnablement intelligents. Et pratiquement tout le monde – environ 80 % des étudiants – appartenait à une fraternité. C'était presque obligatoire. Seuls quelques indépendants refusaient de s'associer à ce système. Juste avant le début de la première année avait donc lieu une « semaine de ruée » durant laquelle les nouveaux étudiants se faisaient inviter dans chaque maison afin de voir si l'une d'elles voulait bien d'eux… et si eux-mêmes auraient envie de la rejoindre. « Es-tu l'un de nous… ou pas ? »

Je n'avais que dix-sept ans à mon arrivée à Bowdoin. Je n'avais jamais eu de petite amie durant mes années à Collegiate (puisque c'était une école de garçons) et, malgré mes quelques sorties en compagnie de filles des écoles voisines, j'étais toujours vierge, ignorant tout de l'intimité et à plus forte raison des jeux de la séduction. Bowdoin, avec son ratio de quatre hommes pour une femme, ne serait certainement pas l'endroit idéal pour trouver quelqu'un – ce qui, de fait, ne m'arriverait que deux ans plus tard à Dublin. Je me sentais déjà étrange et différent dans cet environnement plein de jeunes de bonne famille, riches et intelligents (les exceptions étaient nombreuses, mais je dirais que 70 % de l'université correspondait à cette description), et j'ignorais si je parviendrais à me lier avec qui que ce soit.

Puisque je m'étais toujours senti à l'écart dans ma famille et à l'école, je souhaitais plus que tout appartenir à un groupe, à un club. J'ai donc décidé d'accorder leur chance aux fraternités et de participer à la semaine de ruée. Plus de cinquante ans ont passé mais je garde de vifs souvenirs de cette expérience, qui – ainsi que je l'ai compris bien après – m'a fourni une bonne vue d'ensemble des archétypes qui composent la classe moyenne et la population active du pays. Ce qui m'a le plus fasciné a été la manière dont chaque maison se conformait à un certain type de personnalités et d'intérêts.

Il existait deux fraternités très BCBG, très WASP : elles étaient le domaine d'anciens élèves de pensionnats privés de la Nouvelle-Angleterre (Choate, Exeter) qui jouaient au tennis et au golf et se destinaient à des études de droit ou de commerce, accompagnés de leurs petites amies blondes du nom de Bobbi ou Katie. Leur autosatisfaction crevait les yeux, et ils puaient l'arrogance des banlieues résidentielles cossues. Il y avait aussi deux fraternités d'intellos : des gens honnêtes et sérieux, mais complètement dénués de style et de fantaisie – le genre de personnes qui mettaient des chaussettes dans leurs sandales et qui obéissaient au règlement. Et deux autres fraternités étaient réservées aux athlètes : l'une accueillait des types bruyants, fanfarons et très fonceurs, mais loin d'être bêtes (j'ai deux amis issus de cette maison, tous deux intelligents et réfléchis, rien à voir avec les butors républicains qu'on peut imaginer) ; l'autre, des abrutis machos et fiers de l'être. Leurs rituels de bizutage donnaient lieu à toutes sortes d'histoires répugnantes : forçaient-ils vraiment leurs nouvelles recrues à tremper leurs testicules dans une bassine d'eau glacée ? Tous leurs repas finissaient-ils réellement en bataille de nourriture ? Pourquoi s'enorgueillissaient-ils à ce point de leur comportement bestial et de leur vision préhistorique des femmes ?

Durant la semaine de ruée, je ne me suis même pas approché de ces trois types de maisons-là. Je ne supportais pas les coteries de bourgeois privilégiés ;

les intellos n'étaient pas méchants, mais trop guindés et naïfs à mon goût (le genre à s'enthousiasmer d'une discussion sur le Code fiscal) ; inutile d'expliquer pourquoi les athlètes ne m'attiraient pas non plus. Peu à peu, j'ai commencé à me faire à l'idée que je finirais sans doute indépendant. Jusqu'à ce que je mette les pieds dans une fraternité qui avait pour surnom The House.

The House avait une réputation de décadence et de transgression. C'était une fraternité progressiste, passée aux informations nationales pour avoir été la première du pays à élire une femme présidente. Son atmosphère pleine d'irrévérence en faisait le paradis des drogués du campus. Entrer dans The House signifiait généralement pénétrer dans un nuage de fumée de cannabis (qu'on appelait à l'époque « l'herbe »). L'endroit était décidément hippie, mais il y avait aussi des artistes et des fanas de Jack Nicholson qui cultivaient une insouciance étudiée et noyaient leurs mœurs dissolues dans la bière et la tequila. Lors de ma première soirée là-bas, je me suis retrouvé à discuter avec un mec brillant et original du nom de Karl Hildebrandt – maigre à faire peur, les cheveux jusqu'à la taille, tout de noir vêtu, sans chaussures (j'ai appris plus tard qu'il n'en portait jamais, même pas pour marcher dehors pendant l'hiver arctique du Maine). Karl étudiait la religion et la philosophie, et était expert en tout ce qui concernait David Bowie. Plus tard dans la soirée, j'ai fumé de l'herbe en compagnie d'un homme que j'en viendrais à considérer comme le roi des fumeurs : Todd Calhoon, qui se faisait appeler par son nom de famille et montrait invariablement la bonhomie typique des drogués au cannabis. En un an et demi, nous n'avons jamais eu une seule conversation cohérente. Chuck Vandervalk – un garçon replet, sympathique et malin originaire de l'État de New York – a immédiatement endossé envers moi le rôle de grand frère, et m'a averti que tout le monde à The House était essentiellement des « freaks ». Fanatique des Grateful Dead, il étudiait l'économie et la psychologie (« Ça va ensemble ») et fumait cigarette sur cigarette. Dès le premier soir, j'ai repéré une fille élancée aux cheveux châtains, aux lunettes rondes de grand-mère et à la longue jupe diaphane : Josie Joshua. Elle m'a tout de suite plu, même si mon anxiété me soufflait qu'elle ne voudrait jamais d'un gamin timide de dix-sept ans (et j'avais raison sur ce point). Toutes les femmes de la fraternité me paraissaient inaccessibles. Sans même parler d'attirance sexuelle, comment auraient-elles pu s'intéresser à un jeune New-Yorkais en trench-coat, accro aux cigarettes, vaguement solitaire et qui surcompensait son malaise en se gavant obsessivement de cinéma, de jazz, de musique et de danse classique, et même d'opéra ? Pour la plupart des étudiants de Bowdoin, je devais faire figure d'extraterrestre – mais The House n'avait qu'une philosophie : « Ici, il n'y a pas de philosophie. Si tu es bizarre, bienvenue à la fête. »

J'étais bizarre. Je voulais participer à la fête. Alors j'ai rejoint The House.

Il n'y avait ni rituel d'initiation, ni bizutage, ni aucune idiotie de ce genre. Juste une soirée pendant laquelle on m'a appris à fumer de l'herbe à l'aide d'un bong, et où j'ai bu beaucoup trop de shots de tequila après une conversation intense sur les films de Robert Altman avec une fille appelée Sally (que j'ai instantanément trouvée merveilleuse, et que je n'intéressais pas du tout, comme je l'ai vite découvert). J'y ai également rencontré Morgan Mathieson, un type très grand et dégingandé, aux longs cheveux raides, instigateur de pratiquement tous les événements de la fraternité. Il respirait la confiance en soi, la sociabilité facile et la sérénité. Et il couchait avec la personne la plus formidable de la maison – sa présidente, Corrine Farber, que tout le monde appelait Cody. Blonde, loin des canons de beauté traditionnels, elle possédait néanmoins l'attrait de ces filles rebelles qui finissent systématiquement le dernier shot de vodka à quatre heures du matin.

Cody affichait une assurance sans faille et assumait ses fonctions avec un mélange d'indifférence détendue et de fermeté pleine de douceur. Elle m'intimidait énormément, alors même que je venais de Manhattan et elle de la banlieue de Boston : c'était la première fois de ma vie que j'étais confronté à une femme d'à peu près mon âge en position d'autorité. Au cours des dix-huit mois que j'ai passés en tant que membre de The House, je ne me rappelle pas avoir eu une seule conversation avec elle – parce qu'elle n'a jamais initié le contact, et que, de mon côté, je n'avais rien de spécial à lui dire.

En revanche, j'aimais beaucoup Morgan : il était toujours plein d'énergie et ne me regardait pas de travers. Dès ma première année, j'ai réussi à mettre en scène une pièce de théâtre (ce que personne n'avait encore jamais fait), et il a convaincu tout un groupe de membres de The House de venir voir une représentation. Au dîner suivant (dans notre fraternité nous prenions nos repas ensemble tous les jours), il s'est levé pour déclarer à la cantonade :

« Doug est beaucoup trop new-yorkais, mais il a du talent… Et ça, c'est cool. »

Je n'oublierai jamais la gentillesse de cette remarque. J'étais toujours taraudé par un fervent désir d'appartenance, mais je commençais également à me poser des questions : était-ce si important d'appartenir à une communauté ? Et d'où me venait ce besoin si criant ?

Cody, en revanche, n'a pas caché son mécontentement ce soir-là. Je crois qu'elle supportait mal qu'on lui vole la vedette. Après tout, elle avait connu son heure de gloire l'année précédente dans le *New York Times*, où elle avait été présentée comme l'égérie d'une révolution genrée au sein de la divine décadence hippie qu'était The House. Mais j'étais ambitieux, je voulais laisser une empreinte à Bowdoin – je bataillais pour obtenir les meilleures notes possible (et j'y parvenais la plupart du temps), je mettais en scène au moins deux pièces de théâtre par an, je m'étais fait engager comme critique de films par le journal de l'université, et j'ai même fini par organiser un festival de cinéma autour de l'œuvre d'Ingmar Bergman. Ce n'est que bien plus tard, sur le divan d'un psy, que j'ai commencé à comprendre : ce besoin frénétique de réussir (que j'ai toujours aujourd'hui) partait d'un profond désir d'être accepté. Je n'avais rien d'un hippie (mon père, que la simple idée d'un homme aux cheveux longs mettait en rage, n'avait jamais accepté que je laisse pousser les miens au-delà de mon col de chemise – ce qui, à ses yeux, était déjà bien trop). J'aimais fumer de l'herbe le week-end, mais pas au point d'en faire un style de vie. Et je n'étais pas aussi populaire et sociable que des gens comme Morgan, Cal Pringle – étudiant en sciences politiques natif de Washington, qui se destinait à entrer au gouvernement et s'est lui aussi imposé dans ma vie comme une sorte de grand frère – ou Jim Fielding, talentueux pianiste folk-rock de Pennsylvanie qui deviendrait plus tard compositeur de comédies musicales. Lui non plus ne s'est pas adonné à la drogue, mais il était devenu populaire parce qu'il s'attirait la sympathie de tout le monde et était incroyablement doué pour le piano.

Mon problème, comme je l'ai compris au bout d'un an et demi à tenter de m'intégrer – en vain –, c'était que je n'étais pas à ma place. Tout le monde à Bowdoin, quel que soit le rôle qu'il jouait (hippie, fils à papa ou artiste en devenir), finirait inévitablement par rentrer dans le rang lorsque les réalités américaines de la vie d'adulte l'exigeraient. Mais on n'était encore qu'au début des années 1970 : après les traumatismes et les révolutions de la décennie passée (couplés à l'horreur de la guerre du Vietnam, à laquelle nous avions échappé grâce à notre statut d'étudiants), nous vivions dans une bulle fantasmagorique. Toutes les structures et les règles de l'existence en Amérique étaient remises en question, la vie en ville ne coûtait presque rien (New York, dans toute sa misère et sa violence, était alors à la portée de n'importe qui), les emplois abondaient, et quiconque parlait de devenir riche ou d'acheter une grande maison avec piscine était immédiatement tourné en ridicule : nous autres enfants du baby-boom avions commencé à rejeter les normes de l'homme chef de famille et de la femme au foyer, la nécessité de gravir les échelons hiérarchiques d'une carrière, tout ce *cursus honorum* américain auquel nos aînés avaient voulu nous soumettre. Nous étions prêts à tenter quelque chose de radicalement différent – se volatiliser en Irlande et fonder une petite compagnie théâtrale, par exemple, comme je l'ai fait à vingt-deux ans –, quitte à subir les foudres paternelles. Nous vénérions nos illustres compatriotes fantasques – Melville, Whitman, Hemingway, Ginzburg, Charlie Parker, John Coltrane, Leonard Bernstein – qui avaient su briser le fameux moule et se forger une destinée à l'héritage culturel indéniable. Ils étaient les rares exceptions à cette règle qui nous ordonnait de jouer le jeu.

Le jeu du conformisme.

Le conformisme est un réflexe américain profondément ancré. Une contradiction intrigante en soi, puisque l'un des principes fondateurs de mon pays est la notion illusoire d'individualité. Notre littérature, notre cinéma, toute notre culture populaire reposent en grande partie sur l'image d'une nation où chacun est libre d'être soi-même. L'une de nos figures les plus emblématiques est celle de l'étranger qui renverse le système, qui « marche au rythme de son propre tambour » (*I walk to the sound of my own drum*, pour citer un cliché passé dans le langage courant vers 1960). Nous vénérons les âmes aux vastes horizons dégagés, débarrassées de toute attache, et jouissant de ce rêve si insaisissable qu'est la liberté.

Il n'y a qu'à regarder les grands hommes de Hollywood à partir des années 1940. Prenez le « solitaire romantique », archétype américain par excellence : un homme qui a beaucoup vécu, a connu des deuils, mais conserve une certaine empathie teintée de rudesse envers les erreurs de ceux qui l'entourent. Son sens moral inflexible (mais jamais autoproclamé) le pousse à faire ce qui est juste, même quand cela va à l'encontre de ses intérêts. Humphrey Bogart en est le parfait exemple dans le *Casablanca* de Michael Curtiz : Rick, son personnage, est un homme sarcastique et désabusé qui prétend en avoir fini avec l'amour et n'avoir besoin de personne, mais qui, au fond de lui, sait qu'il suffirait d'une femme bien pour rendre à sa vie tout son sens.

Bogart a créé ce personnage mythique dans *Le Faucon maltais* de John Huston, avant de le peaufiner dans *Le Port de l'angoisse* de Howard Hawks (un film meilleur que le roman de Hemingway dont il est tiré) et dans *Le Grand Sommeil*. Il a remporté un Oscar bien mérité en jouant un capitaine esseulé, misanthrope et alcoolique dans *The African Queen* de John Huston – où une femme tout aussi irascible et insupportable que lui (jouée par Katharine Hepburn) les sauve tous deux d'une solitude profonde.

Mais revenons au *Grand Sommeil*. De mon point de vue, Raymond Chandler (né aux États-Unis mais éduqué en Angleterre) a fait évoluer la prose anglaise encore plus radicalement que Hemingway. Il a été l'un des premiers écrivains de ce que qu'on appelle aujourd'hui la *hard-boiled fiction*, une version dure et réaliste du roman noir (*hard-boiled* signifiant littéralement « dur à cuire ») – mais contrairement à ses concurrents bruts de décoffrage tels que Jim Thompson ou Charles Willeford, Chandler possédait une sensibilité littéraire héritée du roman naturaliste des deux côtés de l'Atlantique : ses œuvres n'échappaient pas à la critique sociale qu'on trouve chez Zola, Frank Norris et Theodore Dreiser, tout en y mêlant un style percutant, à la limite du vulgaire, qui témoigne de façon éloquente des difficultés de la vie en Amérique.

Et son personnage, Philip Marlowe – le détective privé de Los Angeles, avec sa vision désenchantée de la condition humaine et des petites misères qui ne font qu'alimenter notre rage –, est l'un des plus grands héros sombres, solitaires et omniscients de la littérature moderne. Pas étonnant que Bogart ait su l'incarner à la perfection.

Une trentaine d'années plus tard, Elliott Gould a brillamment réinventé Marlowe sous la forme d'un détective cynique et pince-sans-rire (qui s'avère infiniment plus éthique qu'il n'en a l'air) dans la magnifique reprise cinématographique de *The Long Goodbye* par Robert Altman.

Raymond Chandler a rédigé ces trois paragraphes fondateurs sur le misanthrope à demi moral qui refuse le mercantilisme séducteur et vénal de l'existence américaine :

> *L'homme qui arpente ces rues mauvaises ne doit pas être lui-même mauvais, pas plus que terni ou craintif. Il est le héros ; il est tout. Il doit être un homme entier, un homme ordinaire et pourtant différent. Il doit être (pour employer une expression démodée) un homme d'honneur – par instinct, par inévitabilité, sans avoir à y penser, et certainement sans le dire. Il doit être le meilleur homme de son propre monde, et un homme assez bien pour n'importe quel autre.*
>
> *Il n'usera ni de malhonnêteté pour dépouiller autrui, ni de patience pour supporter l'insolence d'autres hommes : ceux-ci subiront invariablement sa vengeance, aussi froide que juste. C'est un homme*

solitaire, mais son orgueil exige qu'on le traite comme un homme orgueilleux, sous peine d'amèrement regretter sa rencontre.

L'histoire est une aventure, celle de cet homme en quête d'une vérité cachée ; et ce ne serait pas une aventure si elle avait pour héros un homme indigne d'elle. S'il existait assez d'hommes comme lui, le monde serait un endroit sûr, sans devenir par la même occasion trop ennuyeux pour qu'on veuille y vivre.

Après Nathanaël West, Chandler a été l'un des premiers grands écrivains à discerner dans l'immensité urbaine saturée de soleil de Los Angeles une métaphore de la condition américaine contemporaine : un jeu mercantile auquel tout le monde joue mais où personne ne peut gagner.

Mais, en Philip Marlowe, il nous a également offert un observateur mordant, obligé d'agir depuis l'intérieur du système (et de vivoter du peu d'argent qu'il en récolte). Sans jamais être grassement payé, Marlowe n'est pas non plus dupe de l'abjection et de l'obsession matérialiste du monde, sur lesquelles repose son travail de détective, et se rebelle contre le triste conformisme dont il constate les ravages tout autour de lui.

Juste avant l'arrivée de ce personnage dans le monde de la fiction, le héros du *Faucon maltais* de Dashiell Hammett, Sam Spade, était l'image même du non-conformiste détaché et à l'éthique implacable, prêt à envoyer son amante à l'échafaud lorsqu'il apprend qu'elle est responsable de la mort de son ancien collègue, Miles. Hammett et Chandler ont réinventé le polar sous la forme d'un commentaire sec et incisif sur le mal engendré par notre culture de la réussite à tout prix. Par conséquent, leurs héros ne sont jamais des pères de famille propres sur eux. Ni Marlowe ni Sam Spade ne sont attendus à la maison par une gentille petite femme et d'adorables enfants lorsqu'ils finissent de mettre les méchants sous les verrous. Ils habitent des appartements meublés, souvent dans des hôtels bas de gamme, portent de ces costumes qu'on trouve à moitié prix dans un pressing louche des bas quartiers, et se réveillent le plus souvent avec une gueule de bois carabinée. Leur petit déjeuner consiste fréquemment en un café, quelques cigarettes et une ou deux rasades de whisky bon marché. Ils ne gravissent jamais aucun échelon, ne jouent pas au golf sur d'immenses pelouses de country club parfaitement manucurées. Leurs liaisons amoureuses sont sans lendemain. Ils évitent tout engagement, acceptant leur solitude comme le prix à payer pour conserver un tant soit peu de liberté. Marlowe et Spade étaient le genre d'hommes indépendants et sans entrave auxquels la majorité des Américains rêvaient de ressembler… En vain.

Chez les femmes américaines, le conformisme se traduisait généralement par l'acceptation des rôles d'épouse, de mère et de fée du logis qui leur étaient prescrits. Il suffit de constater la prescience d'Edith Wharton (surtout dans *Le Temps de l'innocence* et *Chez les heureux du monde*) lorsqu'elle met en scène des femmes tentant d'échapper (sans succès) aux restrictions que leur impose la société. De la même façon, *La Cloche de détresse* de Sylvia Plath, *Journal d'une ménagère folle* de Sue Kaufman et *Je sais pourquoi chante l'oiseau en cage* de Maya Angelou décrivent avec virtuosité les limites et les pièges auxquels sont confrontées les femmes dans une culture patriarcale. Si on y ajoute les textes féministes fondateurs de l'époque – par Betty Friedan, Kate Millett et Gloria Steinem d'un côté de l'Atlantique, et de l'autre par Eva Figes et Marina Warner, et aussi par l'Australienne Germaine Greer, sans oublier le révolutionnaire *Deuxième Sexe* de Simone de Beauvoir, publié en 1949 –, il est aisé de se rendre compte que la société occidentale de ces années-là recevait un avertissement très clair : nous résisterons à tout ce qu'on nous encourage à devenir.

Le conformisme est un guet-apens, et cette réalité a toujours été un thème important de notre littérature nationale. Au lycée, j'ai étudié deux classiques du début du XXe siècle : *Grand-Rue* et *Babbitt* de Sinclair Lewis. Presque oublié de nos jours, Lewis était une figure littéraire dominante dans les années 1920 – et le premier Américain à se voir décerner le prix Nobel de littérature. *Grand-Rue* est bâti sur le même modèle que *Madame Bovary* : les frustrations d'une jeune épouse de médecin dans une bourgade étouffante. La différence entre Emma Bovary et Carol Milford Kennicott, c'est que cette dernière est éduquée et réfléchie : au cœur du village (entièrement fictif) de Gopher Prairie, dans le Minnesota, elle va découvrir la cruauté et l'étroitesse d'esprit de l'Amérique moyenne. Lewis – lui-même natif du Minnesota – s'attaque ici à une institution américaine bien-aimée : la petite ville de province, qu'il dénonce comme un panier de crabes plein de jalousies minuscules, de mépris pour le moindre soupçon d'intellectualisme, et de haine envers tout étranger menaçant l'état immuable des choses.

C'était une perspective radicale en 1920 – et, maintenant que j'y pense, elle serait aujourd'hui considérée comme emblématique du snobisme élitiste de la côte Est, surtout quand on sait que Lewis a étudié à Yale, vécu à Washington et reçu ce grand prix littéraire suédois avant d'aller finir ses jours à Rome. C'était donc un apostat qui avait renié ses racines du Midwest et dont le crime avait été de s'en prendre à ce symbole américain si cher à Norman Rockwell, le célèbre illustrateur : la petite ville immaculée, blanche, bourgeoise et bucolique, avec ses maisons bien nettes aux jolies clôtures, ses voisins toujours aimables, ses paroissiens assidus, son policier et son pharmacien comme piliers de la communauté locale. Et, bien sûr, pas le moindre visage basané à l'horizon. Ronald Reagan, un homme sentimental et nostalgique, voyait ce genre de lieu comme un paradigme de l'Amérique. Et les habitants de ces petites villes, qui ont voté pour lui en masse lors des élections présidentielles de 1980 et de 1984, ne pouvaient pas se douter que son conservatisme fiscal et sa politique de dérégulation feraient imploser leur univers, dans lequel même un maître d'école ou un mécanicien pouvait se payer une maison, une voiture et peut-être un petit bateau, tout en ayant la possibilité d'envoyer ses enfants dans de bonnes écoles puis à l'université locale. Sous Reagan, l'éducation publique a succombé aux coupes budgétaires, la culture dominante a décimé les petits commerces, et la vie en zone métropolitaine est devenue si chère que les gens ont fui vers les petites villes, faisant du même coup grimper les prix de l'immobilier dans ces coins ruraux autrefois abordables.

Lewis est décédé en 1951, trente ans avant l'accession de Reagan au pouvoir. Dans son autre roman le plus connu, *Babbitt*, il dresse le portrait d'un conformiste américain par excellence. George Babbitt vit à Zenith, une ville fictive du Midwest abritant deux cent cinquante mille habitants ; citoyen exemplaire, partisan inconditionnel de l'*American way of life*, il voit sa confiance dans le système (et dans les principes chers à la nation que sont la famille et la fidélité conjugale) se déliter petit à petit. Bien entendu, il finit par retrouver de lui-même le « droit chemin » et par retourner à la vie conventionnelle qu'il avait tenté de fuir. Mais en dépeignant dans les moindres détails la manière dont nous essayons tous de nous convaincre que la banalité est quelque chose de désirable, Lewis fait de *Babbitt* une critique acerbe de notre culture, qui accepte en s'en félicitant sa propre exception mais qui du coup élève l'ennui au rang de devoir national.

Après avoir lu *Babbitt* au lycée, je me suis juré de ne jamais adopter ce mode de vie ni m'exiler dans une de ces petites villes de banlieue ; même si j'ai fini par vivre avec ma famille en périphérie de Londres, nous étions proches du métro et à seulement vingt minutes de Trafalgar Square.

Babbitt a surtout semé les graines d'un thème qui deviendrait plus tard récurrent dans mes ouvrages, tant il me fascine : le besoin qu'a l'individu de construire sa propre prison. Je suis conscient que se fourvoyer dans des impasses fait partie intégrante de la condition humaine, où que l'on soit. Mais, à mon sens, il y a quelque chose de particulièrement américain dans cette pulsion conformiste qui nous pousse à jouer le jeu du consumérisme et à rivaliser avec nos familles et nos voisins. Dans une culture fondée sur la marchandisation, hantée depuis ses débuts par l'éthique de travail protestante et pétrie de culpabilité quant à la plupart des plaisirs terrestres, comment ne pas avoir le réflexe de se plier à tout ce que la société attend de vous ? Les États-Unis adorent les histoires de petites gens partis de rien qui finissent par faire fortune, comme l'illustre le succès fulgurant des romans de Horatio Alger à la fin du XIXe siècle : tous ont pour héros des jeunes de milieux pauvres qui, à force de travailler dur, de s'appliquer et de croire en la justesse du système, finissent par se faire tout seuls et par devenir des membres productifs et prospères de la société.

Cette idée selon laquelle on peut accomplir n'importe quoi du moment qu'on y consacre toutes ses forces est une véritable doctrine, de même que la vision des États-Unis comme une terre de tous les possibles, où le travail acharné est toujours récompensé – à condition de respecter les règles. Issu d'une famille aux origines plus que modestes, j'ai été élevé avec la promesse d'une ascension sociale certaine si je m'en donnais les moyens. Mon grand-père maternel – le joaillier du Diamond District – était le fils d'immigrés juifs de la classe ouvrière. Dans le quartier de Manhattan où il a grandi, lui et ses amis étaient souvent aux prises avec des gangs de rue irlandais qui considéraient les Juifs comme les « meurtriers du Christ ». Mon grand-père a arrêté sa scolarité avant la fin du lycée, préférant s'enrôler dès ses dix-huit ans pour aller combattre lors de la Première

Guerre mondiale. Comme mon père, il ne parlait que rarement de son expérience au front – mais il m'a raconté une fois que, trois jours à peine après avoir atterri en France, il s'était porté volontaire pour intégrer l'équipe de déminage. Quand je lui ai demandé si ce n'était pas un poste dangereux, il m'a fait une réponse typique, avec son franc-parler new-yorkais :

« Les démineurs circulaient en Jeep… Et nos chances de survie étaient meilleures. »

Pour mon grand-père, il ne faisait aucun doute que les États-Unis étaient le meilleur pays au monde – après tout, il était né dans la misère et avait réussi au point de devenir propriétaire d'une petite entreprise de joaillerie assez florissante pour lui permettre d'habiter un appartement agréable (sans être extravagant), de conduire une Oldsmobile et d'appartenir à un country club juif sur Long Island, où il pouvait s'adonner à sa passion pour le golf. À ses yeux, le système américain avait été la clé de sa réussite – mais, tout comme mon père, il refusait de reconnaître l'existence d'un sous-prolétariat ainsi que le racisme systémique qui maintenait les minorités à l'écart et bloquait leur ascension sociale. Je me rappelle la fréquence à laquelle il me désignait les pages d'offres d'emploi du *New York Times* en commentant :

« Regarde tout le travail qu'il y a ! Pourquoi est-ce que tant de gens continuent à toucher des aides ? »

C'était un refrain familier. Reagan lui-même, dès son mandat de gouverneur de Californie, critiquait sans cesse les « parasites » qui vivent des allocations gouvernementales, répétant à qui voulait l'entendre que le New Deal de Roosevelt (notre seule et unique expérience s'apparentant au socialisme) avait engendré toute une génération de paresseux. Comment s'étonner qu'Ayn Rand (elle-même réfugiée de la révolution russe léniniste) ait connu un regain de popularité dans les années 1980 ? Ses romans prétentieux et boursouflés *La Grève* et *La Source vive* font l'éloge d'un hyperindividualisme triomphant et étrillent tout ce qui ressemble de près ou de loin à un gouvernement.

Mais le reaganisme était aussi, par essence, une réaffirmation de la notion de conformisme dans un pays dont les valeurs chrétiennes n'étaient plus partagées par la majorité de la population. En rédigeant *Babbitt*, Sinclair Lewis a révélé que l'Amérique des entreprises était un projet global, et qu'elle croyait dur comme fer que la concurrence impitoyable était la seule façon de vivre. Il suffit de lire des articles sur ceux qui ont tenté de tenir tête à Big Pharma ou à Big Tabac pour se rendre compte qu'un individu n'a pratiquement aucune chance face à ces monopoles monolithiques, qui n'hésitent pas à détruire d'une pichenette quiconque pourrait leur mettre des bâtons dans les roues. Le Parti républicain, autrefois le royaume des petits chefs d'entreprise et des habitués des conseils d'administration, a peu à peu été infiltré par les conservateurs et les partisans de l'économie de marché, pour qui la promotion des « valeurs familiales » était un moyen très pratique de freiner l'avancée du libéralisme social et du multiculturalisme. C'est bel et bien ce désir de conformisme qui se cache derrière tous les mouvements d'opposition au mariage homosexuel, à la légalisation du cannabis, à l'égalité sociale et au droit des femmes à disposer librement de leur corps.

Le conformisme revêt aussi un autre aspect : le besoin de s'intégrer à tout prix, de se fondre dans la masse. C'est une pression sociale que subissent pratiquement tous les écoliers du pays. Sortir du lot signifie s'exposer à l'ostracisme. Le football américain en est un bon exemple : une force unifiée qui fait corps afin de réduire l'adversité (l'adversaire) à néant. Dans une équipe de football américain, il y a pléthore de petits chefs – les coordinateurs d'attaque et de défense, l'entraîneur au pied, et bien sûr l'entraîneur général qui fait office de P-DG, lui-même soumis au bon vouloir des propriétaires et du conseil d'administration. Ainsi, chaque équipe professionnelle du pays possède une structure similaire à celle d'une entreprise : les joueurs eux-mêmes ont chacun un rôle bien défini dans cette hiérarchie, en fonction de leur poste.

Et inversement, la métaphore sportive est monnaie courante dans les entreprises : en entretien d'embauche – que ce soit pour un job étudiant chez McDonald's ou un poste administratif haut placé –, c'est souvent la même question : « Travaillez-vous bien en équipe ? » Autrement dit : savez-vous vous intégrer ? Suivre les ordres ? Respecter la chaîne de commandement ? Êtes-vous l'un des nôtres ?

Dans la culture américaine, il est particulièrement difficile d'être différent. Et pourtant, cette même culture célèbre les libres penseurs qui obéissent à leurs propres règles, défient l'autorité et refusent de céder à l'assimilation. Le milieu bohème new-yorkais du début du XXe siècle – à l'époque où Greenwich Village était presque une république indépendante, détachée de la moralité nationale – est sans doute à l'origine du mouvement contestataire qu'on appelle depuis l'« anti-establishment ». The Village, ainsi que l'ont toujours appelé ses habitants, a été l'un des premiers bastions pour les créations d'Eugene O'Neill, dramaturge considéré comme l'un des pionniers du théâtre américain moderne ; mais c'était aussi le territoire de prédilection d'un jeune communiste diplômé de Harvard, John Reed, auteur du magistral témoignage sur la révolution russe *Dix jours qui ébranlèrent le monde*, ainsi que de la poétesse de l'amour libre Edna St. Vincent Millay et de la célèbre romancière avant-gardiste Djuna Barnes (pour n'en citer que quelques-uns). Après la Seconde Guerre mondiale, Greenwich Village est demeuré (avec San Francisco) l'un des derniers lieux alternatifs du pays. L'économie était en plein boom, la paix et l'abondance incitaient à rentrer dans le rang, Eisenhower était à la Maison-Blanche, l'expansion ne connaissait aucune limite. C'était également le début de ce qu'on a appelé l'« exode blanc » en direction des banlieues résidentielles, et le summum de la paranoïa anti-soviétique – avec la chasse aux sorcières du sénateur McCarthy et l'exécution d'Ethel et Julius Rosenberg, accusés d'avoir livré des secrets atomiques à l'URSS. Mais cette période d'intense conformisme et de méfiance était en même temps pleine d'audace, alors que les artistes américains s'affranchissaient des influences européennes pour développer leurs propres mouvements. C'est à cette époque que l'expressionnisme abstrait s'est imposé sur le devant de la scène ; que Charlie Parker, Miles Davis et John Coltrane (trois éminents visionnaires du jazz des années 1950) ont donné libre cours à leur inspiration ; que les réalisateurs de films noirs ont choisi de refléter le malaise d'une société en perpétuel renouvellement ; que Tennessee Williams, Arthur Miller et Edward Albee ont repensé les fondements du théâtre américain. Et c'est à cette époque que sont apparus les Beats.

D'abord étudiants à Columbia University, Allen Ginsberg et Jack Kerouac (aux côtés d'un diplômé de Harvard fabuleusement riche, William Burroughs) ont pour ainsi dire jeté les conventions aux orties. J'en veux pour preuve le célèbre poème de Ginsberg, *Howl*, véritable pied-de-nez de cet auteur ouvertement homosexuel à la bien-pensance américaine :

J'ai vu les plus grands esprits de ma génération détruits par la folie, affamés hystériques nus,

se traînant à l'aube dans les rues nègres à la recherche d'une furieuse piqûre, [...]

qui se laissèrent enculer par des saints motocyclistes et hurlèrent de joie[1] *[...]*

Sans surprise, Ginsberg a été attaqué en justice pour pornographie après qu'un autre grand poète radical et éditeur de l'époque, Lawrence Ferlinghetti, a publié *Howl* en 1956. Dans une décision de justice montrant une fois de plus la force du premier amendement de la Constitution américaine (qui protège la liberté d'expression), le juge a tranché en faveur de Ginsberg et Ferlinghetti. Même parmi les hauts managers cultivés

1. Allen Ginsberg, « Howl », in *Howl and Other Poems*, trad. Robert Cordier et Jean-Jacques Lebel, Christian Bourgois éditeur, 2005. *(N.d.É.)*

que je connais (je veux dire, ceux qui lisent), Allen Ginsberg fait encore aujourd'hui l'objet d'une certaine admiration – non seulement pour sa poésie, mais parce qu'il a passé sa vie à enfreindre toutes les règles de la bienséance américaine.

Ce besoin de se fondre dans la masse – le fait de se retrouver enfermé dans une vie qu'on n'a pas désirée et de se forcer à l'accepter – hante l'une des œuvres de fiction majeures de l'après-guerre : *La Fenêtre panoramique* de Richard Yates. Publié en 1961, d'abord sans succès commercial ni bonnes critiques, c'est pourtant un roman d'une lucidité dévastatrice et d'une franchise intransigeante ; sans doute le récit le plus lugubre jamais écrit sur la souffrance que représente l'obligation de mener une existence dont on ne veut pas.

L'histoire est on ne peut plus simple : un homme et une femme se rencontrent à New York après la guerre, tous deux naïfs et ne sachant pas encore quelle est leur place dans le monde. Elle tombe enceinte. Ils se marient. Un deuxième enfant suit rapidement, et ils prennent la décision classique de quitter le centre-ville. Une fois établis en banlieue – alors en pleine expansion –, ils se rendent compte qu'ils sont coincés et entament une véritable descente en enfer.

J'avais la trentaine quand j'ai découvert ce livre, et sa géographie physique et émotionnelle m'a heurté de plein fouet. Yates décortique les dysfonctionnements d'un mariage et décrit de manière brutalement honnête la façon dont ses personnages – Frank et April Wheeler – expriment leur désespoir en se faisant du mal l'un à l'autre. Au moment de refermer ce roman, on ne peut s'empêcher de songer : nous passons notre temps à nous plaindre de ce que nous inflige la vie, mais quelle est notre part de responsabilité ?

Yates lui-même était un alcoolique maniaco-dépressif, de la même génération que mes parents. Comme mon père, il a combattu pendant la Seconde Guerre mondiale, mais n'a pas profité des études universitaires tous frais payés offertes par l'armée en remerciement de ses services ; il s'est marié trop jeune, et s'est encombré trop tôt de multiples responsabilités familiales. Sa vie n'a jamais été facile. Le début de sa carrière d'écrivain est marqué par les refus et les rejets. Ses premières publications sont plus que décevantes. Alors qu'il aurait dû figurer parmi les plus éminents romanciers américains d'après-guerre, il a fini sa vie presque anonyme, frustré de n'avoir jamais vu une seule de ses géniales nouvelles imprimées dans le *New Yorker* (ce qui n'arriverait qu'après sa mort). Il a passé l'essentiel de ses dix dernières années à boire et à fumer une quantité de cigarettes qui lui aurait valu une médaille olympique dans un univers parallèle. Mais les écrivains de ma génération, les baby-boomers, en sont venus à le vénérer : lire Yates nous offrait non seulement un portrait aussi violent qu'émouvant de nos parents et des compromis infernaux qu'ils avaient dû faire, mais aussi une mise en garde contre ce qui risquait de nous arriver si nous continuions à nager dans le sens du courant, vers la sécurité professionnelle et conjugale promise par le modèle américain.

Ce qui me ramène à Bowdoin College en 1972, dans cette fraternité d'artistes et de toxicomanes à laquelle je m'efforçais désespérément d'appartenir. Je me rappelle les longues nuits passées à fumer de l'herbe et du haschich en écoutant les Grateful Dead, les discussions avec Karl Hilderbrandt au sujet de la filmographie de Lindsay Anderson (l'un des réalisateurs principaux de la Nouvelle Vague britannique, avec des œuvres comme *If...* et *Le Meilleur des mondes possible*). Je me rappelle aussi le soir où Brad Bradford, qui se prenait pour le successeur spirituel de Jack Nicholson, a lancé une bataille de nourriture en renversant délibérément une assiette de purée sur la tête de quelqu'un. Pratiquement tout le monde a pris part au chaos, pendant que je sortais dans la nuit glacée pour enchaîner deux cigarettes tout en me demandant ce que je fichais dans un lieu pareil. Mon grand frère de fraternité, Cal Pringle, qui avait allègrement participé à la bataille, est venu me retrouver à l'extérieur un peu plus tard pour me demander pourquoi j'étais parti.

« C'est pas mon truc, ai-je répondu.

— C'était hyper marrant.

— Non, c'était débile.

— Écoute, Douglas, tout le monde ne peut pas être aussi sophistiqué que toi. Ton snobisme, ça va deux minutes. »

Aïe.

Je me suis réfugié à la bibliothèque, qui portait le nom de deux géants de la littérature américaine, Henry Wadsworth Longfellow et Nathaniel Hawthorne : tous deux diplômés de Bowdoin en 1825 et bien décidés à forger une sensibilité littéraire propre à cet encore Nouveau Monde, moins de cinquante ans après notre révolution contre la monarchie anglaise. Mais ce n'était pas à cela que je pensais ce soir-là, cent cinquante et un ans après l'arrivée à Bowdoin de ces pères fondateurs de la littérature de mon pays : je rédigeais un devoir d'histoire sur l'absence de libertés au sein de la première colonie américaine, la très puritaine Massachusetts Bay Colony. Je réfléchissais à l'articulation entre communauté et religion dans ce pieux avant-poste en pleine nature sauvage, et j'essayais d'observer l'Amérique coloniale puritaine du point de vue privilégié de ma génération. On ne souffrait d'aucune des privations subies par nos parents pendant la Grande Dépression, et on était infiniment plus conscients des possibilités qui s'offraient à nous : on savait qu'on pouvait être différents. Qu'on serait différents. Et pourtant, dans ma fraternité censée regrouper les artistes et les anticonformistes de Bowdoin, je venais d'assister à une scène des plus stupides : une bataille de nourriture. Et ma désapprobation m'avait valu les reproches d'un camarade que je croyais être mon ami.

J'ai évité The House le lendemain, préférant dîner avec des amis qui n'appartenaient à aucune fraternité – des membres du magazine littéraire de l'université, et un futur professeur de philosophie et d'études religieuses. Certains m'ont demandé ce que je fabriquais, au juste, dans cette maison ; j'ai répondu qu'il y avait là-bas des gens intéressants, et que c'était un bon moyen d'apprendre à connaître l'établissement.

« Arrête d'essayer de rentrer dans le moule, m'a dit Drew Hart. Tu n'y arriveras pas. »

Facile à dire pour lui, issu d'une famille extrêmement WASP de Bronxville, dans la banlieue cossue de New York… Il était pour ainsi dire né dans le moule.

Le soir suivant, je suis retourné dîner à The House, et je me suis retrouvé assis à côté de Brad Bradford, qui fumait de l'herbe tout en sirotant une Carling Black Label (une bière absolument infâme). Je lui enviais la facilité avec laquelle il sympathisait avec les gens, ainsi que la ribambelle de petites amies prêtes à partager son lit.

« Salut, Kennedy ! a-t-il lancé. Cal raconte que tu n'as pas aimé notre petite bataille de l'autre soir.

— C'est pas mon truc, ai-je répondu afin d'éviter le conflit.

— C'est pas mon truc, a-t-il répété en imitant mon accent. Tu te crois toujours au-dessus des autres, hein ? Parce que tu es allé dans une école de riches. Mais je parie que tu ne te plaisais pas là-bas non plus, pas vrai, monsieur Collegiate ? »

Il avait parfaitement raison sur ce point. Ce qui ne m'a pas empêché de rétorquer :

« Je ne me crois pas au-dessus des autres.

— C'est l'impression que tu donnes.

— Je me plais, ici, ai-je menti.

— Mais non. Et tu sais pourquoi ? Parce que tu n'es pas populaire, c'est tout. »

De l'autre côté de la table, Morgan – dont les cheveux longs impeccables et les vêtements de hippie tout neufs trahissaient les origines aisées – est intervenu.

« Arrête, Brad. C'est pas cool.

— Mais c'est vrai.

— Oh, ferme ta gueule. » Puis Morgan s'est tourné vers moi. « Tu sais ce qui est cool, Doug ? C'est de ne pas être comme tout le monde. »

Une semaine plus tard, Morgan était mort. J'avais passé le week-end à Boston, chez un ancien camarade d'école qui étudiait à Harvard, pour aller voir un concert du Boston Symphony Orchestra (dirigé par Michael Tilson Thomas, jeune à l'époque) et ce qui deviendrait l'un des grands classiques de la comédie musicale américaine : *A Little Night Music* de Stephen Sondheim. Je n'étais rentré que le mardi matin, juste à temps pour mon cours de 9 h 30. C'est alors qu'un membre de The House m'a abordé, l'air profondément ébranlé.

« Tout le monde te cherche depuis plusieurs jours. »

Bien sûr, à l'époque, il n'y avait pas de téléphones portables, ni même de fax. Je lui ai expliqué que j'avais passé cinq jours à Boston et que je venais juste de descendre du bus de nuit.

« Toute la fraternité est à l'enterrement, a-t-il dit.

— L'enterrement de qui ?

— De Morgan.

— Quoi ?! »

Apparemment, Morgan et sa petite amie étaient partis à vélo sur la côte le samedi précédent, près d'un petit village de pêcheurs appelé Mere's Point. Et il avait dû fumer un ou deux joints de trop avant de partir… parce qu'il avait pris un virage sans regarder et s'était fait renverser par un camion.

« Et sa copine ? ai-je demandé.

— Elle n'a rien. Mais elle est sous le choc. »

Quand je suis entré dans The House, après mes cours, il y régnait un silence absolu. Une dizaine de membres étaient assis à la table de la salle à manger, à fumer et à se faire passer deux bouteilles de mauvais whisky et d'encore plus mauvaise tequila, le regard fixé droit devant eux. Tout le monde était bouleversé. À mon arrivée, je me rappelle avoir machinalement pris note de ce que chacun avait choisi de porter pour une telle occasion : la mort d'un contemporain, de l'un des nôtres. Cal Pringle était en costume-cravate noir, avec une chemise blanche. Brad Bradford aussi, à ceci près qu'il y avait ajouté des lunettes de soleil d'aviateur. Jim Fielding portait un blouson de sport brun foncé aux larges revers, ainsi qu'une épaisse cravate en tricot. Karl Hilderbrandt était, comme toujours, en jean et chemise noirs, et pieds nus. Calhoon portait un T-shirt indien et un collier de perles colorées. Cody avait opté pour un tailleur-pantalon noir et Josie pour une longue robe noire diaphane. Si j'ai prêté attention à tous ces détails, c'est sans doute parce que je m'efforçais encore de comprendre ce qui se passait. Josie sanglotait ; Cody a terminé sa cigarette en un temps record avant de disparaître à l'étage, sans doute pour rejoindre quelqu'un et noyer son chagrin dans le sexe. Après tout, nous n'étions encore que des gamins. Aucun de nous n'avait plus de vingt ans – et, à dix-sept ans, j'étais le plus jeune de la maison. La plupart avaient sans doute déjà perdu un grand-parent ou un proche âgé, mais nos parents avaient à peine la cinquantaine : nous n'avions que peu d'expérience du caractère irrévocable de la mort. Et voilà que notre camarade, notre ami, venait de nous être arraché, à dix-neuf ans à peine. Nous faisions de notre mieux pour nous comporter en adultes… Mais le fait est que nous n'en étions pas.

Peut-être était-ce la première fois que nous nous trouvions directement confrontés à la fragilité de tout ce qui constituait notre univers – y compris nous-mêmes.

Chuck Vandervalk – en costume gris, chemise bicolore et large cravate – a levé les yeux à mon arrivée.

« Où tu étais ? a-t-il demandé d'un ton de reproche.

— À Boston. Je viens de rentrer. Quelle affreuse nouvelle… Morgan a toujours été gentil avec moi.

— C'est comme ça que tu juges les gens ? a sèchement rétorqué Brad Bradford. Selon qu'ils sont gentils avec toi ou non ?

— Quel mal à ça ?

— Aucun, a dit Chuck. À part que, comme d'habitude, tu ne penses qu'à toi. »

Cette fois encore, je suis allé me réfugier à la bibliothèque. À l'époque, on pouvait y réserver un box de lecture afin d'y laisser nos livres et nos documents. Et, même si c'est difficile à imaginer de nos jours, il y avait tout un étage réservé aux fumeurs comme moi. J'ai allumé la première d'une longue série de cigarettes et je me suis plongé dans mes devoirs. Une heure plus tard, Chuck est venu se planter devant mon pupitre. Il m'a tendu une cannette de bière et une clope avant de s'asseoir face à moi.

« Je ne sais pas quoi te dire, a-t-il avoué. J'étais sous le choc – et puis tu as débarqué, complètement extérieur à tout ça. Désolé. C'était cruel de ma part. »

J'ai continué à fréquenter The House pendant environ un an avant de m'en détacher. Chuck avait raison : j'étais resté « extérieur à tout ça », incapable de me faire accepter. Mais, petit à petit, j'en suis venu à comprendre qu'être impopulaire n'était pas une honte. C'était juste un fait.

J'ai suivi de loin l'évolution de mes camarades de l'époque. Cal Pringle a fondé une entreprise de relations publiques à Chicago. Karl Hilderbrandt est devenu professeur de religion et de philosophie dans une assez bonne université du Midwest. Cody Farber s'est mariée et est devenue associée dans un cabinet d'avocats progressiste de Minneapolis. Jim Fielding – en qui je voyais un potentiel Stephen Sondheim de notre génération – s'est plié aux désirs de son père et a fait carrière dans le marketing à Los Angeles. Josie Joshua a déclaré ouvertement son lesbianisme avant de devenir psychothérapeute à Eugene, dans l'Oregon. Et Brad Bradford, développeur immobilier à Atlanta, est mort d'un infarctus en 2017, à soixante-quatre ans. Trois ans plus tard, Chuck Vandervalk est décédé dans le village de l'État de New York où il avait grandi. Il dirigeait tout un service d'assistance sociale dans la petite ville la plus proche, était très impliqué dans la vie de sa paroisse, et avait survécu à ses deux conjoints.

La vie est un concept flexible, qui peut changer du tout au tout selon qu'on choisit de « suivre ses rêves » (comme le recommandent tant de chansons) ou d'écouter la voix de l'autorité. Après avoir quitté The House, je n'ai plus jamais fait l'effort de m'intégrer où que ce soit. Aujourd'hui encore, j'évite comme la peste tout ce qui est mondain et sélectif. Il y avait dans cette fraternité des âmes véritablement indépendantes, désireuses de tracer leur propre voie dans le monde ; mais quand ça n'a plus été le moment de fumer de l'herbe, de se laisser pousser les cheveux et de proclamer qu'on ne ressemblerait jamais à nos parents… eh bien, la majeure partie d'entre nous ont fini par se fondre dans le moule. L'attrait du conformisme à l'américaine est irrésistible pour quiconque souhaite s'intégrer. Et c'est le cas de presque tout le monde.

Petite coda. En 2017, j'ai reçu un coup de fil chez moi, dans le Maine : quelques anciens de The House se réunissaient dans notre ancienne maison (les fraternités ont été abolies à Bowdoin en 2004, après qu'un étudiant est mort en tombant du toit de l'une des maisons sportives durant un bizutage). Est-ce que je voulais me joindre à eux ? Je suis aussi curieux que tout un chacun, et la tentation était forte de voir qui se présenterait et comment chacun aurait évolué après toutes ces années.

« Tu n'es plus aussi maigrichon qu'avant, m'a fait remarquer Karl Hildebrandt.

— Et toi, tu ne portes toujours pas de chaussures », ai-je répliqué en le serrant dans mes bras.

Cody était là aussi : elle m'a fusillé du regard en m'adressant un bref signe de tête, à croire que j'étais un pestiféré. Je me suis tourné vers l'ancien camarade qui m'avait invité.

« Que me vaut ce charmant accueil ? Ça fait trente ans qu'on ne s'est pas vus ! Merde, on s'est jamais disputés, j'ai jamais été désagréable avec elle. Mais, déjà à l'époque, elle me regardait de haut.

— Maintenant qu'elle n'a plus trop de raisons de le faire, elle te déteste encore plus.

— Mais pourquoi ? »

Mon camarade a hésité un moment avant de répondre.

« Parce que, toi, tu t'es échappé. »

4

Là-bas : carnets de voyage

La première chose qu'il faut comprendre, c'est cette impression d'espace. Quatre cent quarante-quatre kilomètres d'est en ouest, et trois cent soixante-cinq du nord au sud. Ce n'est pas si vaste, pourrait-on penser – jusqu'à ce qu'on découvre l'information suivante : la population locale ne dépasse pas cinq cent cinquante mille personnes. C'est un lieu d'intense isolement et de solitude, surtout en hiver. Le soir de mon arrivée, le thermomètre indiquait moins vingt-trois degrés Celsius, et je me suis réveillé le lendemain pour constater que vingt centimètres de neige étaient tombés pendant la nuit. Quarante centimètres supplémentaires suivraient dans la journée.

La rudesse de la topographie – entre les immenses prairies désertes et la majesté des Teton Mountains, qui culminent à quatre mille deux cent dix mètres – se retrouve dans son climat politique aussi profondément conservateur que libertarien. Pour ne rien arranger, j'ai décidé de m'y rendre pour la toute première fois en plein milieu du chaos de la pandémie mondiale. Le Wyoming était l'un des rares endroits à ne pas imposer de quarantaine à ses visiteurs. Après plusieurs mois à me plier au couvre-feu parisien, à arpenter les rues spectrales de mon New York natal (où il n'y avait nulle part où aller après le crépuscule) et à écouter le silence confiné du Maine, le Wyoming m'est apparu au début de l'année 2021 comme une véritable échappatoire : un lieu idéal pour prendre la température de l'intérieur des terres.

« Tu pars t'enterrer dans le Wyoming en plein Covid ? a demandé, abasourdi, un ami new-yorkais auquel j'expliquais mon projet de voyage. C'est comme passer du côté obscur. »

J'ai souri.

« Et je commence mon périple par un endroit appelé Freedom.

— Jamais entendu parler. »

J'étais comme lui jusqu'à ce que je repère ce nom sur une carte. Puis, grâce à Google (sacré outil !), j'ai découvert une raison de faire le trajet d'une heure de route depuis Jackson Hole, où je m'établirais pour la première partie de mon road-trip : un minuscule fabricant artisanal qui se vantait de proposer « les meilleurs pistolets au monde ». Étant donné l'obsession de mon pays pour le deuxième amendement de notre Constitution – qui nous octroie le droit de porter une arme, si colonial et daté que cela puisse paraître – et vu l'inquiétude générale au sujet de nos libertés individuelles, il m'a semblé approprié de commencer mon voyage dans un lieu appelé Freedom où l'on fabriquait des armes à feu.

La route à deux voies menant à Freedom serpentait à travers une forêt de résineux enneigée, au fond d'un canyon régulièrement bloqué par les chutes de neige. Je conduisais derrière un type en pick-up Dodge qui roulait à quinze kilomètres-heure en dessous de la vitesse autorisée. En bon New-Yorkais, je me suis vite lassé de sa lenteur, et j'ai saisi la première occasion de le doubler à bord de mon SUV Chevrolet de location. Grossière erreur. Cet homme – en large chemise à carreaux, avec une casquette de base-ball et un râtelier à fusils juste derrière lui – a pris ça pour une tentative d'émasculation. Il a subitement accéléré et, son pare-chocs collé au mien, il a tenté de me faire sortir de la route sur fond de coups de klaxon forcenés.

J'ai passé les dix minutes suivantes à tenter de le semer, sans succès, jusqu'à ce que j'avise enfin une sortie droit devant. J'ai mis le pied au plancher et pris un virage serré à la dernière seconde. Le type a continué tout droit, m'adressant un doigt d'honneur et un torrent d'injures par sa vitre baissée. Je me suis garé avant d'aller faire quelques pas dehors pour me calmer, respirant à pleins poumons l'air de la montagne. Deux hommes coiffés de chapeaux de cow-boy étaient en train de fumer non loin.

« Tu t'es fait un copain, on dirait », m'a lancé l'un d'eux sur un ton laconique avec un lourd accent de l'Ouest.

Trente minutes plus tard, j'arrivais à Freedom, deux cent quinze habitants (à en croire la pancarte à l'entrée du village), dont la minuscule rue principale comportait un tout aussi minuscule bureau de poste et un garage. Deux kilomètres plus loin se trouvait ma destination : Freedom Arms Inc., « Fabricant des meilleurs pistolets au monde ». L'endroit n'avait rien d'engageant : deux bâtiments verts aux allures d'usine, avec en guise d'entrée une porte en fer munie d'une sonnette que j'ai dû presser plusieurs fois avant qu'on vienne m'ouvrir. L'homme qui m'a accueilli était mince, d'âge moyen, et s'appelait Bob.

« Désolé pour l'attente. Vous venez acheter un pistolet ? »

Mieux valait ne pas lui dire que j'étais écrivain, à la recherche d'un sujet pour mon prochain livre, et que je ne m'intéressais pas du tout aux armes à feu : la conversation risquait de tourner court. J'ai donc répondu que j'habitais dans le Maine et qu'effectivement, je cherchais à acheter une arme. Il m'a invité à entrer. La boutique était toute simple : une vitrine vide, une affiche représentant deux pistolets estampillés Freedom avec la mention : « La légende continue ! », et un mur entier couvert de trophées de chasse, allant de la tête de cerf à celle d'orignal, en passant par une multitude de bisons et d'élans.

« Tous abattus avec des armes de chez nous, a précisé Bob.

— Je croyais que vous ne faisiez que des pistolets ?

— Oui, mais ils sont si puissants qu'ils peuvent arrêter un élan ou un bison. »

Je lui ai posé quelques questions sur sa clientèle.

« Surtout des collectionneurs, des chasseurs, et des tireurs de compétition. On a quinze employés dans l'atelier. Il nous faut trente jours pour fabriquer un seul pistolet. »

Puis Bob s'est excusé en disant qu'il avait une réunion sur Zoom dans quelques minutes, mais qu'une femme du nom de Lorraine allait s'occuper de moi. Du même âge que lui à peu près, celle-ci s'est avérée timide, réservée, mais également très directe.

« Vous avez une idée du genre d'arme que vous voulez ?

— Pas vraiment, ai-je répondu. Qu'est-ce que vous me conseillez ? »

Elle est passée dans le bureau attenant, où j'ai aperçu une affiche *In God We Trust* encadrée, avant de revenir chargée de trois pistolets étincelants. Bien sûr, je ne connais (heureusement !) rien aux armes à feu. Mais je dois avouer que celles-ci semblaient d'une qualité impressionnante, tout en acier brillant, leurs crosses décorées avec style. Lorraine m'a désigné un pistolet au long canon surmonté d'un viseur.

« Celui-ci est parfait pour la chasse. Avec le viseur, on ne fait pas plus précis. »

J'ai demandé à le prendre en main.

« Bien sûr », a-t-elle répondu.

Le poids de l'arme m'a surpris : il m'a fallu deux mains pour le stabiliser. Quand je l'ai approché de mon visage pour regarder dans le viseur, Lorraine m'a recommandé de le tenir plutôt à bout de bras devant moi, car c'était le meilleur moyen de mettre en joue une cible. Tout en m'exécutant, je me suis surpris à penser : « Qui voudrait posséder un pistolet, en dehors d'un représentant de la loi ? Quel est l'intérêt d'avoir chez soi un instrument aussi mortel ? » Mais le simple fait de me poser cette question était la preuve du gouffre qui peut parfois séparer des compatriotes.

« On expédie nos produits dans les cinquante États et même à travers le monde entier, a précisé Lorraine.

Et on travaille avec des armuriers d'un peu partout. Alors, si vous voulez commander quelque chose, vous n'avez qu'à utiliser notre site. »

J'ai demandé le prix du modèle que j'avais en main.

« Dans les 2 900 dollars. »

J'ai remercié Lorraine avant de quitter le magasin. Devant moi s'étalait un paysage mythique : des prairies parsemées de neige au pied de montagnes déchiquetées. L'Ouest sauvage dans toute sa splendeur – surtout quand on sait que le Wyoming autorise les civils à porter une arme sur eux. Époustouflé par la vue qui s'offrait à moi depuis le seuil de Freedom Arms, je me suis fait la réflexion que ce recoin de mon pays était vraiment resté la Frontière.

La Frontière est un concept profondément américain qui remonte aux origines des États-Unis, à l'époque où nous n'étions qu'une minuscule colonie à l'extrémité de la *terra incognita*. Difficile aujourd'hui d'imaginer comment ces « pèlerins » (ainsi qu'on apprend à les désigner à l'école) voyaient l'immensité sauvage étalée sous leurs yeux – et qu'ils redoutaient d'explorer. Les cartographes du début du XVIIIe siècle avaient déjà estimé et tracé (avec une précision honorable) la vastitude du continent nord-américain. Mais pour les nouveaux arrivants de ce qui deviendrait la Massachusetts Bay Colony, l'étendue qui se trouvait au-delà de leurs murs était incommensurable, terrifiante et primitive.

Des puritains ont fondé la ville de Boston en 1630, cinq ans après la création de Nieuw Amsterdam par les Néerlandais. Cent quarante-six ans plus tard a eu lieu une révolution, accompagnée d'une Déclaration d'indépendance. Une fois cette guerre remportée – alors que les Anglais se retiraient, honteux d'avoir été battus à plate couture par un ramassis de colons mal dégrossis –, une convention constitutionnelle s'est réunie en 1784. S'est ensuivi un long débat dont les arguments écrits sont conservés sous la forme d'un recueil passionnant, *Les Papiers fédéralistes* – un aperçu direct du processus philosophique et législatif aboutissant à la rédaction d'une Constitution, qui demeure encore aujourd'hui un remarquable modèle pour l'établissement d'une république gouvernée de façon démocratique. Imaginez à quel point la Constitution américaine devait paraître novatrice, à cette époque où les quatre coins du monde développé étaient encore sous la coupe de monarchies autocratiques, et où la majorité des révolutions s'achevaient dans un bain de sang.

Moins de vingt ans plus tard, le Président de l'époque, Thomas Jefferson, organisait l'acquisition auprès des Français de quatre cent cinquante mille kilomètres carrés de marais ainsi que d'une ville côtière émergente : La Nouvelle-Orléans. L'achat de la Louisiane a marqué le début de l'expansionnisme américain vers l'ouest. Il ne faut jamais sous-estimer l'influence de l'appât du gain dans l'histoire de notre pays. La ruée vers l'or californienne, entre 1848 et 1855, a mené des milliers de personnes vers l'extrémité encore sauvage du continent. La Californie a été fondée en 1850, devenant le trente et unième État de l'Union ; mais ce n'est qu'avec l'arrivée du chemin de fer, à partir de la fin des années 1860, qu'elle est devenue la Terre promise décrite dans la mythologie nationale. En effet, après le traumatisme de la guerre de Sécession (qui a dévasté l'économie du Sud et engendré une rancune tenace à l'encontre des Yankees victorieux), l'importance du rail dans l'expansionnisme américain a pris tout son sens. En 1870, il était soudain possible de voyager d'une côte à l'autre en seulement sept jours. Mais le tarif était exorbitant : 65 dollars pour un aller simple en troisième classe (autrement dit, une semaine à tressauter sur un banc en bois), le double pour une couchette de première classe – soit l'équivalent actuel de 1 450 dollars pour le tape-cul et presque 3 000 dollars pour le wagon-lit. Comme on peut le voir, émigrer vers l'Ouest par les transports en commun était un sacré investissement, si bien que beaucoup de gens ont préféré entreprendre le périlleux voyage en roulotte ou même à cheval. Mais l'apparition du chemin de fer a marqué, pour les recoins les plus reculés du territoire, le début du défrichement et du développement en vue d'être incorporés au reste du pays.

Dans les années 1920, époque de tous les excès, le trajet entre les deux côtes se faisait à bord de trains aux noms aussi évocateurs que le Twentieth Century Limited, équipés de grands salons chics et d'élégants wagons-restaurants. Nombreux ont été les dramaturges, journalistes et acteurs new-yorkais à prendre place à bord de ce train légendaire – aux frais d'un studio hollywoodien – pour cinq jours de beuverie, de jeux d'argent et de débauche entrecoupés d'innombrables repas. Même après le krach boursier de 1929, ces voyages luxueux ont perduré – tandis que Hollywood se complaisait à montrer à l'écran la vie extravagante des plus fortunés, sous prétexte de distraire fugacement l'Américain « moyen » de ses difficultés de la vie quotidienne. Mais c'est John Steinbeck qui a le mieux représenté la réalité de la migration vers l'Ouest au cours de cette période sinistrée dans son roman *Les Raisins de la colère* – brillamment adapté au cinéma par John Ford. Centré sur les tribulations de la famille Joad, en route pour la Californie depuis le Dust Bowl – cette région agricole du Midwest sillonnée par les tornades et ravagée par la famine après une sécheresse catastrophique dans les années 1930 –, le roman illustre à la perfection la difficulté de voyager sans argent, à l'époque où les voitures étaient accessibles seulement aux plus riches et où les billets de train coûtaient les yeux de la tête.

Le New Deal a largement contribué à faciliter le quotidien d'un grand nombre d'Américains qui peinaient jusque-là à joindre les deux bouts, quand ils n'étaient pas tout simplement indigents. Puis la Grande Dépression a pris fin avec la Seconde Guerre mondiale. Après la défaite des nazis grâce à l'intervention américaine et à la déroute des forces allemandes en URSS, et après que la bombe atomique a mis fin à l'impérialisme japonais, les États-Unis sont entrés dans une période de boom économique et d'expansionnisme sans précédent : j'en veux pour preuve l'Interstate Highway Program lancé par le président Eisenhower.

Si l'on regarde une carte routière aujourd'hui, on remarquera que le pays fourmille de lignes rouges. Il y a des routes partout. D'immenses autoroutes sectionnent les villes, souvent emblématiques de la vie quotidienne en milieu urbain. Quiconque a déjà emprunté l'autoroute à huit voies de Los Angeles peine sans doute à imaginer que, jusque dans les années 1950, la ville possédait un excellent réseau de tramways.

Elle dispose de nos jours d'un métro, que j'ai pris lors de ma dernière visite : les usagers en sont majoritairement des immigrés, des travailleurs pauvres, des sans-abri et des personnes atteintes de troubles mentaux. Autrement dit, les transports publics à Los Angeles sont considérés comme *déclassés*. Pour être un citoyen à part entière de la ville des anges, il faut conduire une voiture.

D'une certaine manière, être américain signifie répondre à l'appel romanesque de la route. Car c'est cette même route qui nous définit.

Mais la route d'aujourd'hui diffère radicalement de celle d'antan. Faisons un saut dans le passé, vers la fin de l'année 1959 : la télévision est devenue la nouvelle drogue familiale de prédilection, et un animateur à lunettes du nom de Steve Allen est l'une des premières stars de ce média émergent. Son émission a pour but de divertir le grand public à coups de sketchs comiques et d'acteurs célèbres faisant la promotion de leur nouveau film, mais il s'autorise parfois un moment de fantaisie. Allen, à mi-chemin entre culture populaire et sensibilité beatnik, est également un pianiste de jazz assez talentueux. Et, en ce soir de 1959, dans les studios de NBC à New York, il présente en direct le disque qu'il vient d'enregistrer avec l'un des écrivains les plus en vogue du pays : Jack Kerouac, dont le roman *Sur la route* – publié deux ans auparavant – a fait sensation dans le monde entier. Soudain, voilà que Kerouac apparaît sur le plateau ! Vêtu d'une veste sur une chemise ouverte, il explique comment il a écrit son roman emblématique en trois semaines, puis en lit un long passage, accompagné en direct au piano par Steve Allen lui-même.

Cet enregistrement télévisuel (qui se trouve, bien évidemment, sur YouTube), pendant une heure de grande audience, de l'un des fondateurs de la Beat Generation peut sembler aujourd'hui aussi archaïque qu'ahurissant. Après tout, il est bien rare de nos jours de voir un écrivain invité dans une émission télévisée – à part peut-être en France.

C'est aussi un rappel de la fulgurance avec laquelle Kerouac est devenu un phénomène culturel. Né de parents québécois dans la petite ville ouvrière de Lowell, Massachusetts, il a obtenu grâce à son talent de footballeur une bourse pour étudier dans une université de l'Ivy League : Columbia. Puis il a abandonné les études, préférant s'enrôler dans la marine marchande – la meilleure manière d'explorer le monde quand on était sans le sou. Il a ensuite mené l'existence bohème et picaresque d'un aspirant écrivain : chambres miteuses, alcool bon marché, cigarettes à n'en plus finir, sexe à foison. Puis, accomplissant l'un des numéros de prestidigitation littéraire les plus acclamés du XXe siècle, il a acheté un énorme rouleau de papier industriel, l'a inséré dans sa machine à écrire, et, dopé à la benzédrine (plus communément appelée speed), il a bouclé en trois semaines à peine sa célèbre chronique romanesque d'une errance entre l'Amérique et le Mexique en compagnie de son complice fictif, Dean Moriarty.

Gare à qui inaugure une mouvance culturelle – surtout dans une société mercantile où le fait d'échouer à capitaliser sur un succès foudroyant signifie se retrouver très vite marginalisé. Après *Sur la route*, Kerouac a continué de publier de nombreux romans et récits de voyages

– notamment ses chroniques des aventures de mystiques zen perdus sur la côte Ouest, *Les Clochards célestes*, ainsi que *Big Sur*, son roman à clés sur un jeune écrivain qui s'adonne à toutes sortes d'excès à San Francisco, puis décide de s'enfuir pour aller vivre dans une cabane isolée au bord de l'océan. Pourtant, dix ans à peine après cette émission de télévision en compagnie de Steve Allen, Kerouac avait perdu sa célébrité, sa brève influence littéraire et sa dégaine de type cool au visage taillé à la serpe. Bouffi par l'alcool, souvent incohérent et devenu partisan de la droite dure (au point de soutenir ouvertement Joseph McCarthy et sa chasse aux sorcières anticommuniste), il est mort en homme brisé au fin fond de la Floride en 1969, à quarante-sept ans, soigné par sa troisième épouse et sa mère ultra-catholique qu'il vénérait plus que tout.

La gloire est une abeille, a écrit la grande Emily Dickinson (elle aussi native du Massachusetts).

Elle a sa chanson
Et son aiguillon –
Ah, oui, des ailes aussi[1].

De son vivant, Kerouac a fait l'objet d'acerbes critiques, que ce soit de la part de Truman Capote (qui a déclaré, à propos de *Sur la route* : « Ce n'est pas de l'écriture, c'est du tapage à la machine ») ou de Hunter S. Thompson, qui a qualifié *Big Sur* de « bouquin merdique et stupide » avant d'assener le coup de grâce :

1. Dickinson, E., et Melançon, C. (1986), « Emily Dickinson, 40 poèmes. Liberté », 28(2), 21-50. *(N.d.É.)*

« Cet homme est un pauvre con, un blaireau mystique et intellectuellement myope. »

Bien sûr, il est facile à présent de voir en Kerouac une vedette sans lendemain dont l'œuvre ne soutient pas la comparaison avec ses deux compagnons les plus notables de la Beat Generation : William Burroughs et Allen Ginsberg. Mais il est important de replacer sa réussite dans le bon contexte : après tout, « la route », c'est l'idée que, dans le cadre immense et épique du continent américain, une vie romanesque se trouve toujours à portée de main. Kerouac a donné libre cours à ce fantasme qui consiste à s'évanouir dans le néant cartographique à la recherche de sa propre identité. Il s'est également servi de la route comme d'une métaphore de l'individualisme brut, un élément essentiel de la psyché américaine – mais qui n'est en réalité rien d'autre qu'une chimère. On s'imagine en Dean Moriarty, éternel esprit libre, on s'imagine tailler la route en compagnie de Sal Paradise pour échapper à la réalité du quotidien. On s'imagine fréquenter des bars avec des personnages appelés Montana Slim, ou franchir la frontière vers la débauche du Mexique d'avant les cartels. Mais, malgré tous ces rêves de liberté, la figure de l'homme blanc américain reste beaucoup plus proche du Babbitt de Sinclair Lewis – conformiste et banal – que des héros dépravés de Kerouac.

Pas étonnant que ce roman ait été un tel phénomène au moment de sa publication – que ce soit en Amérique ou à l'étranger. Kerouac et ses compagnons de la Beat Generation étaient sans conteste les figures de proue d'une résistance bohème à l'embourgeoisement de l'après-guerre. Dans l'atmosphère un peu plus libre des années 1960 et 1970 (avant que le néoconservatisme et les réformes économiques de Reagan ne changent complètement la face du pays), *Sur la route* est devenu un pilier de la contre-culture, un peu comme *The Catcher in the Rye* (*L'Attrape-cœurs*) et son thème de l'individu dressé face au système – et ce malgré les nombreuses déclarations alcoolisées de Kerouac au crépuscule de sa vie, quand il critiquait les mouvements hippie et pacifiste au motif qu'ils étaient fondamentalement anti-américains.

Coupe franche vers notre époque troublée et hyperconsumériste, où les grandes villes sont inabordables pour quiconque travaille ailleurs que dans la finance ou dans la tech ; où l'image qu'on se fait d'un hipster est désormais celle d'un individu aux lunettes à épaisse monture sirotant un *flat white* face à son MacBook. Soixante-sept ans après sa publication initiale, *Sur la route* a décidément un arrière-goût de nostalgie pour une époque moins convenue.

Peu importe ses romans inégaux, peu importe ses opinions réactionnaires au cours de ses dernières années ; Jack Kerouac demeure l'un de ces auteurs dont la vie a eu finalement plus d'impact que ses écrits, ce qui n'empêche pas *Sur la route* d'être (à mes yeux) une performance unique. Certes, sa structure est sens dessus dessous. Certes, il se prend souvent trop au sérieux. Mais sa prose dansante et ses envolées lyriques en feront toujours un livre emblématique des rythmes be-bop et d'un rêve américain encore riche de possibilités :

> *Alors, en Amérique, quand le soleil décline et que je vais m'asseoir sur le vieux môle délabré*

du fleuve pour regarder les longs longs ciels du New Jersey, avec la sensation de cette terre brute qui s'en va rouler sa bosse colossale jusqu'à la côte Ouest [...][1]

La langue musclée, libre et imagée de Kerouac m'émerveille toujours. Il reste l'un des principaux auteurs de la mythologie américaine, malgré ses égarements et malgré l'impitoyable darwinisme social qui caractérise maintenant notre époque ; et *Sur la route* est presque devenue une expression que chacun s'approprie. Pas mal, pour un gamin né dans les ruelles de la Nouvelle-Angleterre post-industrielle, de voir son nom de famille immortalisé sous la forme d'un adjectif – car nous sommes nombreux à rêver encore de goûter à la vie kerouaquienne, cette longue autoroute pleine de splendeurs.

*

Hit the road, Jack... and don't you come back no more, no more.

Ces paroles, écrites par Ray Charles, sont devenues un classique du panthéon de la musique américaine. Et l'expression *hitting the road* (« prendre la route ») est immédiatement passée dans le langage courant. Car, dans la culture nationale – qu'on s'appelle ou non Jack –, le fait de prendre la route désigne moins un exil qu'une échappatoire.

---

1. Jack Kerouac, *Sur la route*, Gallimard, 1957. *(N.d.É.)*

En effet, si le conformisme est une pulsion sous-jacente de la société américaine, alors la route est son antidote – une métaphore de la liberté. Et c'est de là que provient une autre croyance nationale bien ancrée : notre pays est si vaste, si varié que, si rien ne va comme on le souhaite à Chicago, rien ne nous empêche de tenter notre chance dans une région à l'hiver moins rude, comme l'Arizona. La mobilité est un élément clé de notre culture, au point que l'une des choses qui terrifiaient le plus les Américains pendant la guerre froide, c'était que sous un régime communiste seules les élites disposaient du droit de voyager. Le reste de la population soviétique était essentiellement voué à l'immobilité, cloué au sol. L'absence de liberté de mouvement est incompatible avec un pays où « prendre la route » (ou s'exiler à l'étranger si on le souhaite) est considéré comme un droit de naissance. Après tout, la route est également le moyen de se réinventer, de se perdre, de disparaître dans le grand néant américain.

La réinvention est également un concept profondément national, ce qui en dit long sur notre foi dans la capacité de chacun à se relever après un échec – qu'il soit sans importance ou retentissant – afin de trouver un nouvel objectif. Tant qu'il y a de la vie, il y a de l'espoir, comme on dit… Et il y a quelque chose de pitoyable dans l'idée d'abandonner la partie. Hemingway et Norman Mailer ont tous deux visé juste quand ils comparent l'existence américaine à un combat à mains nues. L'existence nous assène parfois des coups assez violents pour nous jeter à terre… Mais a-t-on assez de cran pour se remettre debout ? La route apparaît alors comme le lieu de la rédemption, de même qu'elle nous offre une issue. Et, dans une nation où plus de six cent mille personnes disparaissent dans la nature chaque année (oui, vous avez bien lu ce chiffre pharaonique), il est évident que beaucoup choisissent d'emprunter une autoroute – ou une étroite bande d'asphalte – pour ne plus revenir.

De nos jours, dans ce monde hyperconnecté et hypernumérique, il est de plus en plus ardu de se volatiliser complètement – il n'y a qu'à voir avec quelle facilité on peut retrouver une personne pour peu qu'elle soit munie d'un téléphone portable. Mais un grand nombre d'Américains y parviennent tout de même, ce qui ne fait que souligner leur désir d'échapper à tout ce qui leur pèse.

Les grands espaces et l'absence de frontière entre les États renforcent encore cette illusion de liberté. Comment s'étonner alors de la place prépondérante occupée par la route dans la culture américaine, qu'elle soit populaire ou plus pointue ? *Born to Run* de Bruce Springsteen, *America* de Paul Simon, *Get Out of Town* de Cole Porter (devenu un classique du jazz grâce à son interprétation par Ella Fitzgerald)... Mais la chanson la plus illustre sur l'âme romanesque de la route est incontestablement *Route 66* de Bobby Troup, qui raconte l'exultation de parcourir ce long itinéraire entre Chicago et Los Angeles (et dont la meilleure version est celle de l'incomparable Nat King Cole) :

Well if you ever plan to motor west
Travel my way, take the highway that's the best
Get your kicks on Route 66

Well it winds from Chicago to L.A.
More than two thousand miles all the way
Get your kicks on Route 66

Well it goes to St. Louis, down to Missouri
Oklahoma City looks so, so pretty
You'll see Amarillo, Gallup, New Mexico
Flagstaff, Arizona, don't forget Wynonna
Kingman, Barstow, San Bernardino

You get hip to this kind of tip
And go take that California trip
Get your kicks on Route 66

L'histoire de la création de cette route mythique nous rappelle que la majeure partie de l'infrastructure américaine a été bâtie pour répondre à un besoin commercial. Voici ce qu'en dit la Federal Highways Administration :

Au début des années 1900, Cyrus Avery, promoteur immobilier et propriétaire d'une entreprise de charbon à Tulsa, dans l'Oklahoma, a acheté des baux pétroliers. Par nécessité d'accéder aux terrains vierges alentour, et de relier le Midwest à l'ouest du pays tout en desservant les villes majeures sur le trajet, la route est devenue une réalité. Avery s'est associé à John Woodruff (de Springfield, dans le Missouri) pour promouvoir l'idée d'apporter une prospérité nouvelle à Tulsa ainsi qu'à d'autres villes plus à l'ouest. Contrairement à la Lincoln Highway, la route 66 n'est pas rectiligne : sa trajectoire en diagonale raccorde des centaines de communautés rurales entre Chicago et Los Angeles, permettant aux agriculteurs de transporter leurs produits. Dès les années 1930, l'industrie de transport routier s'est mise à utiliser la route 66. Les camionneurs appréciaient le trajet à travers les prairies et le climat plus doux que celui des itinéraires plus au nord. Avery reste dans les mémoires comme « le père de la route 66 ».

Renforçant la popularité de cette route, John Steinbeck l'a proclamée comme étant la Route-Mère dans son livre de 1939 Les Raisins de la colère. *La route 66 partage avec la route 40 et la National Road le titre de « grand-rue de l'Amérique ». Avec la popularisation de l'automobile, des stations-service affiliées à des compagnies pétrolières spécifiques ont été bâties tout du long. Les restaurants, les boutiques de souvenirs et les campings se sont multipliés. Toutes sortes de monuments sont apparus au fil des années. Après la Grande Dépression et la Seconde Guerre mondiale, les familles munies d'un emploi, d'un revenu suffisant et d'une automobile ont commencé à planifier des road-trips à travers le pays afin d'emprunter la route 66 et de découvrir ses attractions.*

Lorsque Eisenhower a fait voter le National Highways Act au Congrès en 1956 – lançant ainsi la prolifération des autoroutes dans tout le pays –, il a signé par la même occasion l'arrêt de mort de la route 66 d'origine. Dès 1970, celle-ci était devenue une autoroute à quatre voies – encore loin des monstruosités tentaculaires de Los Angeles, d'Atlanta ou de Houston, mais suffisamment élargie pour perdre son charme à l'ancienne. Dans le même temps, la culture dominante avait défiguré une fois pour toutes l'Amérique routière, rendant acceptables des paysages bétonnés et cubiques au détriment de toute identité régionale – sauf à s'aventurer loin des sentiers battus pour se retrouver sur des petites routes de campagne, bien sûr. Cela m'est d'ailleurs arrivé il y a quelques années alors que j'explorais l'étendue merveilleusement plate du Kansas.

Le Kansas compte aujourd'hui parmi les États les plus conservateurs du pays. Profondément républicain, il a voté en grande majorité pour Trump aux deux dernières élections. Son dernier sénateur démocrate remonte à 1932, à l'époque où la région foisonnait de syndicats radicaux : les Wobblies, ou Industrial Workers of the World, régnaient sur les champs de blé du Kansas des années 1910, et cet État était alors connu pour son progressisme social. Dans son livre aujourd'hui culte paru en 2004, *Pourquoi les pauvres votent à droite* (dont le titre original est *What's the Matter with Kansas ?*, « Qu'est-ce qui ne va pas au Kansas ? »), le journaliste Thomas Frank observe sa région natale pour tenter de déterminer comment un tel repaire du syndicalisme radical a pu devenir aussi républicain, et comment le parti de Bush et de Trump a réussi à convaincre la classe ouvrière américaine de voter contre ses propres intérêts en semant la division dans le pays – opposant les prétendues élites snob des côtes Est et Ouest aux « vrais Américains » de l'intérieur des terres. Ainsi que le fait remarquer Frank assez crûment :

Tant que leur solidarité culturelle reste cimentée autour d'une bière, il semble bien qu'un conservateur puisse faire gober à son pote de la classe ouvrière n'importe quel coup fourré économique[1].

Refus de l'ingérence du gouvernement, diminution des subventions à l'aide sociale et à l'éducation, restriction de l'accès à l'avortement : pas de doute, le Kansas est résolument républicain. Du point de vue d'un New-Yorkais caustique et élitiste, cet État a toujours été un stéréotype de tout ce qui semble plat, pieux, rigide et barbant. C'est pour interroger mes propres biais et par méfiance envers les analyses trop manichéennes que j'ai pris la décision de parcourir en voiture une route célèbre (au Kansas !) du nom de Flint Hills Trail. Elle débute à environ deux heures à l'ouest de Kansas City, et ondule paresseusement à travers ce que je ne saurais décrire autrement que comme le cœur profond de l'Amérique.

J'ai quitté l'autoroute en empruntant la sortie de Cassoday, un bled minuscule aux allures de ville fantôme, tout en granges désertes et boutiques à l'abandon. Parmi les fermes de bétail, j'ai quand même trouvé un magasin qui vendait des produits de première nécessité, comme on dit. Derrière le comptoir, la jeune femme souriante – appelons-la Margie – m'a raconté qu'elle venait du Nouveau-Mexique et qu'elle avait rencontré un homme de Cassoday et décidé de le suivre. Ils avaient à présent trois enfants, et son mari était éleveur de bétail.

---

1. Trad. Frédéric Cotton, éditions Agone. *(N.d.É.)*

« Il fait bon vivre ici, si on aime la tranquillité », a-t-elle expliqué. Puis elle m'a avoué qu'elle n'était jamais allée à l'est de Kansas City, et que même cette petite métropole était trop intimidante à son goût. « Quand on habite dans un endroit comme Cassoday, le monde entier paraît trop grand. »

Et c'est là l'une des principales vérités de l'existence dans ces États que nous autres, indécrottables snobs (d'après les partisans de Donald Trump), appelons *fly-over* (« ceux qu'on survole ») – car c'est tout ce qu'on sait d'eux : on passe au-dessus lors de nos voyages en avion d'une côte à l'autre. La majeure partie de leurs habitants ne connaissent que peu de choses du monde au-delà de leur horizon. J'en veux pour preuve le fait que, sur trois cent soixante millions de citoyens américains, seuls 43 % possèdent un passeport. Et, depuis qu'il n'est plus possible de franchir la frontière canadienne sans ce document (une énième liberté perdue après les attentats du 11 septembre 2001), cela veut dire qu'une majorité de la population n'a jamais mis les pieds à l'étranger. Et ce n'est pas tant une question de chauvinisme à la Fox News ou de provincialisme acharné ; plutôt une dure réalité économique. Beaucoup de mes compatriotes n'ont tout simplement pas les moyens de voyager. À Cassoday, par exemple, où les produits accessibles à la vente sont extrêmement basiques, où la seule culture disponible en abondance est la musique country et où le ciel bleu Klein paraît s'étendre à l'infini dans toutes les directions, la vie est indéniablement limitée. Mais Margie semblait déborder de curiosité.

« Waouh, vous connaissez le monde, vous, a-t-elle commenté quand je lui ai dit que j'étais né à Manhattan et que depuis l'an 2000 je vivais une partie de l'année à Paris. Vous devez en voir, des choses. Moi, je ne crois pas que je verrai un jour Paris. »

J'aurais pu lui répliquer : « Et pourquoi pas ? » Mais la réponse paraissait assez évidente : trois enfants, un mari agriculteur, pas de passeport, pas d'argent.

« J'espère vraiment que vous aurez l'occasion de voir le monde, ai-je dit à la place.

— Dieu vous entende. »

Quelques minutes plus tard, j'étais de retour sur la route et je traversais en trombe des petites villes aux noms farfelus tels que Bazaar, Strong City et Cottonwood Falls, où des drapeaux américains s'agitaient au vent. Ce qui m'a le plus frappé dans cette région, c'est l'impression d'isolement. Les champs de céréales couleur d'ambre s'étiraient jusqu'à l'horizon. Les quelques collines étaient d'un dépouillement sublime. Çà et là, une parcelle de verdure ressortait vivement parmi les teintes sèches du blé. La topographie du paysage était si linéaire, si infinie, si continentale – dans ce genre d'endroit, il aurait pu paraître logique de penser que la Terre est plate. La monotonie du panorama avait quelque chose d'hypnotique.

Des images me sont restées de ce tronçon de route vers le nord. Un silo à grain criblé d'impacts de balle. Une station-service condamnée en bordure d'un village morose. Une chapelle solitaire à l'ombre d'un arbre nu. L'asphalte déroulé vers l'infini en un ruban noir rectiligne.

J'ai fini par atteindre une vraie petite ville à l'architecture typique des années 1920, avec une vieille banque, quelques boutiques intrigantes et une librairie digne de ce nom. La propriétaire de cette dernière, Patricia, m'a raconté qu'elle avait grandi dans la région, puis qu'elle avait passé quelques années ailleurs, avant de revenir et de décider que cet endroit – Council Grove – avait besoin d'une bonne librairie. La population locale était en train de changer, a-t-elle expliqué : de plus en plus de gens, découragés par le coût de la vie en métropole, venaient s'établir ici pour profiter des prix bas et de la tranquillité ambiante. À quelques maisons de là se trouvait une nouvelle brasserie artisanale avec son propre bar attenant (je m'y suis arrêté un peu plus tard, l'animation était au rendez-vous). La grand-rue était une merveille architecturale à l'esprit véritablement communautaire. Et la librairie elle-même était de qualité.

Parcourant les étagères, j'ai choisi un recueil de mémoires de feu Willie Morris, grand écrivain sudiste avec qui j'avais un jour passé une soirée bien arrosée à Jackson, Mississippi. Toujours au rayon non-fiction, j'ai repéré un livre sur l'histoire de Roe *vs* Wade, l'arrêt rendu par la Cour suprême en 1973 qui avait rendu l'avortement légal au niveau fédéral, et venait juste d'être renversé par les trois juges conservateurs nommés par Trump au cours de son mandat. Dans le Kansas, l'opposition à l'avortement était virulente.

« Quelqu'un avait déposé ce livre en évidence sur l'étagère, m'a raconté Patricia, mais j'ai bien vu à quel point ça échauffait certains esprits. Même s'il est hors de question que j'arrête de le vendre, je le range simplement avec les autres dans le rayon. Croyez-moi, beaucoup de gens au Kansas ont des idées libérales. Ce n'est pas la majorité, voilà tout. »

Je me suis arrêté pour la nuit dans la ville universitaire de Manhattan (oui, il existe neuf agglomérations portant ce nom aux États-Unis), où j'ai dégusté un délicieux dîner dans un restaurant dont la décoration toute simple démentait la finesse de la cuisine. Le propriétaire, Ted, était de la région et déplorait le charcutage des circonscriptions électorales, qui garantissait une majorité républicaine au Congrès pour les années à venir.

« Quand je pense à la direction que prend le pays, a-t-il avoué, je suis très inquiet.

— Et quand vous pensez au Kansas ? » ai-je demandé.

Il a réfléchi un petit moment.

« Même avec toute la politique conservatrice, c'est un endroit où il fait bon vivre. Et puis, j'ai beaucoup de voisins républicains très sympa. » Voyant que je me retenais de rire, il a ajouté : « Ouais, ouais, je sais que c'est inimaginable pour un gars de la côte Est comme vous : des républicains sympas. On ne fait pas plus Kansas, pas vrai ? »

Cette nuit-là, de retour à mon hôtel, j'ai relu les notes prises au cours de ma journée. Et je me suis pris à penser : la route américaine est un lieu de découvertes. Il suffit de l'emprunter pour se rendre compte que, malgré la culture dominante qui semble avoir saisi tout le pays entre ses griffes, il reste encore une Amérique bien distincte de toute cette banalité stérile. La route n'est peut-être plus romanesque comme au temps d'avant les voies express et les fast-foods ; mais, ainsi que je l'ai perçu dans le Kansas, il n'y a rien de plus grisant que de tracer parmi des champs de blé à perte de vue, captivé par l'immensité du paysage, tout en songeant : il reste encore dans ce pays des régions où se perdre.

5

Le pays favori de Dieu

Ma première conversation avec Dean Daniels, un camarade de Bowdoin, s'est soldée par une dispute. Pourquoi ? Parce que, juste avant d'intégrer Bowdoin College, il avait travaillé tout l'été dans une collectivité fermière au Chili. On était en 1972 : le gouvernement socialiste de Salvador Allende, démocratiquement élu, y était au pouvoir, et le pays était un modèle de stabilité politique en Amérique du Sud. Quand je lui ai raconté que mon père avait passé une grande partie des huit dernières années à ouvrir une mine de cuivre dans le désert d'Atacama (dans l'extrême nord du pays), et que cette mine venait d'être nationalisée par le gouvernement d'Allende, Dean a fulminé.

« Donc ton père est l'un de ces profiteurs capitalistes qui exploitent les ressources naturelles du Chili.

— D'après ce que j'ai compris, sa mine d'Iquique a fourni du travail à beaucoup de gens de la région.

— Tu crois toujours tout ce que te dit ton père ? Tu n'es pas capable de réfléchir par toi-même ? »

Comme Dean, je n'étais encore qu'un adolescent. J'avais beau lire religieusement le *New York Times* tous les matins – et avoir participé à des manifestations contre la guerre du Vietnam –, je n'étais pas très politisé. Je n'avais pas encore le droit de vote, mais je me voyais comme un démocrate libéral – et c'est toujours le cas aujourd'hui. Dean, lui, était déjà marxiste jusqu'au bout des ongles. On suivait le même cours de sciences politiques, et sa capacité à citer Herbert Marcuse et Michel Foucault m'impressionnait, ainsi que la verve avec laquelle il défendait son idéologie tout en critiquant mon manque d'engagement. Déjà, à cet âge, j'avais appris à me méfier des gens trop passionnés par la politique, peut-être à cause de mon père fièrement conservateur et de ses tirades incessantes contre tout ce qui touchait à la gauche. Leurs idées étaient diamétralement opposées, mais Dean et mon père n'hésitaient pas à sortir l'artillerie lourde pour prouver qu'ils avaient raison.

Toutefois, du moment que j'évitais les sujets politiques, Dean pouvait être de bonne compagnie. Nous venions tous les deux de New York, ce qui nous fournissait de nombreux points communs. Je n'oublierai jamais sa fureur et son désespoir lorsque, en septembre 1973, le gouvernement d'Allende a été renversé par un coup d'État et remplacé par le régime dictatorial (et extrêmement pro-américain) du général Augusto Pinochet. Mon père m'avait appelé depuis Santiago, où il était en voyage d'affaires, puisque son entreprise possédait encore des intérêts de surveillance dans la mine, même après sa nationalisation. À en juger par sa voix, il avait passé la nuit à boire des pisco sour. Il m'a raconté qu'il avait sauté de joie dans sa chambre d'hôtel à l'annonce du « suicide d'Allende » – ce sont ses mots.

« On va me rendre ma mine ! » avait-il rugi. À cause des opérations militaires en cours à Santiago, il était confiné dans son hôtel. « Mais plein de gens que je connais viennent me rejoindre ici pour fêter ça. C'est ce qu'on réclame depuis longtemps ! »

À l'époque, mon père ne m'avait pas encore révélé qu'il avait travaillé au Chili pour le compte de la CIA. Jamais je n'aurais pu penser que mon père puisse mener une double vie d'agent secret. Dean Daniels, en revanche, n'était pas dupe. Lorsque je l'ai croisé sur la pelouse de l'université le lendemain du coup d'État, il m'a lancé :

« Je parie que ton père est derrière tout ça. »

Intéressant, n'est-ce pas, la facilité avec laquelle on sait ignorer tout ce qu'on ne veut pas entendre. Je me suis contenté de hausser les épaules.

« Mon père est juste un homme d'affaires. Ce coup d'État n'a rien à voir avec lui.

— Tu rigoles ? C'est nous qui avons tout manigancé. Nixon et Kissinger préparent ça depuis plus d'un an… Et les types comme ton père sont précisément impliqués. »

J'ai choisi de ne pas l'écouter – d'où la violence du choc que j'ai ressenti, quelques années plus tard, en apprenant que mon père avait bel et bien pris part à ce renversement d'un gouvernement démocratique, laissant le champ libre à une dictature militaire qui resterait au pouvoir jusqu'en 1990. Mais, même quand j'ai compris que Dean avait eu raison, je n'en ai parlé à personne pendant des décennies – mon père m'avait ordonné de garder le secret, et je ne voulais pas m'exposer aux remarques désagréables que me vaudrait cette révélation au sein de mon cercle social de l'époque.

Lorsque je suis revenu à Bowdoin à l'été 1975, après mon séjour en Irlande, Dean et moi nous étions perdus de vue – et nous ne nous sommes croisés que rarement durant notre dernière année d'études.

Puis j'ai fui les États-Unis (et la pression familiale qui voulait me voir devenir avocat, ou quelque chose de ce genre), et j'ai vécu à Dublin pendant onze ans avant de déménager à Londres l'année de la publication de mon premier livre, en 1988. Mes passages à New York étaient alors sporadiques – mais, pendant l'hiver 1989, je suis retourné dans ma ville natale pendant un mois afin d'interroger divers anciens camarades de classe sur leur vie dans le monde de la finance pour les besoins de mon livre *Combien ?*[1]. L'un de mes contacts de Bowdoin, devenu banquier d'investissement, m'a demandé à la fin de notre entretien :

« Tu te souviens de Dean Daniels ?

— Comment l'oublier ? Monsieur C'est-la-Lutte-Finale…

— Plus maintenant. »

Et, à mon immense surprise, il m'a raconté que Dean avait changé de bord – et travaillait maintenant dans le département de marketing d'une grosse entreprise. Je n'en croyais pas mes oreilles ; il fallait que j'en sache plus. Alors, juste avant que mon interlocuteur ne s'éclipse pour une réunion avec des hommes d'affaires japonais, je lui ai demandé le numéro de téléphone

1. Belfond, 2012.

de Dean. Il m'a fourni ceux de son bureau et de son domicile (les portables n'existaient pas encore), et l'identifiant régional m'a abasourdi. Dean, farouchement new-yorkais, vivait à présent de l'autre côté du fleuve Hudson, dans le New Jersey – et, pour quelqu'un qui a grandi à Manhattan, tout ce qui touche au New Jersey est éminemment déprimant. J'ai appelé son bureau le lendemain matin et parlé à sa secrétaire, expliquant que j'étais un ancien camarade d'université, de passage dans la région pour quelques semaines, et que, si Dean avait le temps de déjeuner ou de dîner…

Un message m'attendait sur le répondeur de mon hôtel le lendemain matin : la secrétaire de Dean me proposait de déjeuner avec lui le jour même, au Century Club, une vénérable institution située près de la New York Public Library. L'architecture intérieure du Century Club est typique du Gilded Age : hauts plafonds voûtés, acajou verni, fauteuils de cuir moelleux, lumières tamisées et bibliothèques sur tous les murs – en effet, l'endroit s'est toujours vanté d'être avant tout un club littéraire, fréquenté par l'élite du monde de l'édition. Ce jour-là, le restaurant était bondé d'éditeurs de haut vol et d'écrivains prêts à enfiler un costume-cravate pour profiter d'un déjeuner de qualité moyenne (comme souvent dans les établissements de cette sorte) arrosé avec maestria par des sommeliers extrêmement qualifiés. Je ne porte ce genre de tenue que pour les enterrements ou les rares occasions où je me rends à l'opéra. Mais, sachant que j'allais rencontrer des grosses pointures de Wall Street, j'avais pris soin d'apporter un costume élégant, et je me suis résigné à le mettre. J'ai fait cirer mes chaussures à Grand Central Station avant de me présenter à la réception du Century. Le personnel était en livrée et l'atmosphère feutrée était celle d'un lieu où chacun est pleinement conscient de son statut. C'était le dernier endroit au monde où je me serais attendu à retrouver mon ancien camarade jacobin.

« Ah, donc tu as un costume ! »

C'était dit d'une voix forte, presque pétulante. La claque sur l'épaule dont il m'a gratifié sortait tout droit d'un club de Princeton, à l'époque où Scott Fitzgerald y faisait ses études. Je me suis retourné pour faire face à un homme replet (mais loin d'être obèse) en costume gris, chemise bleu clair et cravate à rayures emblématique de la garde-robe républicaine – une tenue qui indiquait à coup sûr un participant enthousiaste au grand jeu du monde de l'entreprise.

On s'est serré la main.

« Je n'aurais jamais cru qu'on déjeunerait un jour ensemble au Century Club », lui ai-je avoué tandis qu'on gravissait le majestueux escalier de marbre avant de traverser un salon aux imposants fauteuils près de feux de cheminée ronflants, où des hommes élégamment vêtus buvaient des cocktails tout en fumant à tour de bras – le tabac était encore autorisé en intérieur, à l'époque.

À notre entrée dans la salle de restaurant, le maître d'hôtel en smoking a salué Dean d'un ton solennel.

« Votre table est disponible, Mr Daniels. »

Pendant qu'on s'installait, mon camarade m'a expliqué que, même s'il menait à présent ses affaires depuis le New Jersey, il avait gardé un petit bureau « en ville ».

« J'ai pensé qu'être membre du Century Club me donnerait une certaine classe. Très pratique quand on veut impressionner ses clients. »

Ou un vieil ami, ai-je pensé, mais j'ai tenu ma langue. Quand j'ai suggéré un gin martini pour se mettre dans l'ambiance générale du club, Dean a répondu :

« Je ne bois jamais avant dix-huit heures.

— Et moi, je ne porte jamais de costume pour déjeuner. Alors, un gin martini me paraît un bon compromis.

— Qu'est-ce que tu as fait de tes voyelles ? Tu as pris des cours d'accent britannique, ou quoi ? »

Aïe. Visiblement, Dean n'avait rien perdu de sa verve sarcastique. Sans me départir de mon sang-froid, je lui ai adressé un sourire poli.

« Bizarrement, les Anglais me disent tous que je sonne très américain. Mais j'imagine qu'après treize ans de l'autre côté de l'Atlantique, j'ai adopté certaines de leurs inflexions. Toi aussi, tu as changé depuis la dernière fois que je t'ai vu.

— On a bien le droit de changer, non ? N'est-ce pas l'un des nombreux avantages de la vie américaine, de pouvoir se réinventer ? »

J'étais tenté d'entrer dans le vif du sujet en rétorquant : « Visiblement, c'est bien ce que tu as fait. » Mais je ne voulais pas brusquer la conversation. J'ai donc choisi de laisser Dean me révéler à son rythme ce qui l'avait poussé à opérer un changement de trajectoire aussi drastique. Après l'arrivée de mon gin martini – et de son thé glacé –, il m'a posé des questions sur ma vie à Londres, me demandant sans ambages pourquoi je n'avais pas encore d'enfants : après tout, ma femme et moi étions mariés depuis plus de six ans. Ma réponse a été laconique :

« Contraception. »

Il m'a alors raconté qu'il avait été « béni » par l'arrivée de deux fils (âgés de quatre et sept ans) avec son épouse Jeannie, une femme « remarquable » qui s'occupait actuellement de leur foyer, tout en gagnant « extrêmement bien » sa vie en tant que coach privée. Petit à petit, j'ai appris qu'il s'était lancé dans le marketing après un an passé comme bénévole dans les Peace Corps au Ghana.

« C'était une expérience fantastique, et j'ai adoré vivre à Accra… Mais, quand je suis rentré au pays et que j'ai annoncé que je voulais devenir prof, mon père m'a organisé un déjeuner avec son frère Phil, qui dirige le service juridique de Walmart. Tu connais Walmart, j'imagine ?

— Qui ne connaît pas Walmart ? »

L'énorme chaîne de magasins discount s'était massivement développée au fil des dernières décennies, et avait acquis la réputation de ruiner les petits commerces à force de vendre absolument tout – vêtements, matériel de bricolage, nourriture, médicaments, et même armes à feu – à des prix imbattables.

« Je sais, je sais, a poursuivi Dean, tout le monde à gauche nous voit comme une espèce de tyran économique qui impose son modèle, mais le fait est qu'on est l'un des plus gros employeurs du pays. Et nos avantages sociaux et notre mutuelle sont exceptionnels. »

Là encore, j'aurais voulu intervenir : « Je pensais que la majorité de vos employés touchaient le salaire minimum… Et que vous aviez détruit l'économie locale de toutes les villes de plus de dix mille habitants près desquelles vous avez ouvert. » Mais si je voulais en savoir plus, mieux valait ne pas lui tomber dessus trop brutalement.

Alors on a discuté de nos anciens camarades de classe, puis de l'élection présidentielle de l'année précédente durant laquelle Bush (père) avait battu Dukakis à plate couture. Comme je m'y attendais, Dean avait voté républicain. Je lui ai raconté que j'avais passé une partie de la campagne électorale à voyager dans le sud de notre pays, la région surnommée Bible Belt (« ceinture de la Bible »), pour un livre qui venait de paraître sur l'émergence de l'évangélisme chrétien. Ce mouvement religieux avait joué un rôle crucial dans l'accession à la Maison-Blanche de George H. W. Bush ; d'ailleurs, il détenait un tel pouvoir politique que son existence même commençait à menacer la séparation de l'Église et de l'État. Dean est resté silencieux un long moment.

« Laisse-moi deviner, a-t-il fini par dire, ton livre décrit comme des idiots sans éducation les gens qui acceptent Jésus en tant que Seigneur et Sauveur ?

— Mon éditeur londonien a trouvé au contraire que je me montrais très juste dans mes propos, et que je faisais preuve d'empathie. La majeure partie des gens que j'ai rencontrés dans cette communauté se sont tournés vers la religion à la suite d'une crise existentielle profonde, souvent d'un désastre professionnel ou personnel.

— Et tu penses que personne ne se convertirait à moins de voir son monde s'effondrer autour de soi ?

— À toi de me le dire, Dean. »

Je l'ai fixé droit dans les yeux. Il a soutenu mon regard.

« Tu n'as jamais été frappé de plein fouet par la vérité ? a-t-il demandé.

— La vérité de quoi ?

— Celle qui s'offre à chacun de nous, si seulement on choisit de lui ouvrir notre cœur.

— De quelle vérité parles-tu, Dean ? »

Mais je me doutais déjà de ce qu'il allait répondre.

« Le fait que Jésus-Christ est mon Seigneur et mon Sauveur ; que c'est Lui qui donne tout son sens et sa direction à ma vie. Et que, parce que je L'ai accepté dans mon âme, je monterai Le rejoindre en Son Royaume quand ma vie sur terre aura pris fin. »

J'avais beau avoir deviné ce qui m'attendait, j'ai été ébranlé par la ferveur de cette déclaration. Peut-être parce que, à cause de nos expériences passées, je n'aurais jamais cru l'entendre dire des choses pareilles. Cela dit, Dean avait toujours été du genre doctrinaire, alors…

« Si je peux me permettre une question, à quelle occasion as-tu rencontré Jésus ? »

Je craignais qu'il soit aussitôt sur la défensive, mais, comme j'en venais à le constater, son éternelle agressivité ne s'appliquait pas encore au domaine de sa foi toute neuve. Dès qu'il était question de sa conversion, il se montrait incroyablement paisible, à la limite de la béatitude.

« C'était à Morristown, dans le New Jersey. »

Morristown, la banlieue résidentielle cossue par excellence… À seulement quarante-cinq minutes de route des perversions de Manhattan. Plutôt aseptisé, comme lieu de rencontre avec le Seigneur.

« Tu ne t'es jamais demandé, a-t-il poursuivi, s'il y avait une chance que la dernière chose que tu recherches bouleverse complètement ta vie ?

— L'existence nous mène tous dans des directions inattendues… Surtout quand on cherche quelque chose.

— Moi, je ne cherchais pas l'illumination. Je n'étais même pas pressé de trouver l'amour. Mais, dès l'instant où j'ai rencontré Jeannie, il y a huit ans, tout a changé. »

Ils s'étaient rencontrés lors de l'inauguration d'un Walmart en banlieue de Trenton. Les festivités, organisées par l'équipe marketing de Dean, comprenaient un défilé de mode, une démonstration de cuisine proposée par des chefs de la région avec des produits Walmart, et un spectacle d'aérobic signé – vous l'avez deviné – Jeannie Lemon. Comme Dean, elle avait alors vingt-huit ans. Native du New Jersey, elle lui a annoncé lors de leur deuxième rendez-vous qu'elle ne pouvait pas s'imaginer vivre ailleurs. À l'époque, Dean habitait un petit appartement de location dans le quartier de Murray Hill, à Manhattan, mais se rendait deux fois par semaine au bureau de son gourou du marketing dans le New Jersey, effectuant le reste de son travail à New York.

« J'ai toujours aimé convaincre, si tu te souviens bien.

— Et comment, ai-je dit en repensant à nos années d'université.

— Tu vois, ce qui m'a tout de suite plu dans le marketing, c'est que ça consiste à convaincre le client. Je me suis immédiatement senti dans mon élément.

— Mais tu aurais pu continuer à convaincre en devenant professeur, ou militant, ou syndicaliste. Qu'est-ce qui t'a fait changer de camp ?

— Je n'ai pas changé de camp. J'ai juste opté pour une version mieux payée.

— Donc c'est aussi l'argent qui t'a attiré dans le marketing ?

— Laisse-moi te poser une question : tu n'aimerais pas gagner un peu plus en tant qu'écrivain ? Je sais que tu es publié des deux côtés de l'Atlantique, mais pas au point de devenir millionnaire. Alors, si on te proposait un énorme contrat pour un livre…

— Je signerais, bien sûr. Mais, avec ou sans ça, le journalisme me permet de vivre confortablement. Ce n'est pas le grand luxe, mais ça me suffit.

— Tu vois, j'avais prévu de travailler dans le marketing pendant environ cinq ans, de mettre un tas d'argent de côté et de partir voyager à travers le monde entier.

— Au lieu de quoi, tu as rencontré ta femme.

— Si je n'avais pas rencontré Jeannie, j'aurais continué à fuir la personne que je suis vraiment.

— Et qui es-tu vraiment ? ai-je demandé.

— Quelqu'un qui a besoin d'une famille et d'avoir la foi. »

Environ quatre semaines après leur premier rendez-vous, Jeannie lui avait proposé de l'accompagner à l'église évangéliste où elle se rendait tous les dimanches.

« Tu savais qu'elle était évangéliste avant de sortir avec elle ? l'ai-je interrogé.

— Oui, elle ne m'a pas pris en traître. Contrairement à toutes les femmes que j'avais fréquentées en ville, elle m'avait déjà prévenu qu'elle était contre le sexe avant le mariage. Et que Dieu jouait un rôle important dans sa vie.

— Et toi, à l'époque, tu étais religieux ?

— Aucun de mes parents n'était pratiquant. Je n'avais rien d'un athée militant, mais je me méfiais beaucoup de l'idéologie chrétienne.

— Vu que tu étais marxiste à l'université, je t'aurais cru plus opposé que ça à la religion.

— Je ne l'ai compris que plus tard, mais j'ai toujours été quelqu'un qui se cherche. Alors, quand Jeannie m'a proposé de l'accompagner à la messe… Eh bien, j'étais déjà amoureux d'elle, et je voulais lui montrer que sa foi n'était pas un problème pour moi. »

Dès l'instant où il était entré dans cette église de Morristown, les autres membres de la congrégation l'avaient serré dans leurs bras en proclamant leur joie de le voir parmi eux. Puis le pasteur l'avait désigné spécifiquement au début du service en déclarant qu'il souhaitait l'aider à trouver la foi. Alors Dean s'était rendu compte qu'il manquait quelque chose à sa vie : de la chaleur. Son père, avocat en droit immobilier, était un homme froid et distant, et sa mère, rédactrice publicitaire, ne pensait le plus souvent qu'à elle-même. En tant que fils unique, Dean avait passé l'essentiel de son enfance seul, et n'avait jamais réussi à satisfaire ses parents, qui avaient son engagement politique en horreur.

« Mais, en te lançant dans le marketing, tu n'as pas eu l'impression de céder aux exigences de ton père ?

— Il m'a organisé un déjeuner avec son frère Phil, c'est vrai, mais ils n'ont jamais été en très bon termes.

C'est mon oncle qui est devenu mon mentor. Il m'a fait un virement de 200 dollars pour que j'aille m'acheter un costume, puis m'a emmené déjeuner ici même, au Century Club, et m'a demandé si je voulais révolutionner le monde du commerce. Ensuite, il m'a expliqué à quel point le marketing est créatif et influent.

— Et lucratif ?

— Oui, aussi. Mais il n'y a pas de mal à être récompensé quand on travaille dur.

— Donc tu étais déjà bien établi dans le marketing quand tu as rencontré Jeannie ?

— Je travaillais toujours pour mon oncle Phil, mais je réfléchissais sérieusement à me lancer à mon compte. Phil est très bon dans ce qu'il fait, et il m'a énormément appris, mais il est aussi froid et détaché que mon père. Et, quand je lui ai raconté ce qui m'était arrivé à l'église avec Jeannie… il m'a ri au nez en disant que j'étais en train de me faire embobiner par une nouvelle idéologie. Il m'a fallu très longtemps – et un profond travail sur moi-même – pour lui pardonner cette remarque.

— Alors, qu'est-ce qui s'est passé dans cette église ?

— On a chanté. Le pasteur a lu un passage de l'Évangile de Jean qui dit que nul ne verra le Royaume de Dieu à moins de renaître dans la foi. C'est là que je me suis levé et que j'ai marché jusqu'à l'autel en déclarant que je voulais me convertir. »

Jeannie s'était mise à pleurer de joie. Tandis que Dean s'avançait vers le pasteur, elle lui avait crié qu'elle l'aimait, et qu'entre leur amour et l'amour de Jésus, tout était possible. Puis, après avoir étreint Dean, le pasteur lui avait demandé de s'agenouiller et avait fait de même. Il avait fait appel au Seigneur : « Cet homme a vu la lumière, il souhaite accepter Jésus comme son Seigneur et Sauveur. » Dean avait répété ces paroles au pasteur, à la congrégation, à Dieu lui-même ; et, plus tard ce matin-là, il avait été baptisé dans un bassin au fond de l'église.

« Avec la submersion, et tout ?

— Bien sûr. Je me suis senti purifié. »

J'ai bu une longue gorgée de mon gin martini.

« Mon histoire te met mal à l'aise ? a demandé Dean.

— Je n'en reviens pas à quel point tu as changé depuis l'époque où tu accusais mon père d'être un espion de la CIA.

— Je te demande pardon pour ces propos.

— Inutile : tu avais complètement raison. Mon père était vraiment à leur solde, et il a participé au coup d'État contre Allende.

— Peut-être qu'il fallait vraiment stopper Allende. »

J'étais stupéfait.

« Mais tu croyais dur comme fer en Allende et en tout ce qu'il représentait. Pourquoi tu as changé d'avis ?

— Je me rends compte maintenant que son collectivisme et sa vision d'une économie centralisée, sans possibilité d'ascension sociale ni de liberté monétaire, étaient une erreur.

— Qu'est-ce qui a bien pu t'inspirer ces réflexions ? »

La conversation s'est interrompue un petit moment à l'arrivée de nos plats. Dean a courbé la tête et prononcé le bénédicité au-dessus de son hamburger, tandis que je commandais un verre de vin blanc pour accompagner ma salade césar.

« Tu bois toujours autant, on dirait, a-t-il fait remarquer.

— Je n'ai pas l'habitude d'enchaîner un cocktail et un verre de sauvignon blanc à midi, mais…

— Mais ce que je te raconte te donne envie de tâter de la bouteille ? »

« Tâter de la bouteille. » Quelle splendide expression argotique. Je me suis surpris à sourire.

« Tu n'as pas perdu ton mordant, Dean. La seule différence, c'est cette auréole au-dessus de ta tête.

— Tu ne t'inquiètes pas de ce qui nous attend après ce chaos qu'on appelle la vie ?

— Je crois que je connais la suite : tu vas me dire que, si je n'accepte pas Jésus dans mon cœur, au jour du Jugement dernier tous les croyants comme toi seront élevés jusqu'au Ciel, pendant que nous autres mécréants hérétiques serons condamnés à l'Enfer sur terre.

— Tu as lu le livre de l'Apocalypse, à ce que je vois.

— Je viens de te dire que j'avais passé l'été dernier parmi les évangélistes du Sud.

— Ne crois pas que ton sarcasme m'échappe…

— Je ne fais que réciter l'un des principes fondateurs du christianisme évangélique : si on veut atteindre la belle vie dans l'au-delà, il faut déclarer son allégeance.

— À ton avis, qu'est-ce qui t'arrivera après ta mort ?

— Tout deviendra noir, et je me retrouverai dans le même néant qu'avant ma naissance. Je ne savais rien du monde avant d'y entrer le 1er janvier 1955. Quand viendra mon tour de mourir, j'imagine que c'est ce qui m'attend. Mais ce n'est qu'une hypothèse. Toi, en revanche, tu crois vraiment en tes doctrines, pas vrai ?

— Tu ne penses pas que c'est important d'avoir la foi ?

— Pas si ce qu'elle proclame n'a aucun sens pour moi. Mais je ne suis pas là pour démêler le vrai du faux. Clairement, ta conversion t'a fait beaucoup de bien.

— C'est le moins qu'on puisse dire. »

Pendant qu'on finissait nos plats, Dean m'a raconté qu'il avait fondé sa propre entreprise de marketing cinq ans plus tôt, et que celle-ci comptait à présent vingt employés pour une valeur de 30 millions de dollars. Jeannie et lui vivaient à présent avec leurs deux garçons dans une maison de style colonial de trois cent cinquante mètres carrés, sur un terrain de plus de trois hectares « verdoyants », dans la banlieue chic de Short Hills ; et ils venaient d'acheter une résidence secondaire près de Sarasota, en Floride (« Un endroit plutôt bohème... pour la région. »)

Je lui ai demandé s'il pensait que toute cette réussite financière était due à sa foi.

« J'en suis certain, a-t-il affirmé.

— Pourquoi donc ?

— Il n'y a qu'à constater la différence entre avant et après.

— Mais tu ne crois pas que tu aurais pu faire carrière dans le marketing même sans te convertir ?

— Je n'aurais jamais connu l'amour et la paix que m'a apportés Jeannie en me guidant vers la lumière.

— Imaginons un instant que tu arrives à la fin de ta vie et que tu te retrouves dans le même néant éternel que le reste de l'humanité. Est-ce que toute cette foi en aura valu la peine ?

— La foi est une feuille de route pour l'existence terrestre... Et, en la suivant, je suis certain d'aboutir au Royaume de Dieu. Alors je ne doute pas une seule seconde qu'il y ait une vie dans l'au-delà. Et je sais que ce pays a désespérément besoin de reforger sa relation à Dieu. Un nouveau Grand Réveil nous attend, et nous saurons remonter la pente. "Une nation unie sous l'autorité de Dieu", c'est ce que dit notre Déclaration d'indépendance. Et crois-moi : bientôt, ce sera à nouveau Dieu qui dictera les règles en Amérique. »

*

Un nouveau « Grand Réveil ».

Ces mots, qui remontent à la toute fin des années 1980, ont prédit avec exactitude la vague d'évangélisme qui a balayé la vie américaine au cours des trente-cinq années suivantes.

Et crois-moi : bientôt, ce sera à nouveau Dieu qui dictera les règles en Amérique.

Là encore, Dean ne mentait pas. Ses paroles, malgré leurs relents dogmatiques, n'en étaient pas moins vraies. Une nouvelle vague de ferveur religieuse, émergée dans les années 1960, n'a fait que prendre de l'ampleur depuis l'ère Reagan… Au point que les chrétiens conservateurs forment aujourd'hui une partie cruciale du corps politique. Pour comprendre ce qui divise actuellement les États-Unis, il faut d'abord être conscient des racines profondément théocratiques et évangélistes du pays.

Il y a presque quatre cents ans, en 1628, des navires ont atteint la côte de ce qui deviendrait la Massachusetts Bay Colony. Ce que beaucoup d'Américains ignorent, c'est que ces premiers arrivants dans un Nouveau Monde inhospitalier n'étaient pas les prétendus pèlerins fuyant la persécution dont on nous rebat les oreilles à l'école :

ils étaient des puritains endurcis, fanatiques, pour qui l'être humain était un abject impie, presque irrémédiablement corrompu. Le seul moyen d'atteindre une certaine rédemption était le travail acharné assorti d'une piété irréprochable – et, même alors, on n'avait que peu de chances d'entrer un jour au Royaume de Dieu, en tant que créature déchue, vénale et méprisable pour son absence de caractère divin.

Comme on peut s'y attendre, les plaisirs des sens n'avaient pas leur place dans le Massachusetts puritain : la colonie était soumise à des règles théocratiques si strictes qu'elles ne sont pas sans rappeler celles des Talibans. Les chefs religieux étaient les dirigeants incontestés de la communauté, et leur parole faisait loi – car, bien entendu, ils se voyaient comme les interprètes directs du Tout-Puissant, et jugeaient tout le monde avec une extrême sévérité. Quiconque ne faisait pas honneur à l'éthique de travail communale risquait le pilori – un instrument de torture diabolique forçant la victime à rester courbée en avant. La souffrance orthopédique provoquée par un maintien prolongé dans cette position est inimaginable, sans compter que les malheureux étaient exposés sur la place du village nuit et jour, à la merci de la chaleur écrasante l'été ou de la morsure du froid en hiver.

Faute de pilori, les contrevenants à l'ordre social puritain étaient souvent fouettés dans le dos et sur les fesses à l'aide de lanières de cuir, voire pendus par le cou jusqu'à ce que mort s'ensuive – soit une forme de lente strangulation – pour le simple crime d'avoir blasphémé ou juste remis en question l'autorité religieuse. En bons autocrates, les premiers gouverneurs puritains du Massachusetts se considéraient comme omnipotents, déchaînant leur fureur contre quiconque menaçait leur vision manichéenne du monde. Ils encourageaient également les purges religieuses, comme celles qui ont mené aux procès des sorcières de Salem dans les années 1690 – où les habitants, pris d'une hystérie collective, ont commencé à s'accuser les uns les autres de sorcellerie ou de satanisme afin de régler leurs comptes ou de s'emparer des terres du voisin. Ces procès restent l'un des épisodes les plus troublants de l'histoire des États-Unis, ayant coûté la vie à de nombreux innocents sous couvert d'inculpations frauduleuses. Moins de trois cents ans plus tard, en pleine guerre froide contre un régime communiste impie capable de détruire le pays grâce à sa toute nouvelle puissance nucléaire, une autre chasse aux sorcières a été lancée par un sénateur républicain aussi impitoyable qu'opportuniste, Joseph McCarthy. Par la peur, la contrainte et la nécessité de dénoncer autrui pour sauver sa propre peau (car se retrouver sur la liste noire de McCarthy signifiait dire adieu à sa carrière), celui-ci a instauré dans tout le pays un climat de crainte et de paranoïa qui définirait la première moitié des années 1950 et laisserait sur la psyché nationale une marque indélébile. Même le président Eisenhower a longtemps hésité à s'en prendre à McCarthy ; mais, comme le raconte l'historien David A. Nichols dans son livre de 2017 à propos de la relation tendue entre Eisenhower et le sénateur, le Président a fini par participer de façon discrète à la déchéance de ce demi-dieu. McCarthy, devenu séditieux, avait pris l'habitude d'éviscérer quiconque remettait en cause ses méthodes ou refusait de dénoncer son entourage. C'est alors qu'un avocat d'apparence humble et modeste, Joseph N. Welch – qui représentait plusieurs membres de l'armée américaine accusés de communisme – a réussi à le mettre au pied du mur. Puisque les audiences étaient télévisées, la nation tout entière a regardé avec fascination le sénateur et ses collègues pleins de hargne démolir un témoin après l'autre, jusqu'au moment où Joseph Welch a directement pris à partie McCarthy.

« C'en est assez. N'avez-vous aucun sens de la morale, monsieur ? »

Tel a été le début de la fin de son règne de terreur. En quelques semaines, ses collègues sénateurs se sont retournés contre lui et sa campagne visant à combattre une menace communiste quasi inexistante. À l'époque de ses audiences, le nombre d'adhérents au Parti communiste américain était ridicule pour un pays de plus de cent cinquante-huit millions d'habitants – le risque de voir des sympathisants soviétiques infiltrer les médias et l'industrie du divertissement (les cibles principales de McCarthy) restait donc minime. Joseph Welch a ainsi pu jouer un rôle adoré par la culture américaine : celui de l'homme qui ose tenir tête à la puissance qui tente de l'intimider, et met fin à des années de démagogie et de haine. Dans le roman *Ne tirez pas sur l'oiseau moqueur* de Harper Lee, grand classique du XXe siècle, un avocat – issu d'une petite ville de l'Alabama, veuf et père d'une jeune fille presque adolescente – prend en charge la défense d'un homme noir injustement accusé de viol par une femme blanche. Bien sûr, dans le contexte profondément raciste et ségrégationniste du sud des États-Unis, il perd le procès, et son client finit lynché par la foule… Mais Atticus Finch est devenu le symbole du citoyen réservé et droit qui n'hésite pas à dénoncer une injustice.

Dans le Massachusetts des puritains, Atticus Finch aurait – au mieux – passé un long moment au pilori. La dissension était un péché. Même prêcher un dogme aussi inoffensif et inclusif que celui des quakers (qui croient que l'Esprit saint émane de chaque individu et s'opposent à la stricte hiérarchie des autres courants religieux) était passible de la peine de mort : devant le Capitole se trouve une plaque commémorant la pendaison de Mary Philips en 1660, pour avoir osé convertir des gens à la doctrine quaker.

On imagine souvent que la vie au Moyen Âge était atroce, brutale et courte ; les colons de la Massachusetts Bay Colony avaient une perspective similaire… à une chose près. Les puritains du début du XVIIe siècle se considéraient comme visionnaires. L'un des premiers membres de la communauté, John Winthrop, a prononcé ce sermon devant ses camarades fraîchement débarqués : « Nous devons toujours garder à l'esprit que nous sommes pareils à une ville sur une colline – le regard du monde entier est fixé sur nous. »

Pour qui souhaite remonter à l'origine de l'exceptionnalisme américain, la déclaration de Winthrop est un bon point de départ. Tout comme la croyance puritaine selon laquelle le travail est l'unique manière de s'élever dans la société et seuls les industrieux parviendront à leurs fins. L'éthique de travail américaine vient de là. Sous ce sermon se cachait aussi l'idée que « si vous n'êtes pas avec nous, vous êtes contre nous » – une philosophie qui définit aujourd'hui l'essentiel de notre politique étrangère ainsi que notre idée du monde du travail. Les éclectiques, les excentriques, les sceptiques n'avaient pas leur place dans le Massachusetts puritain. Chacun était censé croire dur comme fer au projet austère de cet État religieux, agir avec piété, obéir aux ordres, et ne jamais remettre en question sa hiérarchie ni sa doctrine.

Quand est venue la révolution américaine de 1776, l'ascétisme religieux du XVIIe siècle n'était plus aussi omniprésent dans l'esprit du pays. Mais il est intéressant de se demander pourquoi tous ces grands hommes éclairés – Adams, Jefferson, Madison, Franklin, autant d'architectes à la fois de la Déclaration d'indépendance et de la Constitution – ont insisté à ce point sur une séparation de l'Église et de l'État. Un certain nombre de générations étaient passées depuis les puritains, et les États-Unis commençaient à s'affirmer en tant que puissance commerciale ; mais ces hommes étaient également très influencés par le *Contrat social* de Rousseau et le déisme défendu par Voltaire : la notion d'une puissance suprême ayant créé le monde avant de le laisser livré à lui-même. Ainsi, bien que George Washington ait été un fervent anglican, la majorité des Pères fondateurs n'avaient que peu d'enthousiasme pour les questions religieuses. Et pour cause : ils savaient que la philosophie américaine possédait une base théocratique et profondément manichéenne, doublée d'une tendance à l'autoritarisme. En bâtissant une république où la liberté d'expression était autant garantie que la liberté de religion – sans religion d'État, mais au contraire dans une pluralité confessionnelle –, ils se sont efforcés de donner à leur expérience démocratique novatrice une fondation laïque. C'est pourquoi la séparation de l'Église et de l'État est une pierre d'angle de la Constitution américaine.

Mais les rédacteurs des *Papiers fédéralistes* avaient également autre chose en tête tandis qu'ils débattaient sur le rôle de la religion dans la société civile. Même s'ils n'étaient que des nourrissons à l'époque, ils avaient forcément entendu parler des événements des années 1730, où avait déferlé sur les colonies américaines une vague d'euphorie spirituelle et presque fanatique surnommée le « Grand Réveil ». Cette série de renouveaux chrétiens avait eu un profond impact sur les sociétés anglophones des deux côtés de l'Atlantique. Ses figures de proue, comme le pasteur du Massachusetts Jonathan Edwards (calviniste acharné), affirmaient que tout le monde naît pécheur, destiné à finir en enfer s'il n'obtient pas le salut ; et que, pour l'obtenir, il faut confesser ses péchés à Dieu, implorer son pardon et recevoir sa grâce. La doctrine clé de ce nouveau courant évangéliste était l'idée que chacun peut forger un lien direct et profondément intime avec Dieu, insistant sur le fait que la conversion religieuse ne devait pas être un simple assentiment intellectuel concernant la doctrine chrétienne, mais une véritable renaissance spirituelle. Aux yeux des évangélistes, l'assurance d'obtenir le salut était une part importante de l'existence de tout chrétien.

Pour comprendre les origines du mouvement évangéliste si présent dans l'Amérique moderne, il convient de se pencher sur cette vague originelle de ferveur religieuse – qui a vu l'émergence de prédicateurs itinérants, souvent sans aucune instruction (bien loin des diplômés de la Yale Divinity School), prêchant avec ardeur face à des communautés rurales ou urbaines pauvres afin de leur garantir le salut au terme d'une vie d'immense incertitude. Pour les élites intellectuelles de l'époque de la révolution américaine – dont la vision du monde s'inspirait fortement des philosophies de Rousseau, de David Hume, d'Emmanuel Kant et de John Locke (père du libéralisme moderne et du républicanisme classique) –, cet évangélisme des classes populaires était source d'inquiétude. Cela servait aussi de rappel concernant la religiosité et ses fréquentes dérives populistes. On retrouve cet état d'esprit dans l'insistance constitutionnelle sur une séparation de l'Église et de l'État, ainsi que dans la crainte de l'émeute populaire omniprésente au sein des *Papiers fédéralistes*.

Fait intrigant, le déisme des constitutionnalistes – leur refus de voir en Dieu autre chose qu'un concept abstrait, détaché de toute influence sur les perversions humaines – a provoqué dans les années 1790 un deuxième Grand Réveil dénonçant avec violence la déconnexion des élites intellectuelles (un argument qu'utilisent encore les évangélistes d'aujourd'hui).

Un troisième Grand Réveil a eu lieu dans l'Amérique du XIXe siècle, déchirée par la guerre de Sécession – dont les répercussions se ressentent toujours au sein des divisions politiques actuelles. Dans un Sud dévasté physiquement et économiquement par son propre orgueil et son rigorisme, les prédicateurs ont trouvé un public avide de salut. C'est d'ailleurs durant cette troisième vague évangéliste que l'armée du Salut a vu le jour, à côté d'autres mouvements qui voyaient dans le christianisme une force de réforme sociale (comme l'Évangile social, qui militait pour le progressisme urbain, la fin des bidonvilles et l'amélioration des conditions de travail en usine). Mais c'est aussi à cette époque que des sectes mineures comme la Science chrétienne ou les Témoins de Jéhovah sont devenues de véritables religions… aux idées qu'on qualifiera d'« orthodoxies radicales », pour rester poli. Cette lame de fond chrétienne a précipité le vote du dix-huitième amendement, interdisant l'alcool à travers tout le pays – ce qui a créé un terreau extrêmement fertile pour le marché noir et autres industries illicites.

Difficile de ne pas remarquer les relents de puritanisme de chacune de ces vagues évangélistes. Et il ne fait aucun doute que le quatrième Grand Réveil a eu lieu en réaction à la fois à l'affaiblissement de la foi protestante au sein de la population et aux mouvements protestataires des années 1960. Tout ce que le pays avait jusque-là considéré comme sacré – à commencer par Dieu et la famille – était subitement remis en question. L'Amérique était enfin confrontée à son racisme, à sa misogynie, à son homophobie et à son impérialisme (après la catastrophique guerre du Vietnam), et les valeurs bourgeoises devenues le symbole de l'abondance d'après-guerre ne faisaient plus l'unanimité.

C'est le moment qu'a choisi l'évangéliste Billy Graham pour lancer des « croisades » visant à ramener sous la coupe chrétienne des âmes perdues et errantes. Grâce à de gigantesques meetings religieux organisés dans des stades, des champs et des parcs d'expositions, il est parvenu à convertir des millions de personnes et à se rapprocher des présidents Eisenhower, Johnson et Nixon, allant jusqu'à inviter Martin Luther King à prêcher lors d'un de ses rassemblements. Graham avait beau être conservateur – et intimement convaincu que l'Amérique vacillait dangereusement au-dessus du gouffre de l'impiété –, il n'avait pas les méthodes démagogiques de pentecôtistes tels que Pat Robertson ou Jimmy Swaggart. Ces derniers n'ont percé que dans les années 1980, lorsque l'apparition du câble a soudain donné à tout le pays l'accès à des centaines de chaînes de télévision – permettant ainsi l'émergence du prédicateur sur petit écran, le télévangéliste, dont le pouvoir politique ne ferait que croître.

L'élection de Ronald Reagan en 1980 a marqué le début d'un pacte faustien entre un Parti républicain penchant vers l'extrême droite et la nouvelle vague d'évangélistes à l'impact culturel grandissant. Les télévangélistes structuraient leurs émissions comme un croisement entre jeu télévisé (« Saurez-vous remporter le salut éternel en obtenant la grâce divine ? »), moment familial (dont les participants se mettaient régulièrement à pleurer en confessant leurs fautes) et concert pop sur le thème invariable de la rédemption. Les années 1980, durant lesquelles l'argent a acquis le statut de force motrice et de style de vie – à condition d'en gagner beaucoup –, étaient essentiellement une réfutation du radicalisme des décennies précédentes. La notion de compassion à l'égard des plus pauvres était tournée en ridicule, puisque seule une mentalité inflexible permettait la victoire dans ce grand jeu mercantile. Ainsi, contrairement aux courants traditionnels du protestantisme (comme les unitariens, les quakers et même les épiscopaliens) qui continuaient à prêcher la justice sociale et la fin de la pauvreté, les nouveaux évangélistes se sont tournés vers l'équivalent spirituel de l'économie de marché, adoptant le principe reaganien selon lequel la richesse matérielle était une forme de piété. Les télévangélistes se présentaient donc souvent comme des P-DG disposant d'une liaison directe avec le Tout-Puissant. Les méga-églises sont devenues un élément habituel dans les banlieues résidentielles – vastes structures modernes entourées d'immenses parkings gratuits pour les milliers de fidèles se rendant à la messe chaque dimanche (ainsi qu'au catéchisme et aux événements communautaires du reste de la semaine). Chaque Église tenait à jour une base de données contenant des renseignements sur tous ses membres, non seulement pour surveiller les besoins et les difficultés de chacun, mais également pour s'assurer que tout le monde payait bien sa dîme – qui, conformément à la tradition, représentait souvent 10 % du revenu de chaque adulte.

Qu'avaient-elles donc à offrir, ces méga-églises (certaines étaient des drive-in), que les paroisses protestantes plus traditionnelles ne possédaient pas ? Comme je l'ai découvert pendant mon séjour dans la Bible Belt, la plupart des gens que j'ai rencontrés s'étaient convertis à la suite d'une crise dans leur vie personnelle – à moins que, comme Dean, ils n'aient été à la recherche d'une réponse à l'un des grands mystères métaphysiques de l'existence. La religion, sous toutes ses formes, a toujours eu comme argument sa capacité à expliquer l'inexplicable (Pourquoi suis-je ici ? Pourquoi faut-il que je meure ? Que m'arrivera-t-il après ce voyage sans retour ?), mais l'évangélisme américain contemporain s'appuie sur la recherche du profit comme fondement de la hiérarchie entre ses membres et comme argument de vente. La foi devient alors un moyen d'atteindre la prospérité, et la promesse de la vie éternelle n'est qu'une motivation supplémentaire : tel était le message des télévangélistes des années 1980, éminemment compatible avec la mentalité de Reagan qui, bien qu'à peine religieux lui-même, n'a pas tardé à comprendre comment exploiter politiquement ce renouveau religieux.

Bush père et fils ont indéniablement utilisé leurs relations avec les évangélistes à leur avantage. Bush père était un WASP de la vieille école : épiscopalien (la version américaine de l'anglicanisme) et certain du droit divin que lui procurait son ascendance. Mais il savait aussi que s'allier aux conservateurs sociaux lui ouvrirait la voie du pouvoir ; c'est pourquoi il a nommé à la Cour suprême le juge rigoriste Clarence Thomas. Quant à George W. Bush, il était un rêve devenu réalité pour les évangélistes : un ancien fêtard qui s'était tourné vers la religion, alcoolique repenti, capable de citer de mémoire l'Évangile – et qui a nommé à son tour deux autres conservateurs à la Cour suprême (ainsi qu'une ribambelle de juges fédéraux à travers le pays, tous avec le même profil réactionnaire).

Tout comme Clinton (qui n'a pu battre Bush père en 1992 qu'à cause de la situation économique désastreuse), Barack Obama a remporté l'élection grâce au soutien de la classe moyenne, profondément affectée par le krach de 2008 et sceptique quant à la nécessité de la guerre en Irak – ce nœud gordien géopolitique par excellence.

Puis, alors que personne ne pensait voir gagner Donald Trump à cause de son passé plus que trouble, ses directeurs de campagne ont informé les évangélistes que, s'ils lui accordaient leur vote, ce pécheur invétéré exaucerait tous leurs vœux concernant l'interdiction de l'avortement et la composition d'une Cour suprême capable de modifier la trajectoire politique du pays pour les années à venir. Et c'est exactement ce qui est arrivé : Trump a nommé trois ultra-conservateurs aux postes les plus influents du pays, sous les acclamations des évangélistes. Peu leur importait que le Président ait couché avec une star du X ou été accusé de viol – dont il serait plus tard reconnu coupable, crime pour lequel il a été condamné à verser 4 millions de dollars de dédommagement à sa victime, sans compter les 83,3 millions supplémentaires pour diffamation parce qu'il l'avait traitée de menteuse. Peu leur importait qu'il dirige son empire commercial comme un véritable gangster. Trump avait fait précisément ce qu'ils attendaient de lui… et ils se sont ralliés à sa cause politique. Seul le spectre du Covid lui a coûté sa réélection en 2020 – mais, alors que j'écris ces lignes, et malgré les quatre-vingt-dix inculpations pesant sur lui au niveau national comme fédéral (allant de l'association de malfaiteurs à l'entrave à la justice), il demeure le grand favori de l'Amérique évangéliste. Parce qu'il fournit à ce puissant mouvement réactionnaire un moyen de revenir sur les progrès sociaux des dernières décennies, de tenter d'inverser les tendances démographiques (seuls 61 % des Américains sont considérés aujourd'hui comme caucasiens, et la natalité est en forte baisse) et d'imposer des valeurs chrétiennes blanches à un pays plus multiculturel que jamais.

Il n'est donc pas difficile d'imaginer qu'un cinquième Grand Réveil soit en cours – et menace activement les fondations laïques de notre pays. Bien des choses ont changé depuis l'Amérique d'après-guerre dans laquelle je suis né, où le fondamentalisme n'avait pas sa place dans le débat public. Même en dehors de la sphère intellectuelle new-yorkaise, le consensus national était que l'ostentation religieuse et les proclamations de foi étaient réservées aux recoins les plus arriérés du Sud. De fait, la séparation de l'Église et de l'État était source de fierté pour mes concitoyens – et l'une des pièces de théâtre les plus célèbres des années 1950, *Inherit the Wind*, raconte le tristement célèbre procès Scopes de 1925, durant lequel un professeur du Tennessee a été attaqué en justice pour avoir osé enseigner la théorie darwinienne de l'origine des espèces à ses élèves de collège. L'affaire a fait grand bruit à l'époque, au point qu'un candidat à l'élection présidentielle, William Jennings Bryan – un procureur aussi religieux que populiste –, s'est proposé pour représenter l'État du Tennessee, tandis qu'une collecte en faveur de l'accusé permettait d'engager l'avocat le plus célèbre de cette décennie : Clarence Darrow, athée notoire. Le procès a été un véritable cirque : des chrétiens fondamentalistes organisaient des manifestations devant le tribunal et Bryan vitupérait comme un prophète de l'Ancien Testament à propos de l'impiété du darwinisme et de la véracité du créationnisme, pendant que Darrow s'en tenait aux faits, à la logique et à la raison afin de contrer ses jérémiades. Le verdict, dans cette région conservatrice et encore profondément rurale, n'a surpris personne. Mais, bien que jugé coupable, Scopes n'a eu ni peine de prison, ni amende. En résumé, les fondamentalistes ont obtenu le strict minimum de leurs revendications, mais l'État a implicitement reconnu que le crime de pensée dont était accusé Scopes ne pouvait pas être puni par la loi. Dans la pièce, les arguments limpides de Clarence Darrow en faveur de la laïcité – il insiste sur le fait que l'Église n'a pas de rôle public à jouer dans la société américaine – semblent aujourd'hui une sorte de relique d'un passé pré-évangéliste. La légalisation de l'avortement a été renversée au niveau fédéral ; des livres jugés inconvenants par les censeurs chrétiens sont retirés chaque jour des bibliothèques dans de nombreux États républicains ; le mariage homosexuel et l'accès à la contraception sont pris pour cible par les législateurs. Et voilà que 69 % des Américains adultes affirment croire en l'existence des anges (d'après un sondage d'opinion mené en 2023 par l'Associated Press-NORC Center for Public Affairs Research). Le pays où nous nous trouvons est bien différent de celui d'il y a quelques décennies, quand la question de la religion n'était que rarement abordée en politique.

Aujourd'hui, Dean approche des soixante-dix ans. Il a vendu son entreprise de marketing pour une somme non négligeable – si bien qu'il n'a plus à s'inquiéter de grand-chose pendant les années qui lui restent à vivre avant de toucher son ultime récompense céleste. Il est toujours marié (évidemment), toujours porteur convaincu de la bonne parole, et se présente comme un « conseiller en vie chrétienne » sur son site Internet. Je l'ai vu pour la dernière fois il y a plus de dix ans : on a dîné ensemble à New York avant d'aller voir une pièce (que j'avais choisie) sur la politique de Washington. Comme toujours, j'ai commandé un gin martini tandis qu'on se racontait mutuellement nos vies, et j'en suis venu à parler d'un ancien camarade d'université qui venait de succomber à un cancer foudroyant.

« J'espère qu'il a accepté Jésus avant de quitter ce monde, a commenté Dean.

— Parce que, sinon, ça veut dire qu'il est en enfer ?

— Ce n'est pas à moi d'en décider.

— Mais c'est bien ce que tu sous-entends. Comment peux-tu en être aussi certain ? D'ailleurs, j'ai une autre remarque : le paradis, d'après tout ce qu'on raconte à son sujet, ressemble à une éternité passée à nager dans de la glace à la vanille. Pas de conflits, pas de disputes, pas de revers ni de stress, pas de doutes, ni de regrets, ni de névroses. Pas de culture. Et pas de sexe. Vu de ma fenêtre, c'est l'exemple même de l'ennui. Je décrirais même ça comme un bienheureux enfer... Si tu me permets cet oxymore. »

Dean a siroté son thé glacé en secouant la tête, avec un petit sourire plein de compassion feinte.

« La foi est une certitude, Douglas. Sans elle, on est perdu.

— Et si je te disais que je n'ai rien contre le fait de vivre dans le doute ? Ça ne m'intéresse pas de trouver la foi.

— Alors quel est le sens de ta vie ?

— Juste de vivre des choses intéressantes. Et de rester curieux jusqu'à ce que la mort vienne me chercher.

— Ça ne t'empêche pas d'être perdu, a-t-il fait remarquer.

— Je peux le supporter.

— Non, tu ne peux pas. Parce que tu fais partie d'un problème plus large – c'est tout le pays qui s'est laissé aller à sa perte. Et nous, les gens de foi, nous allons le remettre entre les mains du Seigneur. Crois-moi, cher ami sceptique : on finira par avoir le dessus. Parce que Dieu est de notre côté. Et qu'avec Dieu, tout est possible. »

6

Jazz : le grand répertoire américain

Si on m'annonçait dès demain que je souffre d'une maladie incurable et qu'il ne me reste que quelques mois avant d'être entraîné dans le néant de l'au-delà, que choisirais-je de faire avant qu'on m'arrache à ce monde ? Je n'ai pas de *bucket list*, comme on appelle la liste des choses qu'on veut absolument accomplir avant de mourir – d'ailleurs, je déteste cette expression. Je n'ai pas non plus l'impression d'avoir trop peu vécu ou d'avoir failli à réaliser mes rêves : pas question donc de rattraper le temps perdu en m'envolant pour la Patagonie ou l'*outback* australien (j'ai déjà voyagé plusieurs fois dans chacune de ces régions).

Non, si je savais que je vivais les dernières semaines de mon existence, je passerais autant de soirs que possible à rôder au Village Vanguard. De l'extérieur, l'endroit ne ressemble pas à grand-chose. Un auvent antique. Une porte rouge près de laquelle un panneau à l'écriture manuscrite informe les visiteurs du programme de la soirée. Il y a toujours la queue, si bien qu'il vaut mieux acheter sa place sur Internet à l'avance. Parce que le Vanguard affiche souvent complet. Et, contrairement à d'autres établissements new-yorkais, celui-ci a une approche très démocratique de la file d'attente : les grands noms et les célébrités ne grillent la politesse à personne. Peu importe qu'on soit venu à New York pour diriger l'orchestre philharmonique ou un opéra au Met. À la queue, comme tout le monde.

J'ai attendu devant le Vanguard sous une pluie printanière battante, en plein blizzard (alors que le mercure se trouvait largement en dessous de zéro), et durant un été caniculaire où l'air de Manhattan était comme visqueux et le taux d'humidité avoisinait les 100 %. Mais cela fait partie du jeu – surtout si on veut une bonne table près de la scène. Les portes s'ouvrent une heure avant le premier set. Une fois à l'intérieur, on descend un escalier étroit et raide menant à un couloir tout aussi exigu, où le videur nous fait entrer dans la salle. On nous conduit à une table. Comme l'endroit est en sous-sol, il n'y a pas de fenêtre – et la forme du club (une véritable boîte qui se rétrécit en largeur du côté du bar, d'une surface totale d'environ cent cinquante mètres carrés… à vue de nez) montre bien que le confort est loin d'être une priorité. Le Vanguard compte cent trente places. Ses murs rouge et vert sont recouverts de photos des grands noms d'hier et d'aujourd'hui qui y ont joué. Avoir son portrait au mur du Vanguard s'apparente à une consécration. Dans le milieu (y compris pour un fanatique comme moi), ce club est une sorte de saint des saints : le Carnegie Hall du jazz.

Le Vanguard a quelque chose de merveilleusement pragmatique. On n'y sert aucune nourriture (tant mieux : qui voudrait entendre des raclements de couverts par-dessus la musique ?). Le bar est bien fourni, et les serveurs savent apporter les boissons le plus discrètement possible. Avant chaque set, le manager monte sur scène afin d'informer le public que chacun est prié d'éteindre son téléphone, de ne pas prendre de photos et de limiter les conversations au minimum. Quiconque contrevient à ces requêtes polies reçoit un seul avertissement avant d'être mis à la porte. Et, en cas d'infraction particulièrement désagréable – comme refuser de se taire pendant un set ou utiliser son téléphone pour filmer, enregistrer ou prendre des photos avec le flash –, le malotru risque l'exclusion à vie.

Ces règles strictes me ravissent : franchir le seuil du Vanguard revient à pénétrer dans un monde de pur jazz. C'est cette atmosphère sérieuse qui en fait un lieu aussi mythique. Après tout, en presque quatre-vingt-dix ans d'existence, le Vanguard a accueilli tous les artistes de jazz dignes de ce nom. Je l'ai découvert en 1971, à seize ans, alors que je venais d'entendre un morceau de Bill Evans sur WKCR – la radio de Columbia University, que je captais parfaitement depuis ma chambre à quarante rues au sud de leur studio. J'avais développé une véritable obsession pour le cinéma, le théâtre et la musique classique et c'est une publicité pour le Vanguard dans la rubrique Arts et Loisirs du *New York Times* qui a attiré mon regard. Un concert de Bill Evans juste avant Noël. Tel a été le début de mon histoire d'amour avec le jazz, qui continue cinquante-trois ans plus tard – et n'a fait que s'accroître quand, quelque temps plus tard, dans un autre numéro du même journal, j'ai découvert une page entière de publicité pour un festival de jazz. On était en juin. J'avais mis des sous de côté en faisant du baby-sitting – et en économisant sur les 10 dollars d'argent de poche que me donnait mon père chaque semaine. Les places les moins chères coûtaient 2 dollars, et j'en ai acheté pour autant de concerts que j'ai pu – tous les artistes dont le nom me disait déjà quelque chose. C'est ainsi que j'ai eu le privilège d'être témoin du génie musical de Duke Ellington et son groupe : une fusion remarquable de composition dense et d'élégance rythmée. Puis de la virtuosité de Dave Brubeck, dont le style vestimentaire n'était pas sans rappeler un professeur d'université, et dont les modalités et les riffs aux échos de fugue évoquaient tout autant Bach que Mozart. Il forgeait un langage lyrique complexe au carrefour d'innombrables mondes musicaux et stylistiques. Mais le clou du spectacle, à mes yeux, a été la performance de Charles Mingus. Accompagné par un groupe de musiciens – qu'il appelait son « orchestre » –, cet homme à la présence plus qu'imposante est entré en scène sous les acclamations du Philharmonic Hall bondé. Il était aussi large que sa contrebasse. On était le 4 juillet 1972 : le jour de la fête nationale. Curieux choix de lieu pour Mingus que cette salle emblématique de l'orchestre philharmonique de New York, en plein Lincoln Center : c'était bien trop huppé, trop grand bourgeois. Tandis qu'il s'avançait à pas lents, chargé de sa contrebasse, il a balayé ce berceau de « haute culture » d'un regard aussi féroce que méprisant. Puis il a déposé son instrument sur le parquet de la scène et a fixé le public d'un air sévère jusqu'à ce que le silence complet se fasse. Cela a été l'un des instants musicaux les plus extraordinaires auxquels j'aie assisté en plus de cinquante ans de concerts : un solo de contrebasse tout en abstraction de pizzicatos, un ricochet d'idées sans l'ombre d'un fil narratif… mais exprimées sous forme d'un blues dissonant. Puis, comme pour se jouer délibérément de notre oreille musicale, Mingus nous a soudain montré que ce riff abscons menait bel et bien quelque part : un staccato, refrain percussif agissant comme une claque pour nous punir d'avoir osé douter de sa maestria. Sans prévenir, la mélodie a été reprise par un saxophoniste alto. On aurait dit un musicien de rue se réveillant tout juste d'une nuit de beuverie, mais incapable de résister à l'attrait de ces accords de blues, obligé d'y ajouter son propre élan de complexité lyrique.

Bientôt, un saxophoniste ténor et un tromboniste ont émergé à leur tour de la même torpeur. Ils ont repris le thème, précipitant le tempo. Mingus s'acharnait à présent sur sa contrebasse afin de maintenir sa domination rythmique sur les grondements fougueux des instruments à vent. Il lançait en même temps des ordres à son orchestre, avant de leur signaler d'un geste de la main de tous se joindre à la fête. L'effet était phénoménal : cette offensive jazzistique a empoigné la salle tout entière pour nous entraîner dans l'univers exaltant du morceau de Charles Mingus, superbement intitulé *Haitian Fight Song*.

Six ans après cet extraordinaire concert, Mingus est décédé d'un infarctus à Cuernavaca, au Mexique. Il n'avait que cinquante-six ans. Contrairement à la croyance populaire qui attribue cette mort prématurée à son embonpoint et à la dureté de la vie de musicien, le fait est qu'il était atteint de la terrible maladie neurodégénérative appelée sclérose latérale amyotrophique, ou maladie de Charcot. J'étais en dernière année d'études quand la nouvelle de son décès m'est parvenue – via le *New York Times*. Le choc a été profond. Pas seulement parce que, à seulement vingt-quatre ans, l'idée qu'on puisse mourir avant d'atteindre la soixantaine me paraissait terrifiante, mais surtout parce que la perte de Mingus et de son génie musical était une véritable tragédie.

J'ai beau ne pas être religieux, comme je l'ai expliqué dans les chapitres précédents, je crois volontiers au pouvoir de la conversion quand il s'agit de trouver à sa vie une nouvelle direction, une nouvelle passion. Pour moi, la musique est très tôt devenue un refuge. En dépit de tous leurs défauts, je suis profondément reconnaissant à mes parents de m'avoir fait découvrir la musique classique dès l'enfance – je me rappelle qu'ils nous avaient pris des places pour *Casse-Noisette* dans la mise en scène de Balanchine avec le New York City Ballet. Ensuite, mon père m'a emmené chez Sam Goody, le légendaire disquaire new-yorkais, et m'a donné 2 dollars (on était en 1967) pour acheter un enregistrement de cette même œuvre, interprétée par l'orchestre de Philadelphie sous la baguette d'Eugene Ormandy. J'ai également assisté avec mon école à plusieurs Young People's Concerts de Leonard Bernstein, ainsi qu'au *Vaisseau fantôme* de Wagner à l'ancien Metropolitan Opera – avant que celui-ci ne soit tragiquement démoli et qu'une nouvelle salle s'ouvre dans le Lincoln Center. Je n'avais que dix ans, mais cette musique et la mise en scène très colorée, aux splendides costumes, me sont toujours restées.

Puis j'ai eu deux ans de cours de musicologie au collège, sous la houlette d'une femme formidable et peu commode du nom de Tina Hoff, qui nous a fait étudier tout le canon du répertoire classique. Elle s'est servie de la *Passacaille et fugue en do mineur* de Bach – l'un de ses chefs-d'œuvre pour orgue – afin de nous expliquer les contrepoints, la polyphonie et l'utilisation des thèmes et des variations. Cela a été pour moi une révélation, donnant le coup d'envoi d'une vie entière où la musique a figuré à la fois comme passion et comme refuge. Quelques semaines plus tard, miss Hoff a pris comme exemple la *Symphonie n° 40* de Mozart pour nous détailler la sonate, l'une des structures clés de la musique symphonique à l'époque du classicisme – qui couvre Haydn, Mozart, Beethoven et Schubert, les quatre grands maîtres sur lesquels repose tout répertoire orchestral digne de ce nom. Miss Hoff n'avait que très peu de patience pour les élèves dissipés et les fanfarons. Un jour que j'avais oublié de rendre une rédaction, elle m'a annoncé qu'elle me mettrait un zéro si je ne la lui apportais pas le lendemain matin. J'ai passé une nuit blanche dessus, et je suis venu la déposer sur son bureau à 8 h 30 précises. Quand je suis arrivé en cours cet après-midi-là, elle a vu à quel point j'étais fatigué – et m'a tendu mon devoir, auquel elle avait attribué la note maximum.

« Ça se voit que vous adorez la musique, et vous avez déjà des choses intéressantes à dire. Débrouillez-vous juste pour rendre vos devoirs à l'heure. Et, tant que j'y pense… Allez faire un tour à la bibliothèque et empruntez-leur le *Concerto en* fa de Gershwin. »

Je ne lui ai plus jamais rendu un devoir en retard. Et, ce soir-là, j'ai découvert que mes parents avaient à la maison un très vieux vinyle de la *Rhapsody in Blue* et du *Concerto en* fa de Gershwin. Comme tant d'albums de l'époque, la couverture était d'un grand formalisme calligraphique – l'équivalent musical d'un Pléiade à collectionner pour la postérité. Je me suis dirigé vers l'énorme radio et tourne-disque en acajou qui occupait tout un coin de notre salon. Après avoir déposé l'aiguille sur le disque, je me suis assis devant le haut-parleur unique, et je me suis laissé transporter par ce que j'entendais. George Gershwin – ainsi que je l'ai lu au dos de la pochette – était l'un des plus grands musiciens américains de ce siècle ; d'origine juive, né dans les bas quartiers immigrés de New York, il s'est découvert un talent pour le piano et l'écriture de chansons, et a composé pour Tin Pan Alley, le royaume de la musique populaire, avant d'orienter ses ambitions vers Broadway. Lui et son frère Ira – qui avait un véritable don pour les mots et devint l'un des meilleurs paroliers de son ère – ont écrit plusieurs comédies musicales au succès fou. Les créations de George et Ira Gershwin sont sans doute parmi les plus incontournables du répertoire américain.

Mais George ne s'est pas contenté d'un destin de seigneur de Broadway. Il s'est rendu à Paris afin d'étudier la composition auprès de la légendaire Nadia Boulanger. Il a même demandé des leçons à Maurice Ravel – qui est devenu son ami mais a poliment refusé de lui servir de professeur :

« Que diable pourrais-je enseigner au grand George Gershwin ? »

Gershwin a également composé pour Hollywood, tout en continuant à écrire des comédies musicales acclamées par le grand public. Avec *Rhapsody in Blue*, il a annoncé son invention d'un nouveau langage musical situé entre jazz et classique. Avec *Porgy and Bess*, il a créé le premier opéra américain de grande ampleur – et a osé s'intéresser au sort des Africains-Américains. Quant au *Concerto en* fa, c'était une œuvre magistrale qui a immédiatement capté mon attention d'adolescent. Il y avait quelque chose de si galvanisant, de si new-yorkais dans son mouvement d'ouverture – et, en plus de ses immanquables inflexions jazzistiques, son dynamisme palpitant et son élan immense m'ont emporté comme un fétu de paille. Gershwin n'avait pas trente ans lorsqu'il a composé ce concerto – et l'on ressent au-delà de sa théâtralité superbe un besoin d'étendre son rayonnement créatif, la conscience aiguë de toute une tradition européenne du piano mêlée à un langage profondément américain. Lorsque le deuxième mouvement a commencé – sur un riff de blues nocturne –, j'étais captivé. J'avais l'impression d'entendre le New York des années 1920, juste avant la venue au monde de mes parents (nés en 1927 et 1928). Plus tard, alors que j'avais expérimenté les caprices de l'existence, j'y ai discerné une mélancolie sombre et lyrique rappelant certains tableaux d'Edward Hopper : des gens errant dans des bureaux, des femmes seules dans des pièces closes. Gershwin exprimait cette même solitude urbaine. À quinze ans, je n'avais pas encore compris que ma ville natale – malgré sa vitalité excessive, son ambition et son brio – était avant tout un lieu de solitude, comme toutes les grandes cités. Il m'a fallu du temps pour saisir dans l'œuvre de Gershwin ce cafard typique de trois heures du matin, sous-tendu par une étrange pulsion dansante. Cette découverte du deuxième mouvement du *Concerto en* fa demeure, cinquante-quatre ans plus tard, l'un des instants déterminants de ma vie. C'est avec cette œuvre, plus encore qu'avec *Rhapsody in Blue*, que j'ai fait la connaissance de ce langage musical essentiellement américain qu'est le jazz.

Les Allemands se moquaient autrefois de l'Angleterre en la surnommant *das Land ohne Musik* – « le pays sans musique ». Parce que après le génie de Henry Purcell au XVIIe siècle, le Royaume-Uni n'a connu aucun compositeur majeur jusqu'à Edward Elgar, vers le milieu du XIXe siècle. Il a fallu encore plus longtemps aux États-Unis pour se constituer un corpus de compositeurs importants – allant de Charles Ives à Edward MacDowell et à Howard Hanson, puis à Gershwin, Copland, Barber, Bernstein, Ellington, Florence Price, Milton Babbitt et John Cage, jusqu'au minimalisme novateur de Steve Reich, de Philip Glass et de John Adams. Aujourd'hui encore, de nouveaux noms continuent d'émerger, comme ceux de Caroline Shaw, de John Luther Adams, de Terence Blanchard et de John Corigliano. Dans l'ensemble, il n'existe pas de « style américain », ni de genre spécifique aux musiciens de notre pays. Copland avait des penchants nationalistes et s'est révélé un peintre orchestral hors pair. Barber est célèbre grâce à son *Adagio pour cordes*, mais son œuvre possède des racines profondément européennes. Ives était un radical, tout comme Cage. Milton Babbitt était le grand manitou du modernisme d'après-guerre (tel un Pierre Boulez américain). Bernstein, au même titre que

Gershwin, a commencé sa carrière à Broadway – tout en s'efforçant en même temps de devenir le Gustav Mahler de sa génération. Les minimalistes se sont érigés contre l'atonalité d'après-guerre avec des créations non seulement tonales mais aux effets répétitifs kaléidoscopiques.

Toutefois, bien avant l'avènement de toutes ces grandes figures de la musique américaine, un compositeur obscur a vu le jour dans la Louisiane du XIXe siècle : Louis Moreau Gottschalk. Comme son nom l'indique, il était d'origine française, né en 1829 de parents américains et créoles dans la ville la plus francophile des États-Unis : La Nouvelle-Orléans. Lorsqu'il est arrivé à Paris à l'âge de treize ans, le directeur du département de piano du conservatoire de Paris a refusé sa candidature d'une simple remarque hautaine : « L'Amérique est un pays de machines à vapeur. »

Gottschalk n'a jamais oublié que sa nationalité lui avait barré l'accès à un établissement aussi prestigieux. Mais cela ne l'a pas empêché de s'imposer bientôt comme un jeune virtuose et un compositeur plein de promesses. Le tout-Paris s'est découvert une soudaine curiosité pour ses morceaux de piano dont les titres – comme *Bamboula* ou *La Savane* – trouvaient leur origine dans la musique d'esclaves et la culture créole de sa Louisiane natale, augmentées d'une sensibilité romantique.

L'existence de Gottschalk a été brève et romanesque : il a sillonné les océans, vivant de sa musique et multipliant les conquêtes amoureuses en Europe, au Canada, dans les Antilles, à Cuba et à Porto Rico, au Chili, en Argentine et au Brésil – où il a succombé à la syphilis et à la fièvre jaune en 1869, à tout juste quarante ans. Ses compositions témoignent d'une forte influence sud-américaine – mais, par-dessus tout, elles sont hantées par l'esprit de La Nouvelle-Orléans. Et, grâce à son utilisation des langages musicaux africain-américain et créole, on entrevoit dans ses œuvres pour piano les premiers balbutiements du jazz.

Dans l'excellente revue littéraire *Daedalus*, Gerald Early et Ingrid Monson expliquent ainsi les origines sémantiques du jazz :

Peut-être, comme Miles Davis, le jazz lui-même est-il une mystique drapée dans une énigme, une inconnue essentielle et inextricable qui rend cette musique si captivante pour son public. Mais, si le jazz est en partie un genre aux intentions claires et sans ambiguïté – grâce à ses exigences en matière de forme musicale, grâce aux divers changements qui lui ont permis de perdurer à travers tout le XX*e* *siècle et jusqu'au* XXI*e*, *et grâce à son désir d'incarner la modernité tout en la transformant –, il demeure également un art que la plupart des gens, même parmi ses adeptes, ne comprennent pas dans son entièreté. Le terme même de « jazz » est auréolé de mystère : comment cette musique a-t-elle reçu son nom, et que signifie-t-il ? Le bassiste de jazz Bill Crow avance la théorie populaire selon laquelle il viendrait du verbe français « jaser ». D'autres prétendent qu'il est une déformation des diminutifs de musiciens de la première heure, comme Charles (« Chas ») ou James (« Jas »). Certains se figurent qu'il provient du terme d'argot désignant le sperme, ou encore du mot « jazzing », autre terme d'argot synonyme* *de fornication. L'anthropologue Alan Merriam cite des mots haoussa et arabes potentiellement impliqués dans ces origines : « jaiza », le grondement de lointains tambours, ou « jazb », qui signifie l'attirance ou la séduction.*

C'est à cause de son lien avec le sexe que la musique emblématique de La Nouvelle-Orléans s'est attiré les foudres de la bourgeoisie… En effet, avant la Première Guerre mondiale, le jazz était souvent joué dans des bordels.

Dès le départ, il a donc été considéré comme une musique « sale » par la majeure partie de l'Amérique blanche à cause de ses racines africaines-américaines. Même le formalisme syncopé du ragtime – popularisé par le grand Scott Joplin à la toute fin du XIXe siècle – a tout d'abord été ridiculisé et qualifié de *honky-tonk* (du nom des bars typiques du sud des États-Unis) par l'élite musicale pour la simple raison qu'il provenait du delta du Mississippi et reprenait des thèmes de fanfare et des polyrythmies associés à la musique d'esclaves. Mais, avec son énergie propulsive, ses irrésistibles accents chaloupés et sa complexité mélodique, Joplin prouvait avec clarté que ce nouvel idiome musical était capable d'une profonde densité émotionnelle. On prétend que, dans la musique de Mozart, une simple mesure peut exprimer à la fois la tragédie et le triomphe ; le ragtime de Scott Joplin était du même acabit, la preuve que l'exubérance et l'accablement sont de proches voisins.

Au moment de sa mort prématurée, Joplin et sa musique avaient pratiquement sombré dans l'oubli. Il a fallu l'intervention du musicologue et pianiste Joshua

Rifkin pour raviver l'intérêt du public, grâce à un disque maintenant légendaire paru en 1970. Trois ans plus tard, le film hollywoodien *L'Arnaque* a utilisé sa musique pour sa BO, et l'Amérique a soudain redécouvert ce géant de la musique.

La Prohibition a joué un rôle clé dans le développement du jazz. Les bars clandestins sont rapidement devenus des lieux essentiels de la vie urbaine. La ville de New York comptait à elle seule environ trente-deux mille établissements illicites, et l'alcool de contrebande est devenu un marché juteux, d'une valeur estimée à 60 millions de dollars par an au début des années 1920 (soit l'équivalent d'1,25 milliard de nos jours). Pas étonnant que tous les gangsters de l'époque (dont Al Capone) s'en soient âprement disputé le contrôle. Les bars clandestins faisaient souvent appel à des musiciens pour inciter leur clientèle à rester plus longtemps et à boire davantage. Des artistes aussi variés et célèbres que Louis Armstrong, Jelly Roll Morton, Earl Hines, Ethel Waters et Django Reinhardt ont tous vu leur carrière décoller au cours de cette période. La démocratisation de la radio comme divertissement familial ainsi que les nombreux clubs où les gens venaient danser le two-step, le charleston et autres genres en vogue ont favorisé l'apparition des big bands : notamment ceux de Benny Goodman, de Fletcher Henderson, de Glenn Miller, de Count Basie et (bien évidemment) de Duke Ellington. Petit à petit, le public américain des années 1920 a été initié au langage du jazz. Ce qui, adjoint à une atmosphère générale d'excès matérialistes et d'insouciance invétérée, pousserait F. Scott Fitzgerald à surnommer cette époque le *Jazz Age*.

La musique des big bands a continué à faire swinguer l'Amérique jusqu'aux années 1950, jusqu'à ce que la télévision supplante la radio dans les foyers. Mais après la Seconde Guerre mondiale, et en réponse au conformisme social de l'époque, le pays était entré dans une période d'intense transformation créatrice. Dans le jazz, l'arrivée de Charlie Parker et du be-bop (fourmillant de progressions d'accords, de tempos effrénés – jusqu'à deux cents pulsations par minute – et de tonalités toujours changeantes) a signalé l'ouverture de nouvelles frontières. Le be-bop a donné naissance au cool jazz, qui a donné naissance au jazz modal, popularisé par Miles Davis, Gerry Mulligan et Bill Evans – parmi bien d'autres. Ce genre spécifique se caractérisait par des tempos feutrés et une saveur musicale quasi impressionniste, favorisant la fluidité mélodique, l'utilisation de gammes complètes, le fait de jouer en décalage avec le rythme (une technique perfectionnée par l'illustre saxophoniste ténor Lester Young) et une latitude d'accords affranchie de la frénésie du be-bop – pour paraphraser plusieurs définitions du jazz modal. L'album phare de cette génération, *Kind of Blue*, est dû entre autres à Miles Davis, à Bill Evans et à un autre immense innovateur du jazz, John Coltrane, qui ne tarderait pas à élever le genre tout entier vers un niveau presque mystique dans *A Love Supreme*. Avec Coltrane, le jazz a subitement atteint la haute spiritualité généralement associée aux œuvres de Jean-Sébastien Bach (ou, plus proche de notre époque, d'Arvo Pärt). Cette avant-garde comptait également dans ses rangs Ornette Coleman, Cecil Taylor et Charles Mingus, qui parviendrait, comme par miracle, à synthétiser les confins éthérés de Coltrane en un style formaliste digne des meilleures heures du Duke Ellington Band – dont Mingus lui-même avait été chassé à cause de son caractère obstiné et de son besoin volcanique de démonter pièce par pièce tout le vocabulaire du jazz afin de le rebâtir complètement à neuf.

C'est pourquoi ce concert de Mingus au Lincoln Center en 1972 a été pour moi une révélation – et le début d'une passion qui me suivrait toute ma vie. Le lendemain, je me suis rendu à la bibliothèque pour écouter avec ravissement son morceau *Goodbye Pork Pie Hat*, savourant sa mélancolie toute new-yorkaise. J'ai découvert l'extraordinaire contrepoint de Thelonious Monk dans *Round Midnight* (la version solo au piano), ainsi que le modernisme teinté de be-bop de *Well, You Needn't*, avec une fascination sans borne.

On était au début des années 1970 et, malgré la violence omniprésente à New York, la plupart des parents avaient une approche plutôt détendue quant à la sécurité de leurs enfants (ce que je trouve infiniment plus sain que l'obsession de contrôle des parents d'aujourd'hui, qui n'imaginent pas une seule seconde laisser leur progéniture sans surveillance). Pour ma part, j'étais libre de sortir jusqu'à minuit le week-end à partir de mes seize ans, ce qui me permettait d'assister au set de vingt et une heures au Village Vanguard. Quand on connaît toutes les restrictions imposées à la jeunesse de nos jours – où il est possible de s'engager dans l'armée à dix-huit ans, mais où aucun débit de boissons ne peut servir une bière à quelqu'un de moins de vingt et un ans sous peine d'une très lourde amende ou même de se voir retirer sa licence –, il est difficile d'imaginer un gamin de seize ans se rendre seul au Vanguard dans l'indifférence générale. Et pourtant…

Je fréquentais ce club environ deux fois par mois, presque toujours seul – et le portier grincheux mais au bon fond a fini par s'habituer à me voir faire la queue pour le premier set de la soirée. La première fois que je suis venu, en décembre 1971, il m'a demandé mon nom.

« Douglas.

— Tu as une famille, Douglas ? »

J'ai acquiescé.

« Ils savent que tu es de sortie ?

— Tant que je rentre à la maison avant minuit, ça ne les dérange pas.

— Et ils n'ont pas envie de t'accompagner ? »

J'ai secoué la tête. Aux yeux de mes parents, le jazz était une planète lointaine et sans le moindre intérêt.

« Tu n'as pas d'amis ?

— Pas beaucoup », ai-je avoué en piquant un fard.

Le portier – si seulement je pouvais me rappeler son nom ! – m'a rapidement pressé l'épaule d'un geste consolateur.

« Je comprends, Douglas. Alors comme ça, tu es fan de jazz ? Ce soir, c'est Bill Evans ! Quand tu auras mon âge, tu raconteras à tes gamins que tu l'as vu en concert au Vanguard. Alors, on va passer un accord : tu as le droit de t'installer au bar. Et même de fumer.

— Vraiment ? »

Je n'en revenais pas ; j'avais justement un paquet de Lucky Strike en poche. Le portier m'a décoché un sourire moqueur.

« Oui, vraiment. Je ne dirai rien à ta mère. Mais si tu essaies de commander de l'alcool, c'est la porte – et je ne te laisserai plus jamais remettre les pieds ici. Ce serait dommage, pas vrai ? »

J'ai vigoureusement hoché la tête.

« Je crois qu'on va bien s'entendre, toi et moi », a-t-il conclu.

Je me suis assis au coin du bar – à une place qui, même depuis le fond de la salle, m'offrait une vue directe sur la scène. Le barman, un type d'une bonne vingtaine d'années, est venu me saluer.

« Alors comme ça, Bill Evans a un jeune fan. Comment tu t'appelles ? »

Après que je lui ai répondu, il a déposé un sous-verre en carton devant moi.

« Coca ou soda au gingembre ?

— Va pour un soda au gingembre.

— Ça roule. Tiens, tu fumes des Lucky ? C'est une marque sérieuse. »

Ma boisson est arrivée. Si je me rappelle bien, le billet d'entrée au Vanguard coûtait 3 dollars en 1971. Un soda au gingembre ne devait pas valoir plus de 50 cents. J'ai allumé une cigarette en regardant autour de moi. Le club était bondé. J'ai examiné les photos sur les murs, puis les autres spectateurs. L'atmosphère lourde d'histoire, l'attente électrique… Je me sentais comme hypnotisé. Les lumières ont baissé. Puis des acclamations ont retenti alors que, juste sur ma gauche, trois musiciens émergeaient des coulisses pour se frayer un chemin parmi les tables jusqu'à la scène. Bill Evans ! Juste sous mes yeux ! Sur les photos, il ressemblait toujours à un comptable avec ses costumes sombres, ses chemises blanches, ses cravates sobres, ses grandes lunettes noires et sa coiffure gominée. À présent, ses cheveux striés de gris atteignaient le col de sa veste de sport à carreaux. Le batteur et le contrebassiste se sont installés. Evans a balayé l'assistance du regard et nous a adressé un infime signe de tête avant de s'asseoir au piano pour attendre un silence relatif. Si je dis « relatif », c'est parce que les clients du Vanguard de l'époque avaient l'habitude de discuter même pendant les sets. D'ailleurs, si on écoute des enregistrements en live de cette époque (notamment *Bill Evans : Sunday Night at the Vanguard*), on peut entendre une faible rumeur de conversations tout du long. C'était ma première soirée au Vanguard, mais j'ai à peine prêté attention aux murmures pendant l'heure qu'a duré ce premier set bouleversant. Comme moi, la plupart des spectateurs fumaient, si bien qu'un cumulus de fumée de cigarettes réfractait la lumière bleu et jaune des projecteurs braqués sur la petite scène où Evans et son trio jouaient l'un de ses morceaux les plus connus : *Waltz for Debby*. Le morceau commence presque comme une berceuse – une berceuse chantonnée à une amante qui n'arrive pas à dormir à trois heures du matin. Pour paraphraser plusieurs musicologues spécialistes du jazz : sa mélodie en quatre mesures est d'une simplicité trompeuse. Elle se poursuit gentiment jusqu'à atteindre la tonique, puis s'envole soudain en une série de variations lyriques sur son thème d'origine. Ce long riff d'improvisation – durant lequel Evans explorait chaque recoin du clavier – a semblé à mon jeune esprit une véritable œuvre de génie. Comprenais-je à l'époque comment le contrebassiste et le batteur enrichissaient la ligne mélodique d'Evans tout en le mettant au défi d'inventer de nouveaux éléments rythmiques ? Sûrement pas – mais ce que j'ai entendu m'a coupé le souffle. Même les bavards des tables voisines se sont tus, captivés par la maestria du pianiste : Evans nous emmenait en voyage le long de toutes sortes de couloirs musicaux, d'une inventivité extrêmement intense, sans jamais perdre sa cadence entraînante.

J'ai appris plus tard que *Waltz for Debby* était une composition originale d'Evans datant de 1956. Timide, effacé et prompt à l'autodestruction, Evans affrontait chaque jour les revers tragiques de l'existence. Sa première femme s'est suicidée en se jetant sous un métro. Son fabuleux contrebassiste Scott LaFaro est mort dans un accident de voiture dix jours à peine après l'enregistrement du légendaire *Sunday Night at the Vanguard*. Evans lui-même était un toxicomane accompli. Lorsqu'il a quitté ce monde en 1980, ses cheveux étaient devenus hirsutes et encore plus gris, et il s'était mis à porter des chemises criardes et des vestes en polyester aux teintes allant du violet au vert pomme. Pour être franc, ses choix vestimentaires au cours des dernières années de sa vie lui donnaient une dégaine de proxénète. Et bien qu'il ait réussi à vaincre sa dépendance à l'héroïne (en remplaçant celle-ci par de la méthadone), il avait sombré à la place dans la cocaïne, dont il finirait par consommer plusieurs grammes par jour. L'un de mes amis proches, décédé d'un infarctus dû à la cocaïne à seulement trente-neuf ans, m'a expliqué un jour que la coke était la manière qu'avait choisie Dieu pour lui faire comprendre qu'il ne gagnerait jamais assez d'argent. Les tendances autodestructrices de Bill

Evans ont finalement eu raison de lui – quand son frère s'est suicidé à son tour en 1979, ce n'était plus qu'une question de temps avant que le grand pianiste, le corps ravagé par la drogue, ne finisse par rendre l'âme.

Ce moment a eu lieu neuf ans après ma première (et malheureusement dernière) rencontre avec lui : comme me l'avait promis le portier, je n'ai jamais oublié ce soir-là. C'est à cet instant que j'ai commencé à comprendre la valeur du jazz en tant que genre musical, ainsi que ses liens avec certains aspects fondamentaux de notre psyché nationale. Ken Burns, reconnu pour ses documentaires, a élégamment résumé cette notion lors d'une interview peu après la diffusion de son film de six heures, *Jazz*, à la télévision publique.

> *Pour ceux d'entre nous qui se consacrent à essayer de la comprendre, l'histoire du jazz est bien davantage qu'une simple étude de cet extraordinaire courant musical américain. Le jazz offre un prisme bien précis à travers lequel examiner l'histoire de notre pays – il est un témoin curieux et étonnamment objectif du XXe siècle, le récit de deux guerres mondiales et d'une crise économique dévastatrice, la bande sonore qui a aidé les Américains à traverser les épreuves, même les plus terribles. Le jazz, c'est le sexe, c'est la façon dont les hommes et les femmes communiquent entre eux afin d'accomplir les complexes rituels de séduction ; c'est un cri d'amour sophistiqué et élégant qu'on ne retrouve presque plus dans la musique populaire de notre époque. C'est la drogue, le prix terrible de l'addiction et le coût élevé de la créativité. C'est la croissance*

et l'explosion de la radio, l'âme des grandes villes américaines – La Nouvelle-Orléans (où est née cette musique), Chicago, Kansas City et New York (où elle a grandi). C'est l'immigration, l'assimilation, le sentiment de spoliation – et la musique dans toute sa puissance salvatrice. C'est le mouvement, la danse, le fait de montrer son derrière. C'est un divertissement – la communion souvent dévalorisée, mais sacrée, entre l'artiste et son public. C'est la solitude et le fardeau presque insoutenable de la conscience. C'est une souffrance et une fête – surtout une fête – où on tape des pieds...

Burns fait également remarquer que le jazz est une métaphore au sens plus large :

> *Le génie de l'Amérique, c'est l'improvisation, une expérience unique à la croisée de la liberté et de la créativité, pour le meilleur et pour le pire, dans chaque geste et dans chaque souffle. Ce n'est nulle part plus visible que dans le jazz, la seule forme d'art créée par des Américains, l'expression durable et indélébile de notre génie et de notre potentiel.*

Parlons un peu de l'improvisation. C'est effectivement une pierre angulaire de notre conscience collective. Tout comme la route répond à notre désir de fuite et de réinvention, le jazz répond à notre foi en nos capacités créatrices et inventives – qui nous permettent d'élargir nos horizons et de repousser les limites des conventions. Après tout, c'est de notre pays que venaient le premier homme à faire voler un avion, le premier homme sur la Lune, et la première bombe atomique. La fiction américaine, aux confins de la métaphysique, s'est toujours efforcée de dépasser les frontières du possible – que ce soit avec *Moby Dick* de Melville, *L'Arc-en-ciel de la gravité* de Pynchon ou *L'Infinie Comédie* de David Foster Wallace. L'expressionnisme abstrait – les immenses toiles éclaboussées de Pollock, les spectres colorés rectangulaires de Rothko – a tenté de repenser et d'étendre le domaine de la peinture. Il suffit d'écouter le son puissant, déchirant et étrangement lyrique du solo de saxophone de John Coltrane dans *My Favorite Things* – sans oublier qu'il s'empare là d'une chanson joyeuse de comédie musicale (*La Mélodie du bonheur*) et la transforme en une odyssée jazzistique aussi explosive qu'audacieuse – pour comprendre à quel point l'improvisation, dans le jazz américain, est un mariage entre une technique rigoureuse et le besoin irrépressible d'explorer de nouvelles voies au-delà des conventions et de la banalité.

Mais l'improvisation est également liée à certaines vertus profondément américaines : la capacité à réfléchir à toute vitesse pour se tirer de n'importe quelle situation. Ou de se remettre en selle après une chute, un échec. Nous adorons les individus qui échappent à une catastrophe en prenant une décision ferme et instantanée – comme ce pilote d'avion (au nom superbement américain de Sully Sullenberger) qui a réussi à faire amerrir son appareil sur le fleuve Hudson, évitant ainsi un bilan de cent cinquante-cinq morts. Il est immédiatement devenu un héros national, de même que les deux soldats américains qui, avec l'un de leurs amis, sont parvenus à désarmer un terroriste armé d'une kalachnikov et de plusieurs couteaux à bord d'un train à grande vitesse entre Bruxelles et Paris. Le terme « sang-froid » est peut-être français, mais les Américains l'ont indéniablement adopté, car il correspond à la définition du courage donnée par Hemingway : « Faire preuve de grâce même sous pression. » Quel splendide concept américain, pétri du machisme abrupt de l'auteur et de son penchant pour les termes parfaits – mais qui en dit long sur l'instinct de faire ce qui est juste, sans se laisser intimider par les risques, lorsqu'on se retrouve avec une arme pointée sur nous. Après tout, quiconque se met en danger pour sauver autrui agit le plus souvent sans réfléchir. Ce qui, d'une certaine manière, est une forme d'improvisation.

« La vie doit être vécue en regardant vers l'avenir, mais elle ne peut être comprise qu'en se retournant vers le passé. »

Cette célèbre citation de Søren Kierkegaard me donne toujours l'impression de taper dans le mille philosophique : elle est la vérité pure. Et, quand je repense à ce tout premier soir au Vanguard, la plus grande leçon que m'a laissée ce set illuminé de Bill Evans est sans doute que l'improvisation est un moyen de s'affranchir des thèmes dominants de l'existence. Nous sommes tous aux prises avec les traumas de notre enfance ; avec le fardeau accumulé au fil des années, tandis que la vie nous malmène, qu'on fait du mal aux gens et qu'ils nous font du mal, qu'on répète encore et toujours les mêmes erreurs. L'improvisation prend ses racines dans une structure musicale qui remonte au style baroque – dont Jean-Sébastien Bach est l'un des exemples les plus féconds. Elle consiste à choisir un thème avant de le décliner en variations, ce qui permet au compositeur – ou, dans le jazz, au musicien engagé dans un solo – de découvrir de nouvelles résonances dans ce thème, de l'explorer jusqu'aux confins de son potentiel. L'une des plus grandes questions inhérentes à la condition humaine est la suivante : pourra-t-on jamais transcender ce qui nous a défini en tant qu'individu à l'aube de notre vie ? Le jazz a émergé de la culture africaine-américaine, soumise aux horreurs de l'esclavage puis à la discrimination systémique faisant de toute personne non blanche un citoyen de seconde zone (et qui perdure jusqu'à nos jours, omniprésente, longtemps après la ségrégation contre laquelle luttaient les mouvements pour les droits civiques de la seconde moitié du XXe siècle). L'improvisation dans le jazz a ainsi pour but de dénicher l'indépendance au cœur des contraintes – et de montrer qu'il existe une multitude d'espaces par-delà les entraves du conformisme.

C'est aussi le summum de la fluidité. Le plaisir de prendre son envol, d'abattre les murs, de s'aventurer dans des contrées jusqu'alors inexplorées. L'improvisation est au cœur du jazz et se nourrit de la notion de liberté. Pas étonnant que ce genre musical, devenu aujourd'hui universel, soit si profondément américain. « Liberté » est un mot sur lequel repose l'essentiel de notre idéologie nationale. Dans notre Déclaration d'indépendance, la vie, la liberté et la poursuite du bonheur sont citées comme trois droits humains inaliénables. Une icône de la révolution, la cloche de la Liberté, est exposée pour toujours à Philadelphie – elle a plus tard été adoptée comme symbole par les abolitionnistes militant pour la fin de l'esclavage avant la guerre de Sécession. Le serment d'allégeance au drapeau américain – appris par cœur par chaque écolier – se termine par : « Une nation unie sous l'autorité de Dieu… Liberté et justice pour tous. » La liberté est véritablement considérée comme un patrimoine dont chaque Américain hérite dès sa naissance. Le mot « liberté » est répété sur tous les tons par les personnalités politiques conservatrices comme progressistes, que ce soit pour défendre l'économie de marché ou pour protéger le droit à l'avortement (actuellement menacé). Cependant, une question demeure : peut-on réellement parler de liberté dans une culture où le racisme institutionnel demeure si profondément ancré ? Le grand James Baldwin a abordé le sujet dans son essai *Chassés de la lumière*.

> *Si l'on veut savoir comment fonctionne la justice dans un pays, on ne va pas interroger les policiers, les avocats, les juges ou les membres protégés de la bourgeoisie. On s'adresse à ceux qui ne sont pas protégés, ceux qui ont justement le plus besoin de la protection de la loi – et on écoute leur témoignage*[1].

Cette idée a toujours fait partie intégrante du jazz, qui se rebelle contre toute cette injustice. Baldwin lui-même a noté qu'« il y a dans tout le jazz, particulièrement le blues, quelque chose d'aigre, d'ironique et d'autoritaire, un double tranchant ». Si ce genre musical ne

1. James Baldwin, *Chassés de la lumière*, trad. Magali Berger, Stock, 1972.

vieillit jamais, je pense que c'est parce qu'il représente systématiquement une alternative aux normes communément acceptées. Le club de jazz en est le parfait exemple : même privé de sa fumée de cigarettes, il reste intime, sombre et ouvert tard dans la nuit, refuge intemporel loin des obligations et de l'uniformité sociales.

Et depuis toutes ces années après son ouverture en 1935, le Village Vanguard demeure aujourd'hui encore le roi des clubs de jazz. Je suis certes un habitué (lors de mes passages à New York) du Smalls, du Mezzrow et du Smoke – mais pas du Blue Note, qui est trop commercial et sert à dîner –, ainsi que du Duc des Lombards, du Sunset Sunside et du New Morning à Paris, ou encore du B-Flat et du Zig Zag à Berlin (pour ne nommer que certaines des adresses où je vais régulièrement musarder), mais le Vanguard sera toujours mon adresse favorite grâce à son programme irréprochable et à sa philosophie que je résumerais ainsi : « Écoute la musique, crétin. » Autrement dit : on se concentre et on respecte les musiciens sur scène.

Chaque fois que je me surprends à désespérer en pensant à l'Amérique moderne, je fais l'effort de me rappeler que, malgré toutes nos difficultés internes, il nous reste toujours le jazz. Que ce soit l'immense contribution de Wynton Marsalis, le génie indéfectible de Brad Mehldau, de Fred Hersch, de Bill Charlap, de Sullivan Fortner ou de Jason Moran (pour citer cinq de mes pianistes préférés du moment), l'éclat des voix de Cécile McLorin Salvant, de Samara Joy ou de Kurt Elling, l'éblouissant talent des trompettistes Jeremy Pelt, Jon Faddis ou Terence Blanchard (sans oublier Mr Marsalis, cité plus haut), l'incomparable brio de saxophonistes comme Chris Potter ou Wayne Escoffery, ou de contrebassistes comme Christian McBride, Esperanza Spalding, Ron Carter, ou…

Je pourrais continuer indéfiniment – et je demande pardon à tous ceux dont j'ai omis le nom : les goûts musicaux sont toujours sélectifs et négligent parfois les artistes les plus évidents. Même à une époque où la musique est devenue un bien téléchargeable et où les ventes de disques sont, au mieux, anecdotiques, le jazz américain conserve son emprise sur notre imaginaire collectif. Certains diront que, comparé à Taylor Swift ou à Drake, il est en voie de disparition, loin du feu des projecteurs. Mais, pour moi, il chante toujours « le corps électrique » (pour emprunter ce vers de Walt Whitman) et révèle les dessous de notre époque, tout en trouvant un rythme de swing aux vicissitudes contemporaines qui nous donnent tant de fil à retordre.

Durant cette première soirée au Vanguard en 1971, alors que Bill Evans sortait de scène sous un tonnerre d'applaudissements, il a posé les yeux sur le coin du bar et découvert avec surprise un adolescent, Lucky Strike aux lèvres, en train de le contempler avec adoration. Il a pris le temps de s'arrêter pour me tendre la main. Je lui ai donné la mienne. Il l'a serrée.

« Tu commences jeune, hein ? » a-t-il lancé avant de disparaître en direction des loges minuscules situées à l'arrière du club.

Je n'avais encore jamais entendu quoi que ce soit qui ressemble au voyage d'improvisation dans lequel il venait de nous entraîner. Au cours des mois et des années qui ont suivi, j'ai pris l'habitude de m'accouder au bar du Vanguard en écoutant des sets de Dexter Gordon, de Keith Jarrett, de Gil Scott-Heron, ou encore du fabuleux orchestre de jazz de Thad Jones et Mel Lewis. J'ai continué à fumer des Lucky. Et j'ai sagement attendu d'avoir dix-huit ans pour y commander ma première boisson alcoolisée – je m'y étais engagé, après tout –, même si le barman, après m'avoir encouragé à préférer le Coca-Cola au soda au gingembre, me demandait régulièrement de détourner les yeux pendant qu'il versait une rasade de rhum dans mon verre (béni soit le politiquement incorrect des *seventies*).

Mais, tel le jazz, je digresse…

Tu commences jeune, hein ?

On pouvait le dire. Et, cinquante-trois ans plus tard, je reste un pilier de bar du Vanguard, à me laisser transporter dans des univers d'improvisation où tout semble possible – même tandis que l'ombre totalitariste s'étend de plus en plus largement au-dessus du pays. Chaque fois que j'écoute du jazz au Vanguard, je deviens quelque chose qui d'habitude ne me ressemble pas : un Américain fier de l'être.

7

Le rouge et le bleu

L'année 1968 a été pour le moins mouvementée en Occident, notamment avec les soulèvements étudiants à Paris, à Londres et à Berlin… et aux États-Unis. En plus des immenses manifestations contre l'absurdité grandissante de la guerre du Vietnam, les révoltes se sont multipliées au sein des ghettos où nos compatriotes de couleur vivaient dans des conditions déplorables. Deux assassinats épouvantables ont eu lieu cette année-là : celui de Martin Luther King en avril et celui de Bobby Kennedy en juin, mettant un coup d'arrêt à de nombreux rêves progressistes alors même que le pays était plongé dans une tourmente socio-économique. Les émeutes lors de la convention démocrate de Chicago à l'été 1968 ont été réprimées par la police avec une violence plus digne d'une dictature que d'une des grandes villes des États-Unis. Le mouvement hippie – résolument opposé aux normes conformistes avec ses principes d'amour libre, ses cheveux longs, son rock'n'roll et ses drogues qui ouvraient de nouveaux horizons – poussait la jeunesse américaine à s'opposer aux attentes conservatrices de leurs parents. Sans oublier le grondement des politiques de genre : les femmes ont commencé à protester de plus en plus fort contre leurs rôles traditionnels d'épouse et de mère, alors que d'anciennes femmes au foyer qui tentaient de reprendre le travail (généralement après que leurs enfants avaient quitté le nid) se rendaient compte non seulement qu'elles étaient beaucoup moins bien payées que leurs collègues masculins, mais aussi que leurs perspectives de carrière étaient limitées – uniquement à cause de leur sexe. De même, la communauté LGBT jusqu'alors reléguée au placard a entrepris de réclamer les droits que lui promettait la Constitution au même titre que tous les autres Américains.

À la suite de l'assassinat de Bobby Kennedy, les pontes du Parti démocrate ont proposé à l'élection suivante la candidature du vice-président de Lyndon Jonhson, Hubert Humphrey. Humphrey était un homme honnête, qui avait mené une politique libérale en tant que sénateur du Minnesota ; mais son image était ternie par la fureur générale contre la guerre du Vietnam, ainsi que par le comportement inqualifiable de la police de Chicago durant la convention de son parti. L'autre candidat démocrate possible, Eugene McCarthy, tablait sur un programme anti-guerre, ce qui faisait donc de lui le favori des jeunes ; à l'inverse, Humphrey – défenseur des valeurs du New Deal – était considéré comme un fossile complètement déconnecté de l'Amérique de l'époque, où les jeunes hommes en âge d'être conscrits se réfugiaient en masse au Canada, et où la guerre divisait la population en deux camps bien distincts.

De l'autre côté de l'échiquier politique, dansant sur ce territoire américain profondément clivé, se trouvait un homme qui, quelques années plus tôt, avait annoncé la fin de sa vie politique : un certain Richard Nixon. Ancien sénateur originaire d'une ville californienne petite-bourgeoise, Nixon avait grandi sous l'autorité d'un père sévère (bien loin des qualités prônées par sa foi quaker, comme le pacifisme et l'effacement) qui lui avait transmis sa haine des prétendues « élites de la côte Est » en refusant de payer sa scolarité à Harvard. À la place, il avait dû faire ses études dans une université de troisième zone appelée Whittier, et avait conservé une rancune tenace envers n'importe quel diplômé de l'Ivy League – comme John Fitzgerald Kennedy. Il avait épousé une demoiselle de sa région, Pat, avec qui il avait eu deux filles qui l'adoraient. Ses tendances haineuses et paranoïaques émoussaient considérablement sa finesse politique et analytique, mais cela ne l'a pas empêché de gravir rapidement les échelons du Parti républicain. En tant que sénateur de Californie, il n'a pas hésité à se salir les mains pour le compte de l'administration McCarthy durant sa chasse aux sorcières anticommuniste. Eisenhower l'a tout de même choisi comme vice-président, malgré les rumeurs qui l'accusaient d'avoir illégalement détourné des fonds de campagne. Après des excuses télévisées ironiquement désignées comme le « discours Checkers » – parce qu'il y expliquait que le seul pot-de-vin qu'il ait accepté était un petit chiot pour ses filles, nommé Checkers –, sa carrière politique a repris de plus belle, au point qu'il est devenu le candidat républicain à l'élection présidentielle de 1960. Mais bien qu'il ait tout d'abord été en tête des sondages, une désastreuse série de débats télévisés durant lesquels il n'est pas parvenu à s'imposer face à un JFK débordant de charisme a inversé la tendance. Par ailleurs, beaucoup soupçonnent encore que des magouilles politico-mafieuses ont contribué à bourrer les urnes lors de l'élection, en particulier dans l'Illinois, État dont le résultat n'est jamais certain et où la corruption fait la loi.

Nixon a perdu de peu face à Kennedy – et s'est retiré de la vie politique avec une profonde amertume, pour y revenir quelques années plus tard en tant que candidat au poste de gouverneur de Californie. Après une défaite catastrophique contre le gouverneur démocrate sortant, Pat Brown (dont le fils Jerry deviendrait par la suite l'un des gouverneurs de Californie les plus reconnus et les plus novateurs de l'Histoire), Nixon a organisé une conférence de presse qui s'avéra un chef-d'œuvre de mauvaise foi et de rancœur, se présentant comme la victime de toutes sortes de conspirations et de la vindicte publique avant de prononcer devant des journalistes cette phrase mémorable : « Vous ne verrez plus Nixon traîner dans le coin. »

Pourtant, quatre ans plus tard, il remportait à nouveau haut la main la primaire républicaine. Puisque le Président démocrate sortant, Lyndon B. Johnson, avait fait le choix de ne pas se représenter, conscient que la guerre avait ruiné son mandat – malgré une politique sociale remarquable par son ampleur et son progressisme –, la victoire de Nixon était presque assurée. Surtout vu la gravité des divisions au sein du Parti démocrate, qui avaient transformé la convention de Chicago en un véritable cirque de violence absurde. Mais Nixon et son équipe redoutaient encore que le sud du pays, fidèle à lui-même, décide de voter contre le Parti républicain – après tout, c'était le parti de Lincoln, et Lincoln avait pris la tête de l'Union nordiste lors de la guerre de Sécession, écrasant les confédérés qui avaient voulu conserver intact leur système de plantations et d'esclavage.

Dans les années 1960, la marginalisation du Sud était plus flagrante que jamais, car le mouvement pour les droits civiques avait mis en lumière l'apartheid institutionnalisé qui faisait des Africains-Américains des citoyens de troisième zone au sud de la ligne Mason-Dixon (même si, pour être honnête, c'était aussi le cas dans quasiment tout le reste du pays). L'équipe de campagne de Nixon a donc adopté une tactique qu'ils ont appelée la « stratégie sudiste » : le candidat s'est déclaré fermement opposé aux violences des ghettos et aux franges radicales du mouvement pour les droits civiques – notamment les Black Panthers – afin de transmettre un message aux citoyens des États du Sud : « Je vous comprends, et je ne pense pas que vos a priori soient arriérés ; étant donné les troubles socio-économiques du moment, je les considère même comme justifiés. »

Dans une époque aussi houleuse, alors que le Dr Martin Luther King – défenseur de la non-violence et Prix Nobel de la paix – venait d'être assassiné à Memphis quelques mois à peine avant la convention républicaine qui avait désigné Nixon comme candidat, ce dernier ne pouvait pas employer de termes racistes pour parler du fossé racial qui divisait l'Amérique ; il s'était même rendu en personne aux funérailles du Dr King. Mais son discours, concocté avec une subtilité machiavélique par son équipe de campagne, était limpide : si vous voulez un Président qui ne cédera pas aux menaces de nos concitoyens de couleur, et qui comprenne votre argument historique de suprématie blanche… *Nixon's the one !* (« C'est Nixon qu'il vous faut ! », son slogan de campagne).

Dans le même temps, il a entrepris de courtiser les États du Midwest et de l'Ouest en dehors de la côte Pacifique, supposant (avec raison) qu'il s'y trouvait un grand nombre d'Américains moyens détachés des polémiques du moment, exaspérés par la contre-culture hippie et l'autosatisfaction des intellectuels de gauche, terrifiés à l'idée que les Noirs en colère se soulèvent contre les Blancs ; un noyau de population qui soutenait avec ferveur les braves troupes américaines au Vietnam et croyait dur comme fer aux valeurs blanches patriarcales en vigueur depuis les origines du pays, comme l'idée qu'« une famille qui prie ensemble reste ensemble ».

Je sais bien qu'en écrivant tout cela, je représente exactement le type d'intellos de la côte Est – et pire encore, de New-Yorkais je-sais-tout – que Nixon accusait d'appartenir à une autre Amérique, à un monde pétri d'éducation et de supériorité où Dieu n'était plus que folklore, où la fidélité et les vœux de mariage n'avaient plus cours, où l'homosexualité n'était pas un crime contre l'ordre moral, où l'on toisait le patriotisme avec méfiance et où partir en vacances en Europe – ou, comble de l'horreur, parler français – était une preuve de bon goût. Aux yeux de Nixon et de ses partisans, les élites rejetaient les bonnes vieilles valeurs « blanches » de la classe moyenne, qui avaient fait de ce pays une puissante nation « unie sous l'autorité de Dieu » : l'essence même de l'Amérique était en péril à cause de tous ces impies libéraux et polyglottes.

Toute campagne a besoin d'un slogan pour saisir l'imagination du public. « *Nixon's the one !* » était bien trop simpliste. Son équipe de communication chevronnée cherchait plutôt une phrase exprimant la scission de l'opinion nationale en deux points de vue distincts afin de créer des divisions partisanes : c'est pourquoi, dans un éclair de génie, ils ont surnommé les bons et honnêtes citoyens de ces États dits *flyover* la « majorité silencieuse », *silent majority*. L'expression a vite intégré le discours politique américain, et c'est ainsi que la notion de majorité silencieuse – autrement dit, les vrais Américains – est entrée dans les consciences.

Cette stratégie de campagne a parfaitement fonctionné. Nixon a remporté l'élection de 1968. Puis, un an à peine après le début de son mandat, s'est produit à New York un événement qui allait creuser un fossé encore plus profond au cœur des États-Unis – une aubaine pour Nixon et son administration. Cet événement, survenu au printemps 1970 et quasiment oublié de nos jours, a récemment fait l'objet d'un article dans le *Washington Post*, signé par Robert Reich – qui, comme Bill Clinton, avait étudié à Oxford et à l'école de droit de Yale, et deviendrait plus tard le secrétaire d'État au Travail de Clinton avant de conseiller Barack Obama durant sa présidence. Il est actuellement professeur à l'université de Berkeley, en Californie, et n'a rien oublié de la vie politique brûlante pendant les années Nixon.

La guerre culturelle qui déchire aujourd'hui la politique américaine a probablement débuté le 8 mai 1970 à New York.

Il se trouve que ce jour-là, c'était le vingt-cinquième anniversaire de la victoire des Alliés contre l'Allemagne durant la Seconde Guerre mondiale. Richard Nixon venait également d'étendre la guerre du Vietnam jusqu'au Cambodge. Et, quatre jours plus tôt, la Garde nationale de l'Ohio avait tué par balle quatre étudiants au cours d'une manifestation pacifiste à la Kent State University.

Je m'en souviens comme si c'était hier.

Le 8 mai 1970, une émeute a éclaté à New York.

Vers midi, près du carrefour entre Wall Street et Broad Street à Manhattan, plus de quatre cents ouvriers en bâtiment – chauffagistes, ferronniers, plombiers et autres travailleurs employés sur des chantiers voisins, comme celui du World Trade Center – se sont attaqués à environ mille étudiants (dont deux de mes amis) en train de manifester contre la guerre du Vietnam et la tuerie de Kent State.

Les ouvriers agitaient des drapeaux américains en scandant « USA, All the way *» et «* America, love it or leave it *» [« USA, jusqu'au bout » et « L'Amérique, tu l'aimes ou tu la quittes »]. Ils ont poursuivi les étudiants dans les rues, s'en prenant tout particulièrement à ceux qui arboraient un style hippie pour les attaquer à l'aide de leurs casques* *de chantier, de leurs outils et de leurs bottes à bout ferré.*

J'en ai entendu parler un peu plus tard dans la journée par plusieurs amis, militants anti-guerre du Vietnam, qui m'ont tous téléphoné séparément. Les décrire comme bouleversés serait un euphémisme.

Ainsi que le raconte David Paul Kuhn dans The Hardhat Riot *[« L'émeute des casques de chantier »], la police n'a pas fait grand-chose pour calmer la situation. Certains policiers ont même encouragé les ouvriers. Lorsqu'un groupe de ces derniers s'est dirigé de façon menaçante vers un centre commercial de Wall Street, un agent de patrouille leur a lancé : « Faites-leur mal, les gars. Tapez-les de ma part ! »*

Les ouvriers ont ensuite tenté d'envahir la mairie, à peine protégée, où le drapeau – à leur grande rage – avait été mis en berne en hommage aux victimes de Kent State. Montant les marches, ils ont voulu défoncer la porte en scandant : « Hey, hey, whatcha say ? We support the USA ! *» [« Eh, qu'est-ce que vous en dites ? On soutient les USA ! »]*

De crainte qu'ils parviennent à entrer, un employé de la mairie a de nouveau hissé le drapeau.

Cette attaque a établi un précédent pour l'invasion du Capitole américain plus de cinquante ans plus tard.

Les ouvriers ont déchiré le drapeau de la Croix-Rouge accroché non loin de là sur Trinity Church, parce qu'ils associaient son symbole aux manifestations pacifistes. Ils ont pris d'assaut le nouveau bâtiment principal de Pace University, fracassant les fenêtres du hall et tabassant étudiants et professeurs à l'aide de leurs outils.

On a déploré plus de cent blessés. Le profil type était un étudiant blanc de vingt-deux ans, mais une victime sur quatre était de sexe féminin. Sept agents de police ont également été blessés. La plupart des victimes ont dû être hospitalisées. Seulement six personnes ont été arrêtées, parmi lesquelles un seul ouvrier du bâtiment.

Mes amis s'en sont sortis indemnes, mais traumatisés. Je me souviens qu'ils ont décrit les émeutiers comme « une meute de bêtes sauvages ».

L'émeute des casques de chantier a eu des conséquences politiques immédiates : Richard Nixon l'a exploitée à son avantage. Elle a été la première salve des guerres culturelles américaines.

Le chef de cabinet de Nixon, H. R. Haldeman, a écrit dans son journal : « Les manifestants universitaires ont dépassé les bornes, la preuve : les cols-bleus se sont révoltés contre eux, et le Président saura les mobiliser. »

Patrick Buchanan, alors assistant de Nixon, a écrit à l'intention de celui-ci une note déclarant que les « Américains cols-bleus » étaient « des nôtres ».

Peter Brennan, alors président du conseil des métiers de la construction et du bâtiment de New York, a affirmé que les syndicats n'y étaient pour rien – quand bien même, juste avant l'émeute, il avait participé à une réunion d'ouvriers en soutien aux décisions de Nixon concernant le Vietnam.

Brennan a expliqué que les ouvriers « en avaient marre » de la violence des manifestants pacifistes et de leurs profanations du drapeau.

Sur invitation de Nixon, Brennan a ensuite pris la tête d'une délégation de vingt-deux dirigeants syndicaux, représentant plus de trois cent mille artisans, pour se rendre à la Maison-Blanche. Ils ont offert au président plusieurs casques de chantier et un pin's du drapeau national, après quoi Nixon a chanté les louanges des « travailleurs et citoyens de l'Amérique moyenne, qui ont encore du caractère, des tripes et un minimum de patriotisme ».

Ce terme « patriotisme » est effectivement devenu très clivant durant les années Nixon. À en croire la définition de la « majorité silencieuse », un véritable Américain épousait la doctrine « Mon pays, pour le meilleur et pour le pire ». Et, plus encore, un véritable Américain méprisait quiconque brûlait son ordre de conscription ou remettait en question la stratégie géopolitique nationale basée sur la théorie des dominos – « Si le Vietnam tombe aux mains du communisme, ce sera le cas de toute l'Indochine » : tel était le raisonnement de Henry Kissinger lorsqu'il a ordonné le bombardement du Cambodge en tant que secrétaire d'État de Nixon, avec pour conséquence le régime cauchemardesque de Pol Pot et des Khmers rouges, tout comme l'invasion irréfléchie de George W. Bush en Irak provoquerait plus tard la montée en puissance de l'État islamique.

Un véritable Américain ne se posait pas de questions sur toutes ces mesures anticommunistes. Peu importait que la majorité des gauchistes du pays s'indignent des violations des droits humains commises derrière le rideau de fer et s'opposent vigoureusement au totalitarisme du bloc de l'Est : si l'on ne soutenait pas mordicus la politique de Nixon, on n'était pas un vrai Yankee. C'était là une autre stratégie à l'origine des guerres culturelles : éveiller les soupçons de l'Amérique moyenne envers tout ce qui ressemblait de près ou de loin à un intellectuel. Cela dit, l'anti-intellectualisme est pratiquement une tradition nationale, comme le souligne l'éminent historien Richard Hofstadter dans son livre publié en 1963, *Anti-intellectualism in American Life*, écrit à la suite des dérives du maccarthysme et afin de synthétiser l'antipathie bien établie des Américains à l'encontre de quiconque (individu, groupe ou institution) proposerait une vision du monde différente et cérébrale.

Nixon et son parti ont mis en avant l'idée selon laquelle les intellectuels (surtout ceux en désaccord avec leur politique) étaient, au fond, anti-américains. La paranoïa du Président était telle que, lorsque les démocrates ont présenté à l'élection présidentielle de 1972 un candidat pacifiste et vraiment gauchiste, il a refusé de croire que ce George McGovern serait si facile à battre – en quoi il avait tort – et a préféré se lancer dans une opération clandestine, engageant des cambrioleurs incompétents chargés de pénétrer dans les locaux du Parti démocrate situés dans le complexe du Watergate, à Washington – avant de multiplier les tentatives de dissimulation pour étouffer l'affaire. Après une victoire triomphante en 1972, alors qu'un seul État (le Massachusetts) avait voté pour McGovern, Nixon a vu sa présidence s'effondrer sous le poids de ses propres obsessions. Sa chute avait quelque chose de shakespearien : sa crainte de perdre le pouvoir (alors même qu'il ne courait manifestement aucun risque de *ne pas* être réélu), la série de complots et de contre-complots visant à blanchir les machinations précédentes, le renvoi de tous ceux qui, dans son administration, osaient remettre en question ses méthodes… Ses loyaux adjoints, Haldeman et Ehrlichman, ont tous deux fini en prison pour association de malfaiteurs, entrave à la justice et parjure. Il en a été de même pour tous les hommes de main impliqués dans le cambriolage du Watergate et dans les écrans de fumée qui ont suivi. Le procureur général de Nixon, John Mitchell, a démissionné. Son conseiller juridique, John Dean, s'est retourné contre lui en fournissant à la justice des preuves accablantes de ses actes anticonstitutionnels. Son vice-président – l'odieux Spiro T. Agnew, qui a passé son mandat à s'acharner contre les hippies, les manifestants pacifistes et les libéraux – a dû démissionner sous le coup d'accusations sans lien avec le scandale du Watergate (de l'évasion fiscale). Et lorsqu'il s'est avéré que, dans un accès paranoïaque ultime, Nixon lui-même avait fait enregistrer tous ses appels téléphoniques et ses conversations au sein du Bureau ovale – offrant ainsi sur un plateau d'argent toutes les preuves contre lui au comité judiciaire du Congrès –, il a démissionné à son tour avant d'être démis de ses fonctions.

Si le scandale du Watergate a une telle importance historique, c'est parce que ce ne sont pas les démocrates qui ont exigé le départ du Président. Ce sont les membres républicains du Congrès qui, jugeant le comportement de Nixon à la fois illégal et totalement inconvenant, ont informé celui-ci qu'il n'avait pas d'autre choix que de se retirer avant que la justice ne lui tombe dessus.

Malgré tout, quand l'élection de 1976 a vu entrer à la Maison-Blanche un progressiste sorti de nulle part, Jimmy Carter – qui a entamé sa présidence par un discours critiquant le consumérisme et l'addiction générale à la télévision –, les partisans de la guerre culturelle ont vu dans son accession au pouvoir une aberration post-Watergate et une preuve d'opportunisme. Le mouvement néoconservateur – mené par un grand nombre d'anciens radicaux de gauche devenus idéologues de droite – avait compris que la stratégie de clivage élaborée par Nixon pouvait se révéler très utile. Et ses membres ont trouvé en Ronald Reagan – star de films de série B, gouverneur conservateur de Californie, doté d'une aura de grand-père bienveillant doublée d'une foi inébranlable dans l'économie de marché affranchie de toute démocratie sociale – le personnage principal idéal pour le scénario qu'ils avaient concocté.

Car, en dépit de tout son conservatisme, Nixon (tout comme Eisenhower) avait maintenu en place une grande partie de ce que Roosevelt avait instauré ; il avait aussi créé l'Agence de protection de l'environnement et même établi une journée de la Terre afin de sensibiliser la population aux enjeux écologiques ; et, malgré toute sa paranoïa liée à la guerre froide, il avait installé un climat de détente avec l'Union soviétique et tendu une main diplomatique à la Chine, allant jusqu'à se rendre à Pékin pour rencontrer Mao. Bien évidemment, il ne faut pas oublier qu'il avait intensifié la guerre du Vietnam, l'étendant au Cambodge et au Laos, et que c'était lui et Kissinger qui avaient fomenté le coup d'État au Chili.

Mais Nixon était un modéré en comparaison de ce que préparait le Parti républicain. La présidence de Jimmy Carter a été marquée par l'inflation et une forte augmentation du prix de l'essence. S'il y a une chose que détestent les Américains, dépendants comme ils le sont de leurs voitures, c'est payer une somme trop élevée pour faire le plein – alors même que le prix de l'essence aux États-Unis a toujours été deux fois plus bas qu'en Europe et ailleurs. La crise des otages américains en Iran – durant laquelle une cinquantaine de diplomates et de membres de l'ambassade américaine ont été retenus par le régime de l'ayatollah Khomeini – a condamné Carter : l'échec des négociations, puis d'une tentative de sauvetage, l'impression que la puissance américaine ne suffisait pas à mettre au pas cette théocratie islamiste, tout cela a précipité la fin de l'administration Carter. Beaucoup ont prétendu par la suite que l'équipe de campagne de Reagan avait grassement payé certains membres du gouvernement iranien afin que les otages ne soient pas libérés avant l'élection de 1980.

Les partisans de Reagan ont tablé sur le thème de la guerre culturelle en promettant un retour aux valeurs traditionnelles et à un plus grand optimisme national. Autrement dit, la négativité et les anormalités socioculturelles survenues pendant les années 1960 et 1970 allaient être corrigées.

Et ils ont tenu parole. Reagan a battu Carter sans difficulté. Les néoconservateurs se sont retrouvés au pouvoir – ce qui leur a permis de véhiculer leurs idées réactionnaires autant que possible. La classe ouvrière, jusque-là toujours résolument démocrate grâce aux puissants liens du parti avec les syndicats, s'est tournée vers les républicains, séduite par leur message identitaire. La classe moyenne a suivi le mouvement, même si les années Reagan et, plus tard, les années Bush provoqueraient la destruction d'un rêve américain fondamental : la possibilité de vivre décemment même avec un revenu modeste. Tout cela parce que les économistes libéraux, partisans de l'offre, tenaient la barre à la Maison-Blanche. La dérégulation du marché faisait partie du plan, tout comme le fait de révoquer les lois antitrusts et antimonopoles imposées depuis le début du siècle, notamment sous Theodore Roosevelt. Les années 1980 se sont rapidement muées en une opposition totale aux principes anti-establishment et à la contre-culture des quinze années précédentes. L'argent est devenu sexy, tout comme Wall Street. « La cupidité, ça fait du bien », affirme un gros bonnet (joué par Michael Douglas) dans le – peu subtil – film *Wall Street* d'Oliver Stone. La quête de la richesse à tout prix était désormais une noble cause, et le shopping a été élevé au rang d'activité culturelle nationale.

Pendant ce temps, l'équipe de Reagan a constaté que le ralliement des républicains sudistes lui serait plus facilement acquis si celui-ci faisait appel à leur christianisme. Avec la popularisation du télévangélisme, et alors que Reagan et son vice-président Bush courtisaient un électorat religieux grandissant (présent principalement ailleurs que sur les côtes Est et Ouest), de nouveaux lobbies ont émergé, comme la Christian Coalition – ramification de l'association The Moral

Majority, fondée par le télévangéliste Jerry Falwell dans le but avoué de repousser la vague laïque menaçant le pays. La Christian Coalition s'est révélée encore plus efficace. Fondée par un autre évangéliste des ondes, Pat Robertson (qui se présenterait à l'élection présidentielle de 1988), elle était dirigée par un jeune homme aussi dynamique qu'ambitieux : Ralph Reed. Dès le départ, Robertson et Reed ont identifié que l'avortement était une véritable charnière politique – et ils ont utilisé des techniques de marketing de pointe afin d'accroître leur pouvoir. En 1989, Robertson a lancé l'offensive contre les droits reproductifs en ciblant seulement dix électeurs anti-avortement dans chacune des cent soixante-quinze mille circonscriptions électorales des États-Unis, grâce à de redoutables campagnes par courrier, permanence téléphonique, rassemblements et émissions de télévision religieuses. Robertson et Reed, qui se voyaient comme le parti de Dieu, cherchaient également à supprimer le Planning familial, à rétablir la prière à l'école et à généraliser l'éducation religieuse obligatoire. Leur mouvement s'est révélé d'une efficacité remarquable. Dès la présidence de George Bush père, tous les juges républicains de la Cour suprême se devaient d'être profondément « anti-choix » (c'est-à-dire contre le fait de pouvoir choisir de poursuivre ou non une grossesse) – et même un candidat républicain centriste comme le sénateur Robert Dole, qui se présenterait et perdrait contre Bill Clinton en 1996, a jugé préférable de se déclarer contre l'avortement. Malgré la dissolution de la Christian Coalition à la fin de l'année 1996, et bien qu'impliqué dans un scandale concernant des casinos dirigés par des Amérindiens (affaire au cours de laquelle il avait reçu plus d'un million de dollars en « frais de consultation »), Ralph Reed est néanmoins devenu un stratège politique majeur, conseillant George W. Bush durant sa campagne électorale couronnée de succès en 2000 (malgré le recomptage douteux des voix en Floride). Les lobbies chrétiens ont exercé une telle influence sur le Parti républicain que la politique sociale de celui-ci, autrefois presque libertarienne, a pris un virage serré vers la droite.

L'un des éléments clés de la guerre culturelle s'est cristallisé sur l'opposition entre la foi dévorante des « véritables Américains » et l'agnosticisme ambivalent (au mieux) des citoyens des deux côtes. Cette analyse peut paraître grossière et sans nuance, mais c'est bien la forme qu'a adoptée le discours politique aux États-Unis : polarisée, virulente, manichéenne. L'époque où deux adversaires politiques comme Reagan et le président de la Chambre Tip O'Neill pouvaient boire ensemble un whisky à la Maison-Blanche avant de discuter d'une feuille de route bipartisane était révolue, remplacée par une agressivité constante qui n'est nulle part ailleurs démontrée aussi bien que sur la chaîne de télévision de Rupert Murdoch devenue le principal média républicain : Fox News.

Lorsqu'on écrira enfin l'histoire de l'Amérique d'après-guerre et des premières décennies du XXIe siècle, je n'ai pas le moindre doute que le rôle joué par un propriétaire de journal australien devenu magnat médiatique (et plus tard citoyen américain) du nom de Rupert Murdoch y figurera en bonne place. La création de Fox News en tant que plateforme d'expression néoconservatrice – pour faire pendant au

CNN de Ted Turner, plus modéré – a décuplé l'ampleur des clivages culturels. Fox News, qui visait un public mécontent et marginalisé, non seulement dans l'intérieur des terres, mais également dans les recoins les plus conservateurs des deux côtes, a connu un succès immédiat dès son lancement en 1996. On se figure souvent que la Californie, l'Oregon et l'État de Washington – ou, pour passer à l'est, le New Hampshire, le Maine, l'État de New York ou même le Vermont – sont complètement libéraux et anti-républicains, mais la réalité est que le nord de l'État de New York, la majeure partie de l'arrière-pays de la côte Ouest, et la moitié du Maine et du New Hampshire restent solidement conservateurs. Même le sénateur américain le plus gauchiste, Bernie Sanders, en poste dans le Vermont, vote régulièrement de concert avec le lobby des armes à feu – car une grande partie de ses concitoyens du Vermont en possèdent. Et le Massachusetts, malgré son progressisme, a élu plusieurs gouverneurs républicains centristes au fil des dernières décennies, y compris l'ancien candidat à la présidentielle Mitt Romney. La démographie politique n'est donc pas aussi nette qu'on pourrait le penser en regardant une carte des États-Unis dont les États sont colorés soit en rouge (pour signifier une orientation électorale républicaine), soit en bleu (couleur du parti démocrate).

C'est Fox News qui a commencé à insister sur cette séparation entre rouge et bleu. Initialement dirigée par Roger Ailes – ancien collaborateur politique de Reagan et de Bush père –, la chaîne a développé une ligne éditoriale agressive, notamment en dépeignant les gens de la radio publique comme des nazis ;

en effet, Murdoch a les chaînes publiques en horreur, qu'il s'agisse de la BBC, d'ABC en Australie ou de PBS en Amérique. Lorsque certains se sont indignés des commentaires d'une star de Fox News, Glenn Beck, à propos de l'Holocauste, Ailes en a profité pour critiquer violemment les « rabbins gauchistes »… avant de faire machine arrière pour se proclamer, ainsi que Glenn Beck, fervent défenseur d'Israël.

Ailes, qui avait tout appris à la Maison-Blanche de Nixon, a pu affûter sa stratégie de clivage gauche-droite pour l'adapter à un monde de plus en plus hyperconnecté par un phénomène en plein essor : Internet. La naissance des réseaux sociaux a également vu émerger la tactique des fake news : mise en avant de théories du complot sur les dérives de la gauche ; jérémiades sur les dangers des féministes devenues incontrôlables ; critiques acerbes des Américains non blancs (sans jamais user d'un langage qu'on puisse qualifier de raciste, mais au sous-texte relevant bel et bien de cet ordre) ; moqueries sur les droits des personnes LGBT ; présentation de l'avortement comme un crime contre l'humanité (au point de prendre presque explicitement le parti des snipers anti-choix qui avaient assassiné plusieurs gynécologues à travers le pays)… Ailes a finalement dû démissionner après avoir été accusé de harcèlement sexuel par deux présentatrices de Fox News, mais Murdoch a adouci sa chute grâce à un parachute doré de 65 millions de dollars. Il a laissé derrière lui une méthodologie médiatique selon laquelle celui qui gueule le plus fort (et exprime les opinions les plus à droite) remporte systématiquement le débat. Bien sûr, cela n'a fait que renforcer le processus de diabolisation du camp adverse.

Cette propagande de droite est non seulement efficace, mais aussi extrêmement rentable. Les bénéfices de Fox News atteignent des records. Murdoch, qui possédait déjà la Twentieth Century Fox, va rapidement faire l'acquisition du *Wall Street Journal*. Il était depuis longtemps propriétaire du *Times*, du *Sunday Times* et du *Sun* au Royaume-Uni (sans parler de tous les médias australiens présents dans son portefeuille). Comment ne pas penser que cela faisait de lui l'un des hommes les plus influents au monde ? Et son conservatisme n'a cessé de se radicaliser quand il a compris à quel point cette guerre des idées était lucrative.

Le monde entier a changé de trajectoire après l'attentat du 11 septembre 2001 contre les deux tours du World Trade Center et le Pentagone (sans oublier l'avion détourné par les passagers qui ont préféré s'écraser dans la campagne pennsylvanienne plutôt que sur le Capitole ou la Maison-Blanche comme prévu par les terroristes). Non seulement l'Occident avait un nouvel ennemi pour combler le vide laissé par l'Union soviétique après la chute du mur de Berlin en 1989, mais cet ennemi était aussi insaisissable que menaçant. George W. Bush, alors président, a joué les pom-pom girls patriotiques tandis que l'extrême droite se découvrait un dangereux pit-bull en la personne de Rush Limbaugh. Cet animateur radio était jusque-là connu pour avoir littéralement harcelé de ses moqueries le président Clinton et son épouse, mais il a réellement atteint la célébrité après le 11-Septembre. Ce serait un euphémisme que de dire qu'il a participé à refaçonner le paysage politique américain : roi incontesté du débat radiophonique, il a rassemblé un public énorme en jouant sur la rage de l'homme blanc américain peu à peu dépouillé de ses privilèges. Petit florilège de ses sorties, pour illustrer sa philosophie :

« L'écosystème de la Terre n'est pas fragile. »

« Les femmes ne devraient pas avoir le droit d'être jurées dans les affaires où l'accusé est un beau gosse. »

« Le féminisme a été inventé pour permettre aux femmes moches de se montrer en société. »

Pour un homme comme lui, qui parlait directement à l'oreille de dizaines de millions de Blancs en colère – hommes ou femmes – et qui vantait le manque d'éducation comme une distinction par rapport aux élites de la côte Est (puisque c'était l'apanage d'un véritable Américain), l'élection de Barack Obama a été comme un crachat au visage. Après tout, le nouveau Président était un homme qui avait fait des études, d'origine à la fois kényane et américaine, qui se revendiquait comme africain-américain – et certainement beaucoup plus intelligent que Rush Limbaugh. Son élection a démontré que la démographie nationale (où les Blancs devenaient peu à peu une minorité sous l'effet bienvenu du pluralisme et du brassage ethnique dans le pays, et où la population de plus en plus jeune se déclarait en faveur d'un système de santé gratuit, d'un accès pour tous à la contraception et à l'avortement, et des droits civiques des personnes LGBT) ne correspondait plus à son public. Limbaugh était le genre d'homme à chanter à l'antenne une chanson intitulée *Barack the Happy Negro* (« Barack le négro heureux ») sans être le moins du monde censuré. Il était aussi capable de faire une déclaration comme celle-ci :

« Si une race n'a pas à se sentir coupable de l'esclavage, ce sont bien les Blancs. La race blanche a sûrement possédé moins d'esclaves, et pendant une période beaucoup plus courte, que n'importe quelle autre race au cours de l'Histoire. »

Sans surprise, la guerre culturelle a atteint des sommets au cours des huit ans de mandat de Barack Obama. Limbaugh et ses comparses de la radio et de Fox News ne pardonnaient pas au Président d'avoir réussi à faire approuver un système de santé national par le Congrès et le Sénat ; d'avoir légalisé le mariage homosexuel ; de se revendiquer féministe ; et même d'être parvenu à orchestrer la traque et l'exécution d'Oussama Ben Laden, réussissant là où l'administration Bush avait échoué. Lorsqu'il a remporté haut la main l'élection de 2012, il est devenu clair aux yeux de la droite que pour 2016, il fallait revoir la stratégie.

Obama et les démocrates ont mené une campagne de mi-mandat peu efficace en 2014, cédant ainsi les rênes du Congrès et du Sénat aux républicains. Lorsque le juge de la Cour suprême Antonin Scalia est mort d'une soudaine crise cardiaque, le chef de la majorité au Sénat, Mitch McConnell, a empêché le Président de nommer Merrick Garland à sa place. Sans précédent et relativement illégale, cette manœuvre n'a pas eu de répercussions négatives pour le Parti républicain. Et le risque valait de toute façon la peine d'être pris, puisque laisser Obama nommer le juge de son choix à la Cour suprême limitait la possibilité de révoquer le droit fédéral à l'avortement.

Une fois de plus, l'avortement mettait le feu aux poudres au sein d'une Amérique scindée entre rouge et bleu. Et c'est au milieu de cette tourmente que l'entrepreneur médiatique de l'alt-right Steve Bannon a commencé à s'intéresser à un magnat de l'immobilier devenu star de la téléréalité : Donald Trump. L'expression « alt-right » mérite d'être expliquée : d'après le dictionnaire libre en ligne Wiktionnaire, il s'agit d'un « mouvement d'extrême droite nationaliste blanc, suprémaciste blanc, LGBTphobe, anti-immigration et antiféministe des États-Unis ». Mais le Southern Poverty Law Center, association américaine progressiste ayant pour but de « surveiller et [de] démasquer les mouvements haineux », se montre bien plus direct dans sa définition :

La droite alternative, communément appelée « alt-right », est un ensemble d'idéologies, de groupuscules et d'individus d'extrême droite convaincus que l'« identité blanche » est menacée par des forces multiculturelles usant du « politiquement correct » et de la « justice sociale » pour saboter les personnes blanches et « leur » civilisation.

L'alt-right a pour principe central une rupture d'avec le conservatisme traditionnel, favorisant ainsi l'expérimentation des idées de la Nouvelle Droite française, des pensées libertariennes illustrées par l'ancien élu américain Ron Paul (R-Texas), de l'anarcho-capitalisme prônant la souveraineté de l'individu et le remplacement des États par le libre marché, du traditionalisme catholique préconisant un retour au catholicisme romain d'avant les réformes du concile Vatican II, ainsi que d'autres idéologies.

Steve Bannon – détenteur d'une maîtrise en gestion de Harvard et ayant fait fortune à Hollywood – est devenu en 2012 président exécutif de Breitbart News, « la plateforme de l'alt-right ». Son intention était claire : remodeler la politique américaine à un degré encore jamais envisagé. Pour cela, il avait besoin d'un porte-voix afin d'incarner son idéologie d'ultradroite. C'est là qu'est entré en scène Donald Trump, un ancien démocrate à la réputation aussi sulfureuse que sinistre. Son attitude envers les femmes était misogyne au possible. Pour Bannon, c'était un avantage supplémentaire : après tout, son objectif avoué était de faire du Parti républicain un mouvement de la classe ouvrière, un territoire d'expression pour les hommes blancs en colère. Trump, belliqueux, arrogant, doté d'un toupet (dans tous les sens du terme d'ailleurs) confondant, toujours prêt à écraser avec délectation n'importe quel adversaire, était le parfait candidat. Cerise sur le gâteau, il était déjà suivi à la télévision par un large public, puisqu'il jouait son propre rôle dans une série intitulée *The Apprentice*, qui scénarisait les tribulations de stagiaires cherchant à obtenir un poste au sein de l'empire Trump tandis que le patron lui-même les surveillait et les mettait joyeusement à la porte à la moindre incartade.

Bien entendu, la pierre angulaire de cette bataille était à présent la communauté évangéliste, devenue majoritairement républicaine et obnubilée par le renversement de Roe *vs* Wade. Ce décret était la cible ultime de la bataille idéologique entre l'Amérique rouge et l'Amérique bleue. Les évangélistes voyaient bien que Trump était à peu près aussi pieux que Gengis Khan

– mais il possédait la même détermination sans faille à s'emparer du pouvoir. New-Yorkais de naissance, il mêlait conservatisme fiscal et libéralisme social. Bannon l'a convaincu qu'il pouvait entrer à la Maison-Blanche s'il parvenait à séduire l'extrême droite et à fédérer les chrétiens avec la promesse d'un programme social régressif. Il a également choisi comme vice-président un catholique conservateur, Mike Pence – un homme issu de la vieille école, qui se confessait chaque jour et avait l'habitude (vaguement gênante) d'appeler son épouse « Mother » (mère). Comme de juste, Pence était vigoureusement opposé à l'avortement, et les évangélistes comptaient sur lui pour raisonner Trump et limiter ses excès.

Toute campagne politique américaine a impérativement besoin d'un slogan. Celui de Trump, bien que complètement creux, a fait fureur dans l'arrière-pays : « *Make America Great Again.* » Le fait qu'il se présente contre la première femme en lice pour le poste présidentiel – Hillary Rodham Clinton, qui incarnait à elle toute seule l'élitisme culturel de la côte Est et qui avait fait carrière à Washington – n'a fait qu'accroître sa popularité auprès des évangélistes (tout disposés à lui pardonner ses débordements s'il voulait bien servir de cheval de Troie à leur idéologie), mais aussi auprès de tous les hommes blancs enragés aux yeux desquels Hillary Clinton était un symbole d'ultra-féminisme libéral. L'un des plus grands atouts de l'alt-right est son savoir-faire numérique : ils savent comme personne utiliser les réseaux sociaux comme outil de propagande. Le face-à-face entre Trump et Clinton est rapidement devenu une lutte pour s'emparer de l'âme du pays – lutte que les démocrates n'ont jamais prise très au sérieux. Comment croire que les Américains prendraient le risque d'installer au pouvoir un homme comme Trump… et de lui laisser libre accès au bouton nucléaire ?

Je me rappelle le soir de l'élection 2016 avec une netteté écœurante. Michael, un ami qui avait travaillé comme analyste pour la BBC avant de devenir consultant en politique étrangère, m'avait invité à une soirée dans l'East Village à Manhattan. Je lui expliquais mes craintes autour d'une bière artisanale : à mes yeux, le Parti démocrate s'était montré beaucoup trop complaisant à l'égard de Trump, et je commençais à redouter le pire. Michael m'a pressé l'épaule en affirmant que, même pour quelqu'un d'aussi pessimiste et catastrophiste que moi (je plaide coupable), une telle inquiétude n'avait pas lieu d'être.

« Il n'a aucune chance de gagner. Je te promets que, d'ici vingt et une heures, tout sera fini et on fêtera l'élection d'Hillary comme la première femme à avoir pulvérisé le plafond de verre. »

Deux heures plus tard, alors que la soirée battait son plein, CNN – diffusé sur un grand écran occupant presque tout un mur du salon – a commencé à montrer les circonscriptions de Floride en train de virer au rouge.

« Regarde ! ai-je lancé à Michael. C'est comme voir un cancer métastaser. »

Là encore, il m'a répondu qu'il était trop tôt pour paniquer. Mais trois heures plus tard, à vingt et une heures, la fête était bel et bien finie ; il ne restait qu'une vingtaine de personnes rivées à l'écran de télévision, en état de choc. On aurait dit qu'elles venaient de dégringoler dans une cage d'ascenseur vide. Je suis retourné à mon appartement de Koreatown, résistant à grand-peine à la tentation de me servir un whisky pour me calmer les nerfs, car je devais intervenir sur France Inter à une heure du matin, heure de New York, afin de commenter le résultat électoral. Je ne me rappelle que peu de choses de cette émission, si ce n'est qu'un autre invité a commencé par dire :

« Bon, l'élection n'est pas encore terminée... Elle peut encore gagner.

— Avec tout le respect que je vous dois, ai-je rétorqué, revoyez vos calculs. Trump a déjà toutes les voix nécessaires. C'est fini. Il est Président. »

Au bout de deux heures à l'antenne, j'étais épuisé – et j'avais à mon tour l'impression d'être en chute libre. Je n'avais plus rien à dire à part :

« Donald Trump sera le prochain Président des États-Unis... Et l'alt-right a triomphé. C'est leur plus grande victoire en date depuis le début de cette guerre culturelle, et qui sait où tout ça nous mènera ? »

Les quatre années de mandat de Trump ont encore élargi le gouffre entre l'Amérique rouge et l'Amérique bleue. Nous sommes devenus deux pays distincts. À la suite de trois départs en retraite ou décès, Trump a pu créer une super-majorité conservatrice de six contre trois à la Cour suprême, entraînant la fin du droit fédéral à l'avortement, la confusion sur la législation concernant les armes à feu (alors même que le pays aurait dû commencer à interdire les fusils d'assaut après les innombrables massacres) et la fin des tentatives de promouvoir la mixité sociale à l'université – en retirant aux étudiants issus de minorités leur statut prioritaire lors des processus de sélection. Et il ne s'agit là que de quelques-unes des décisions régressives de la Cour suprême mise en place par Trump. Durant son mandat, il a également nommé deux cent trente juges fédéraux, précipitant une droitisation radicale de la jurisprudence américaine.

Malgré tout, l'économie a prospéré sous l'administration Trump – même si beaucoup d'analystes ont fait remarquer qu'il récoltait principalement les bienfaits directs de la rigueur fiscale d'Obama. Et son fan-club national n'a fait que redoubler de ferveur. MAGA (*Make America Great Again*) est devenu le nouveau mot d'ordre d'une âpre bataille idéologique. Et, bien que son autoritarisme mette les progressistes et les intellectuels libéraux au désespoir – tout comme son admiration décomplexée envers des dictateurs contemporains comme Vladimir Poutine et Kim Jong-un, le « dirigeant suprême » de Corée du Nord –, certains de mes voisins du Maine, qui m'avaient toujours semblé être des gens rationnels et civilisés, ont affiché des pancartes Trump devant leur maison au moment de l'élection présidentielle de 2020.

Puis un virus du nom de Covid-19 nous a pris par surprise. Dès la troisième semaine de mars 2020, la majorité de la planète était en quarantaine. Des confinements très stricts ont été décrétés. Des métropoles entières se sont changées en villes fantômes tandis que de nombreux gouvernements imposaient aux sorties de chacun des limites de temps et de distance. Trump a commencé par considérer cette pandémie comme un simple désagrément, puis comme une invention tout droit sortie de l'imagination de crânes d'œuf suréduqués et paranoïaques comme le Dr Anthony Fauci, directeur de l'Institut national des allergies et des maladies infectieuses (NIAID). Ce médecin n'a jamais cessé de recommander la prudence et la responsabilité face aux déclarations irréfléchies de Trump, pour qui les masques étaient un truc de femmelette, et les vaccins (créés par la suite), peu fiables.

La guerre idéologique a joué un rôle crucial durant la pandémie, alors qu'un vaccin était mis à disposition du public moins de dix mois après l'apparition du coronavirus (ce qui, médicalement parlant, est le comble de l'efficacité). Je suis venu au monde peu de temps avant que le Dr Jonas Salk découvre le vaccin contre la polio en 1955. En quatre ans à peine, ce vaccin était disponible dans quatre-vingt-dix pays. En un quart de siècle, le fléau qu'était la polio avait presque été éradiqué de la surface de la planète. Que conclure de ces faits ? Une vérité des plus simples : les vaccins fonctionnent, ils sauvent des vies, et ils ont permis d'éliminer plusieurs maladies abominables menaçant la survie de l'humanité.

Mais, au cours de la pandémie de coronavirus – alors même que les vaccins étaient l'œuvre de géants de Big Pharma (Pfizer, Moderna, Johnson and Johnson) et avaient été rigoureusement testés pour s'assurer qu'ils ne présentaient aucun risque majeur –, une doctrine a vu le jour dans de nombreux recoins des États-Unis : ces vaccins étaient un poison, le fruit d'un vaste complot politiquement correct, et donc contraires aux principes libertariens cimentant l'idéologie conservatrice. Les supporters de Trump haïssaient non seulement la notion de gouvernement fédéral, mais aussi la hiérarchie dirigeant le pays depuis Washington – Trump lui-même, durant sa campagne, avait vociféré sur tous les tons contre ce « marais bureaucratique » éduqué et élitiste, et avait promis de l'assécher. « L'État » a toujours été une obscénité aux yeux des propagandistes de l'alt-right, qui ne rêvent que de démanteler tous les programmes d'aide sociale, depuis la Sécurité sociale jusqu'au Medicare (système de santé accessible à tous les Américains âgés de plus de soixante-cinq ans) en passant bien sûr par l'Obamacare qui fournit une couverture de santé aux personnes à bas revenus. À écouter la droite dure, tout ce qui a trait à « l'État » est une attaque directe contre les libertés individuelles. Ils s'en sont donc tout naturellement pris au programme de vaccination, affirmant qu'il s'agissait d'un complot de grande ampleur visant à asservir la totalité de la population américaine. Même des commentateurs publics autrefois crédibles – comme Naomi Wolf, féministe diplômée de Yale – ont soudain adopté des positions extrêmement tranchées au sujet du vaccin. Les déclarations radicalement antivax de Wolf l'ont complètement décrédibilisée. D'après la BBC, son compte Twitter a été suspendu après qu'elle a affirmé que « l'urine et les fèces des personnes vaccinées devaient être séparées du système général de traitement des eaux tant qu'on ne se serait pas assuré scientifiquement de leur impact sur la santé des personnes non vaccinées via la contamination de l'eau potable ». Sans surprise, les groupes médiatiques d'ultradroite et même Fox News (qui s'était entre-temps décalée encore plus à l'extrême droite de peur de se voir voler sa part de marché par Breitbart News et consorts) ont abondé dans le sens de ces mouvements antivax. Peu leur importait que de multiples études scientifiques démontrent l'efficacité du vaccin (et celle du port du masque en public) dans la lutte contre le coronavirus.

Malgré les dégâts socioculturels occasionnés par la pandémie, celle-ci a au moins eu l'avantage de provoquer la déroute électorale de Donald Trump – qui a lamentablement perdu l'élection de 2020 à cause de son incompétence et de son manque de leadership en pleine crise de santé publique. Mais le clivage entre les citoyens américains a atteint de nouveaux sommets lorsque, refusant d'accepter sa défaite face à Joe Biden, Trump a encouragé ses partisans à envahir le Capitole. Cet acte de sédition était la première tentative de coup d'État de l'histoire des États-Unis : des fanatiques prenant d'assaut le Capitole, terrorisant les membres du Congrès et du Sénat, éperonnés par le Président sortant qui refusait d'admettre le résultat d'une élection certifiée dans les règles. Un scénario digne d'une république bananière, pas d'un pays fier de sa puissance constitutionnelle et de son respect de la démocratie. Lorsque des demi-dieux comme McCarthy ou Nixon ont connu une fin malheureuse, ce sont des membres de leur propre parti qui ont contribué à les mettre sur la touche. Mais le Parti républicain de l'ère Trump a été condamné par la vanité de son chef. Bien que le quatorzième amendement de la Constitution précise que nul, « après avoir prêté serment [...] de défendre la Constitution [...], n'occupera aucune charge civile ou militaire du gouvernement » s'il a « pris part à une insurrection ou à une rébellion », la motion démocrate visant à rendre Trump inéligible n'a jamais abouti.

Et le fait qu'il soit à ce jour toujours actif en politique, et même le prochain candidat pour l'élection de 2024, en dépit de toutes les affaires judiciaires qui s'accumulent contre lui, montre bien que le pays ne pourrait pas être plus divisé, plus polarisé.

Si vous voulez constater par vous-même à quel point l'Amérique de Trump est détachée des deux côtes, voici mon conseil : allez faire un tour à Amarillo, au Texas, comme je l'ai fait en décembre 2022.

*

L'homme avait une dégaine de baba cool local : la cinquantaine, cheveux gris jusqu'aux épaules, ventre à bière, avant-bras tatoués, un paquet de cigarettes Kool au menthol posé devant lui. Il fumait comme un pompier et descendait bière sur bière, tout en trempant régulièrement un nachos dans un grand bol de sauce au fromage. Une bouffée de fumée, une chips au fromage, une gorgée de bière, et ainsi de suite.

La femme assise à côté de lui était blonde, âgée d'une quarantaine d'années, les bras et le décolleté si recouverts de tatouages qu'elle ressemblait à une attraction de cirque à l'ancienne – la Femme illustrée ! Elle aussi fumait des Kool à la chaîne tout en mâchant un chewing-gum. Ils formaient visiblement un couple : de temps à autre, elle passait ses doigts dans les cheveux argentés de l'homme. Mais ils ne se parlaient pas beaucoup. Ils ont donc vite remarqué le type assis à une table non loin de là, en train de griffonner dans un carnet tout en levant parfois les yeux pour les regarder. Ce type, c'était moi – et j'ai distinctement entendu la femme quand elle s'est penchée à l'oreille de son compagnon pour lui chuchoter sans la moindre discrétion :

« Il écrit sur nous, tu crois ?

— Il a pas intérêt », a répondu l'homme de sa voix de basse profonde.

J'ai préféré prendre l'air dégagé – après tout, je me trouvais au milieu de nulle part dans le nord du Texas, et toute expression de malaise risquait d'être interprétée comme un signe de faiblesse ou de peur. À la place, j'ai bu une nouvelle gorgée de bière tout en continuant à prendre des notes. Du coin de l'œil, j'ai vu le couple observer mon carnet, mon stylo-plume, et l'exemplaire du *New York Times* plié à droite de mon verre. Le journal était une erreur. C'est ce qui m'a trahi. Ils me toisaient à présent d'un regard noir, me prenant (avec raison) pour un parvenu de la côte Est venu fouiner chez eux, dans ce Smoky Joe's Texas Café situé en périphérie d'Amarillo.

Le Smoky Joe's était un boui-boui classique où l'on peut manger des grillades en tout genre. La serveuse, Debbie, avait le visage ridé d'une fumeuse, et m'a confié avec bonne humeur qu'elle avait cinq enfants de deux maris différents.

« J'ai grandi ici. Jamais vécu ailleurs. Je finirai sûrement par y mourir aussi.

— Dans très longtemps, j'espère.

— Encore heureux ! J'ai même pas trente ans. »

Cinq enfants et deux maris avant trente ans. Intéressant. Mais ce n'était pas tout.

« Vous savez ce qu'on dit par ici, a-t-elle ajouté. Tout le monde se connaît, pas besoin de réunion d'anciens du lycée… Il suffit d'aller au Walmart le samedi. La moitié de ma classe de l'époque travaille là-bas, maintenant. »

Lorsqu'elle a disparu en cuisine pour transmettre ma commande – un chili burger –, j'ai remarqué près du bar une pancarte signalant que les armes à feu étaient autorisées dans l'établissement. À Amarillo, le port d'arme apparent est la norme : du moment qu'on a tous les papiers en règle, il est possible d'arborer un pistolet sous le bras ou sur la hanche, comme dans les westerns.

Le baba cool me fixait toujours d'un air hostile. Brusquement, il a écrasé sa cigarette et s'est levé. Aucun étui de revolver en vue. Mais, tandis qu'il se dirigeait vers les toilettes – ou le distributeur de cigarettes –, j'ai remarqué son T-shirt, sur lequel était imprimé :

FUCK BIDEN – AND FUCK ALL THOSE WHO VOTED HIM

(« Merde à Biden, et merde à tous ceux qui l'ont voté »)

Sur le coup, j'ai cru que mes yeux me jouaient des tours : sans même parler du contenu de ce message hargneux, celui-ci était rédigé dans un anglais plus qu'approximatif. La phrase correcte aurait dû être : « *Fuck all those who voted* for *him.* »

Lorsque monsieur Baba Cool a reparu, une nouvelle cigarette aux lèvres, j'ai préféré me retenir de lancer :

« Joli T-shirt. Mais vous avez remarqué qu'il vous manque une préposition entre *voted* et *him* ? »

Ça n'avait pas l'air d'être le style d'Amarillo.

*

Amarillo. J'étais venu ici parce que l'endroit m'avait semblé, de loin, l'archétype de la ville texane isolée. Seule agglomération de taille (deux cent cinquante mille habitants) dans le petit rectangle cartographique situé au nord de l'immensité du Texas, prise en sandwich entre l'Oklahoma et le Nouveau-Mexique, Amarillo était également positionnée sur une artère américaine parmi les plus mythiques : la route 66. Il y avait des champs de gaz naturel juste au nord. Le gaz naturel est la ressource principale de la région : d'après une brochure touristique, Amarillo est « la capitale mondiale de l'hélium, car la majeure partie des réserves totales de ce gaz se trouve à moins de trois cent cinquante kilomètres de la ville ». C'est aussi un carrefour de l'expédition de bétail. En dehors de cela… Son centre-ville arborait de vieilles enseignes de cinéma et des façades de grands magasins datant des années Eisenhower. Exception faite de ce quartier minuscule – qui se transformait presque en ville fantôme à la tombée de la nuit –, Amarillo faisait plutôt grise mine : terrains vagues, abattoirs, bâtiments décrépits, et toutes sortes de recoins sombres où il ne faisait sans doute pas bon se promener seul après le coucher du soleil. Mais il y avait aussi un quartier éclectique où la communauté mexico-américaine, considérable, se retrouvait : on pouvait y acheter trois tacos pour 2 dollars, et goûter une cuisine tex-mex on ne peut plus authentique. Il y avait un petit repaire d'artistes (que je vous ferai visiter dans quelques paragraphes). Et, dans les zones résidentielles du centre-ville, on trouvait des maisons de style ranch pour le prix d'une voiture.

« C’est un des avantages d’Amarillo, m’a expliqué Rita. La vie ne coûte rien. »

Rita travaillait dans un bar appelé Zombiez qui faisait aussi salle de billard, au décor tout en néon, linoléum rayé et chrome cabossé. Les goûts musicaux du DJ semblaient se limiter au heavy métal. La bière était fraîche et coulait à flots. La nourriture était bonne, servie par portions énormes. On avait le droit de fumer à l’intérieur, parmi les tables de billard, toujours occupées par une clientèle composée essentiellement de vingtenaires qui arrivaient au Zombiez vers dix-sept heures avec l’intention d’y rester jusqu’à la fermeture à deux heures du matin – même le dimanche.

Rita avait presque trente ans. Les bras entièrement tatoués (comme beaucoup de gens dans ce coin du Texas), elle toussait comme une fumeuse chevronnée.

« Vous êtes nouveau en ville ? m’a-t-elle demandé.

— C’est la première fois que je viens à Amarillo.

— Et comment vous avez atterri au Zombiez ?

— J’ai cherché : “Meilleurs bouges d’Amarillo” sur Google. C’était le premier résultat.

— On n’est pas un bouge ! s’est-elle indignée. Juste un bar où il y a de l’ambiance. »

De l’ambiance, on pouvait le dire. Le Zombiez était bruyant. Les joueurs de billard étaient bons et, d’après leurs échanges à grands cris avec les tables voisines, j’ai vite compris que cet endroit était un refuge pour une grande partie de la jeunesse locale, avec son atmosphère crasseuse, ses panneaux de circulation accrochés aux murs, ses lampes aux logos de marques de bière, et le fait qu’on pouvait y fumer autant qu’on voulait.

Rita m'a recommandé les tacos.

« La spécialité de la maison. »

J'ai suivi son conseil. Les tacos sont arrivés, servis sur une plaque d'immatriculation. Une première.

J'ai demandé à Rita si elle était du coin.

« Oh que non. Je viens de Vegas. J'avais un bon job de serveuse au MGM Grand Casino, et puis le coronavirus est arrivé. Tout a fermé. »

Sans travail, Rita s'était vite retrouvée fauchée. Impossible d'acheter une maison à Las Vegas pour quelqu'un comme elle : les prix tournaient autour de 400 000 dollars, inabordables pour une simple serveuse.

Pourtant, alors que la pandémie paralysait le pays entier, le Texas était resté actif, conformément aux décisions du gouverneur Abbott – qui a par ailleurs fait passer la législation anti-avortement la plus extrême de tous les États américains.

« Ici, tout est resté ouvert. J'avais des copains à Amarillo qui m'ont dit : "Eh, Rita, viens chez nous !" J'ai trouvé un job au Zombiez direct. Et je me suis acheté un ranch en dehors de la ville. À peine 30 000 balles. J'ai même un cheval, maintenant. Alors que je suis serveuse. Je vous assure, il n'y a pas beaucoup d'endroits dans ce pays où une serveuse peut se payer un ranch et un cheval. Alors, Amarillo, ça me va bien.

— J'ai remarqué que personne ne portait de masque, ici.

— Non, tout le monde s'en fout. Vous, avec le vôtre, on voit tout de suite que vous n'êtes pas du coin. Mais, en ce qui me concerne, si vous voulez porter un masque, c'est votre affaire. N'essayez pas de m'y obliger, c'est tout.

— Vous n'avez pas peur d'attraper le Covid ?

— Eh, je l'ai attrapé à Vegas. C'était comme une mauvaise grippe, fini en une semaine. Une de mes tantes en est morte, c'est vrai, mais elle avait… comment ils disent ? Des comorbidités.

— Toutes mes condoléances.

— La volonté de Dieu, tout ça.

— Vous êtes vaccinée ?

— Non. » Son ton était sans réplique : clairement, la conversation s'arrêterait là. Elle a tout de même ajouté, pour faire bonne mesure : « Ici, à Amarillo, on ne parle pas du vaccin. »

*

Le quartier des artistes d'Amarillo. Quelques rues juste au bord de la route 66, une poignée d'antiquaires funky, des vêtements de seconde main, une assez bonne librairie d'occasion (où j'ai trouvé un exemplaire d'un de mes romans – pour un écrivain, c'est toujours un plaisir de voir son nom quelque part sur l'étagère d'une librairie), quelques bars à tacos, et le Smoky Joe's Café. J'ai discuté avec Paul, l'un des antiquaires. Il était peintre, originaire d'Amarillo, et avait quitté la région pendant de nombreuses années avant de revenir lorsque la vie avait mal tourné – du moins, c'est l'impression que j'ai eue. Il a simplement justifié son retour par les prix plus abordables qu'ailleurs. Pour à peine 200 dollars par mois, il pouvait se payer un appartement « dans l'un des meilleurs coins de la ville », ainsi qu'un atelier.

Paul m'a parlé des trois ou quatre grandes familles d'Amarillo, qui dirigeaient à peu près tout dans la région. Le grand nom de la philanthropie artistique locale était Ann Crouch, décédée en 2017, mais dont l'héritage demeurait bien vivant. Née à Memphis, elle avait épousé un membre de la famille Crouch, qui avait historiquement bâti sa fortune en vendant du gaz naturel et des tapis – un bien curieux mélange. Paul m'a raconté comment Ann Crouch avait acheté un vieux centre commercial en ruine pour le reconvertir en lieu culturel ; sa fondation s'occupait à présent de créer de nouveaux ateliers destinés aux artistes visuels.

« C'est vrai, Amarillo est loin de tout. Je veux dire, Dallas est à cinq heures et demie de route. Tout le monde nous voit comme le trou du cul du monde. Mais la communauté artistique se serre les coudes, ici. J'ai des copains qui ont quitté New York, Los Angeles, Dallas, Houston, parce que les grandes villes sont devenues beaucoup trop chères pour les artistes. Amarillo… C'est paumé, mais ça ne coûte pas cher. »

*

Le Texas. Tous ces grands espaces. Tout ce ciel bleu. Et ce soleil incandescent, même en hiver, alors que je quittais Amarillo par une route déserte qui semblait mener tout droit vers l'horizon. Finis, les parcs à bétail vides, les entrepôts croulants, les centres commerciaux à ciel ouvert. Il n'y avait plus que des champs et des plaines à perte de vue.

Puis j'ai pris un virage et je me suis retrouvé devant un paysage éblouissant : un gigantesque canyon déchirant le sol du Texas, vestige d'une catastrophe topologique survenue bien avant notre ère.

J'ai marché le long du canyon de Palo Duro, le deuxième plus grand d'Amérique du Nord, émerveillé par sa splendeur rocailleuse. Si j'avais cru en une entité divine, j'aurais sans doute pensé aux premières phrases de la Genèse : ce ravin titanesque creusé en plein Texas plat et aride, véritable anomalie visuelle préhistorique, montrait bien à quel point Dieu a le sens de l'absurde. Plus tard ce soir-là, alors que je rentrais en taxi à mon hôtel après avoir dîné une nouvelle fois au Smoky Joe's (par chance, je n'avais pas recroisé l'homme au T-shirt « *Fuck Biden* »), j'ai demandé au chauffeur ce qu'il pensait de Palo Duro. Il m'a répondu qu'il n'y était pas allé depuis vingt ans.

« Mais je suis sûr que c'était la volonté de Dieu de créer ce canyon juste à côté d'Amarillo. »

Il m'a ensuite parlé de son ex-femme – une alcoolique peu recommandable, qui buvait tellement que leur seul et unique enfant, une fille, n'avait pas survécu plus de dix minutes après sa naissance.

« Elle est avec le Seigneur, à présent. Et ça me rassure. »

Brusquement, je me suis rendu compte que j'étais monté dans son taxi sans mettre de masque : j'en ai immédiatement sorti un de ma poche pour l'enfiler, tout en me confondant en excuses – puis j'ai remarqué qu'il n'en portait pas non plus.

« J'ai perdu le mien il y a huit mois, a-t-il commenté. Et j'en ai pas retrouvé depuis. »

L'ironie d'Amarillo. La défiance d'Amarillo. Son côté « Ici, on fait à notre façon ».

Alors que mon séjour sur place touchait à sa fin, je me suis surpris à penser : c'est donc ça, l'autre camp, là où les fautes d'anglais sont source de fierté. Longtemps après mon départ, Amarillo a continué à me hanter. Parce que cette ville en disait long sur notre condition nationale actuelle, et parce qu'elle m'est apparue comme le symbole même de ce gouffre qui nous séparait : troublante dans son extrémisme, complexe, contradictoire, solidaire. Quiconque voit en Amarillo une exception, une étrange planète d'un autre système solaire, se voile la face : c'est un coin de mon pays qui n'est pas mon pays tout en étant pourtant vraiment *mon* pays. La vérité est toute simple.

Amarillo est l'Amérique d'aujourd'hui.

8

Le *fortune cookie*

De retour à New York, après la levée de presque toutes les restrictions liées au coronavirus, j'ai retrouvé un ami chez Joe's Shanghai, sur Mott Street, en plein cœur de Chinatown. Les élections de mi-mandat de 2022 auraient lieu dans quelques jours, et tout le monde s'attendait à ce que Biden et les démocrates perdent leur majorité au Congrès et au Sénat, ce qui rendrait les deux dernières années de son mandat invivables. Toutes les lois qu'il tenterait de faire passer seraient bloquées par la majorité républicaine des deux institutions, et il ne serait peut-être pas en mesure de nommer qui que ce soit à la Cour suprême si l'un des juges venait à mourir ou à prendre sa retraite – ce qui est arrivé. Cette situation risquait fort de créer ce qu'on appelle à Washington un *gridlock* (une « impasse »), où aucune législation ne peut voir le jour parce que le Président est tenu en échec par le parti adverse, qui contrôle tous les leviers législatifs. Tous les sondages annonçaient un désastre pour les démocrates, signe que les républicains trumpistes risquaient d'obtenir une nouvelle occasion de saboter notre démocratie.

L'ami avec lequel je dînais enseignait l'écriture dans une université new-yorkaise. Il n'avait rien publié depuis plus de dix ans – en tant que romancier littéraire dont les œuvres raffinées ne s'étaient jamais vendues à plus de mille cinq cents exemplaires, il ne parvenait plus à trouver d'éditeur prêt à lui donner sa chance sur un marché du livre de plus en plus déclinant.

« Qui lit encore, de nos jours ? a-t-il demandé tandis qu'on sirotait nos bières chinoises.

— Pendant mon enfance, ici, à Manhattan, il y avait au moins une librairie toutes les dix rues… Elles étaient partout, comme les cinémas d'art et d'essai. »

Mon ami – appelons-le David – m'a rappelé le jour où, lycéens, on avait passé tout un samedi à arpenter les 57e et 58e Rues d'est en ouest, enchaînant les films de réalisateurs aussi disparates que Richard Lester, Sidney Lumet, Luchino Visconti ou François Truffaut. En dehors du célèbre Paris Theater (récemment sauvé de la fermeture par Netflix), les merveilleux cinémas de notre adolescence – le Sutton, le Plaza, le Festival, le Trans-Lux (où *Le Dernier Tango à Paris* de Bertolucci a été projeté pendant plus d'un an) – ont tous disparu. Il en va de même pour les honorables librairies du quartier, y compris la merveilleuse Coliseum Books qui occupait quatre étages et mille mètres carrés au coin de la 57e Rue et de Broadway, et restait ouverte chaque jour jusqu'à minuit, avec un vendeur spécialisé dans chaque domaine. Si l'on voulait parler de Schopenhauer ou de Verlaine, les responsables respectifs des rayons philosophie ou poésie étaient plus qu'heureux de se prêter au jeu – même si, bien sûr, je n'ai commencé à lire ces deux auteurs qu'à l'université.

La nostalgie est signe d'âge ; le souvenir d'un passé au cours duquel, rétrospectivement, la vie semblait moins pesante, plus fluide. David et moi – deux fils de la classe moyenne de Manhattan, deux enfants de l'Upper West Side ayant chacun intégré une école et des universités tout aussi prestigieuses – parlions d'une époque où il était possible de mener ici une vie de l'esprit. Une époque où New York avait décidément quelque chose de littéraire, quelque chose d'un demi-monde. Avant que tout cela soit dépouillé par la flambée absurde des prix de l'immobilier et la monétarisation appliquée au moindre détail de Manhattan.

« Parfois, je me dis que la ligne de démarcation a été le 11-Septembre, ai-je suggéré. Ce traumatisme a complètement transformé la ville. Au lieu d'affirmer notre différence, de se considérer comme une cité-État au sein de la république américaine, on a commencé à se voir comme une ville parmi d'autres.

— C'est toujours mieux ici qu'ailleurs, a fait remarquer David.

— Facile à dire quand on n'a jamais testé "ailleurs". Tu devrais emprunter mon appartement à Paris quand je rentrerai dans le Maine, et aller voir six films par jour à la Cinémathèque ou rue Champollion. Tu n'en reviendras pas du nombre de librairies indépendantes en plein centre-ville, et de la qualité des clubs de jazz, et...

— C'est toi l'expat, pas moi.

— Eh, je suis rentré au bercail en 2011. Je suis résident officiel des États-Unis, ai-je protesté.

— Mais tu passes la moitié de l'année ailleurs. Tu as un passeport européen en plus de l'américain. Tu as une porte de sortie.

— Je te l'ai dit : j'habite ici, maintenant.

— Mais tu as la possibilité de partir s'il est réélu et qu'on bascule dans le totalitarisme. C'est notre version de Mussolini, je te rappelle. »

Inutile de préciser de qui il parlait. Malgré sa défaite cuisante en 2020, malgré son rôle dans une insurrection qui n'était rien de moins qu'une tentative de coup d'État, malgré les accusations d'association de malfaiteurs, de sédition et d'entrave à la justice pesant sur lui (sans compter le viol d'une journaliste, dont il a été jugé coupable), il menace encore le paysage politique des États-Unis. Parce qu'il contrôle toujours le Parti républicain.

Vous vous demandez sans doute comment une nation qui vénère à ce point ses principes démocratiques et ses lois constitutionnelles peut non seulement élire un tel escroc, mais menacer de récidiver en 2024. Croyez-moi, vous n'êtes pas les seuls. La majorité des Américains éduqués sont tout aussi consternés. Comme je l'ai dit à David, le mieux à faire est d'examiner les circonstances qui nous ont menés à cette situation, où presque la moitié de mes compatriotes sont disposés à voter pour un homme qui représente tout l'inverse des valeurs de notre république – à part l'appât du gain.

La colère est sans nul doute l'une des raisons principales du chaos électoral de ces dernières années – et du succès fulgurant des propositions radicales auprès de tant d'Américains. La classe moyenne a vu ses économies et ses plans de retraite engloutis par la crise financière de 2008. Bush fils était presque à la fin de son second mandat. Le candidat républicain à sa succession, John McCain, a payé le prix de ce que son parti avait infligé à l'économie – et c'est ainsi que Barack Obama est entré à la Maison-Blanche. Mais de nombreux électeurs sont retournés sous l'aile du Parti républicain lors des élections de mi-mandat de 2018, et encore davantage en 2020, quand Trump s'est présenté une deuxième fois comme héros de l'Amérique ouvrière et de l'Amérique religieuse. Un tour de force pour un ploutocrate invétéré à la philosophie et à l'éthique tout sauf chrétiennes. Les républicains ont réussi leur pari de se réinventer en représentants de la classe ouvrière, tout en dépeignant les démocrates comme des élites snobs de l'Ivy League. Peu importait que Joe Biden soit issu de la classe moyenne, diplômé d'une université ordinaire, et qu'il ait investi plus de 1 000 milliards de dollars dans des projets d'infrastructures destinées à assurer l'emploi des travailleurs. Pour être plus précis, il a ramené le taux de chômage à 3,5 % et permis de créer plus de treize millions d'emplois dans tout le pays depuis le début de son mandat. Il a également signé la proposition de loi nommée America Rescue Plan (« plan de sauvetage de l'Amérique ») visant à protéger les retraites des travailleurs et à réduire la pauvreté infantile de 50 % (pour ne citer que quelques-unes de ses promesses tenues). Mais les États-Unis sont un pays dont les citoyens votent avec leur carnet de chèques. Bien que l'inflation ait été maîtrisée, un responsable de la stratégie républicain a récemment annoncé à l'agence Reuters : « Les Américains ont un mauvais pressentiment. »

La colère américaine d'aujourd'hui est déconcertante, parce qu'elle se fonde sur la méfiance de chacun envers ses concitoyens : les immigrés (qui ont toujours été la force vive du pays), les minorités en passe de devenir une majorité arithmétique, les membres de la communauté LGBT, les gens qui ne considèrent pas Jésus comme leur Seigneur et Sauveur.

Le plus curieux, dans cette inquiétude vis-à-vis de tous ceux qui ne sont ni blancs ni chrétiens, c'est que ces préjugés semblaient – jusqu'à récemment – appartenir au passé. Après tout, le pays a élu un Président dont le père était africain. Les membres de la communauté LGBTQ+ peuvent vivre leur vie bien plus ouvertement qu'avant et même accéder à des postes élevés dans le privé ou la fonction publique. La légalisation fédérale de l'avortement remonte à cinquante ans. Et les États-Unis sont un pays d'immigrés. Alors, d'où vient cette haine à l'égard de tous ceux qui souhaitent désespérément s'y établir, au point de prendre des risques énormes pour y pénétrer illégalement ?

La polarisation ; la désintégration du consensus ; le démantèlement de la foi d'après-guerre en ce grand projet démocratique qu'étaient les États-Unis (avec la volonté de le défendre envers et contre tous) ; l'impression que naître américain était l'équivalent de gagner le pactole à la loterie des nationalités…

La désunion et la division inhérentes à l'Amérique actuelle m'inspirent un immense malaise et une profonde tristesse. Je me demande constamment où cela nous mènera au cours des décennies à venir. Rien n'est éternel dans les affaires du monde. Les empires s'effondrent, les régimes totalitaires s'écroulent, les dictateurs sont criblés de balles. Et il est déjà arrivé que des démocraties tombent – il n'y a qu'à se rappeler la triste fin de la république de Weimar. Nous avons déjà eu une liaison dangereuse de quatre ans avec un Président élu qui se souciait de la loi comme d'une guigne, qui a refusé d'admettre sa défaite après une élection objectivement juste, et qui a exhorté sa horde à attaquer la citadelle de la démocratie américaine. Et voilà que le spectre de Trump – ou peut-être même d'une personne encore plus extrême dans un futur proche – s'impose de nouveau à nous, avec l'aval d'une grande partie de la population, toute disposée à quatre nouvelles années de valse avec l'autoritarisme.

Le mot « hallucinant » est le premier qui me vienne à l'esprit. Et je ne cesse de me répéter les paroles de mon ami David pendant notre dîner au Joe's Shanghai :

Tu as la possibilité de partir s'il est réélu et qu'on bascule dans le totalitarisme.

Une pensée m'a frappé quelques heures plus tard : c'était sans doute le genre de commentaires courants au sein de l'intelligentsia et de la communauté artistique du Berlin de 1932. Inutile de donner dans le mélodrame en expliquant que de nombreux Américains cherchent déjà le moyen de quitter le pays ; mais comment nier notre profonde incertitude quant à l'avenir de notre nation ? Et quand on sait combien l'esprit américain aime les réponses claires et la stabilité (nous sommes obsédés par le désir de tout contrôler), cette crainte envers le futur de la démocratie aux États-Unis est pour nous un sentiment nouveau.

« Je suis tellement new-yorkais, a soupiré David. Cette ville, c'est tout mon monde. Et pourtant, je peux à peine me permettre d'y habiter maintenant, et la vie d'écrivain est devenue impossible pour 99 % d'entre nous. Je sais que, tout ça, c'est ce que ma fille aînée appelle “des problèmes de riche”... Mais j'ai vraiment l'impression d'assister à la fin d'une Amérique où les livres avaient une valeur, où... »

J'ai levé un doigt pour l'interrompre.

« On se trouve à une étrange croisée des chemins dans le destin de l'Amérique, c'est sûr. Tout pourrait vraiment mal finir. Ou les choses pourraient radicalement changer de direction, vers la démocratie sociale et le renouveau du pluralisme qui fait de notre nation ce qu'elle est... Mais peut-être que je me fais des idées.

— Ça n'arrivera jamais de notre vivant, a dit David.

— L'Histoire regorge de surprises. »

Il a levé sa bière.

« Tu as peut-être gardé une part de sagesse new-yorkaise, Kennedy. Mais tu es aussi du genre à voyager constamment, plein d'espoir.

— Sans espoir, il ne reste plus que le découragement, ai-je répliqué. Et j'en vois beaucoup trop autour de moi, ces temps-ci. »

Le serveur s'est présenté avec l'addition ainsi que deux *fortune cookies*. Tandis que je déposais ma carte de crédit sur le plateau, David a ouvert son biscuit pour en tirer le petit papier caché à l'intérieur. Il l'a lu, a secoué la tête, puis me l'a montré avec un sourire triste.

Épanouis-toi là où tu as été planté.

Je lui ai rendu son sourire.

« C'est une des manières de résumer le rêve américain. »

*

Quelques semaines après ce dîner, j'ai fui la froidure de l'hiver du Maine pour me diriger vers le sud. Et, lors de mon premier après-midi dans une ville qui se décrit volontiers comme une oasis de décadence au cœur du conservatisme sudiste le plus rance…

… Elle était là, debout au coin d'une rue dans le French Quarter, à chanter un vieux classique de Billie Holiday – un blues mélancolique sur les déceptions de la vie, intitulé *God Bless the Child.* Elle s'appelait Alicia Renee, mais on la surnommait « Blue Eyes ». Comment connaissais-je déjà son nom de scène ? Elle avait installé une grande pancarte près de l'enceinte portable diffusant l'instrumental de *God Bless the Child.* En plus de son patronyme et de son nom de scène, la pancarte fournissait divers moyens de lui témoigner un peu de gratitude pour son chant, que ce soit via Paypal, Venmo ou CashApp. Et à ses pieds se trouvait un panier permettant aux passants de la remercier en liquide.

Après être resté debout à l'écouter pendant dix bonnes minutes, j'ai déposé 10 dollars dans son panier.

« Merci, monsieur !

— Merci à vous. C'est l'une des meilleures versions de *God Bless the Child* que j'aie jamais entendues. »

On a discuté. J'ai appris que « Blue Eyes » s'était produite au festival de jazz de Montreux, au Jazz Cafe de Londres, et chantait régulièrement dans divers clubs de la ville. À un moment, un homme muni d'un étui à saxophone est passé près de nous.

« Salut, Blue ! a-t-il lancé.

— Salut, chéri. » Elle s'est retournée vers moi. « On se connaît tous, dans le coin. Là, il cherche un endroit où jouer. Mais il y a une règle tacite dans la communauté pour les performances de rue. Si on veut s'installer quelque part, c'est premier arrivé, premier servi. Et ce coin de rue [l'intersection de Royal et de St. Peter] est le meilleur du quartier. »

Je lui ai demandé si les musiciens de rue étaient mal considérés par la population locale.

« Au contraire ! Ici, il n'y a aucune honte à jouer dans la rue. Tous les vrais musiciens le font. Vous pouvez me croire, pratiquement tous ceux que je connais à La Nouvelle-Orléans gagnent au moins 40 000 dollars par an.

— Les gens qui vous écoutent chanter dehors vous envoient vraiment de l'argent par Venmo ou par Paypal ? ai-je demandé, fasciné par cette nouvelle forme de pourboire électronique.

— Bien sûr », a-t-elle répondu en riant, comme pour dire : « Ici, c'est l'Amérique, baby… On a tous quelque chose à vendre. » Puis, après un moment de réflexion, elle a ajouté : « C'est ça le truc, chéri. On peut encore gagner sa vie comme musicien à La Nouvelle-Orléans… du moment qu'on est bon. »

*

La Nouvelle-Orléans. Une contradiction profondément américaine. Ancienne colonie française vendue aux tout jeunes États-Unis en 1803 en même temps que la Louisiane, cette ville a toujours gardé une réputation de millefeuille d'héritage gaulois, d'insouciance et de gothique sudistes, et de débauche universelle. Et puis il y a le jazz. La Nouvelle-Orléans est souvent considérée comme le lieu de naissance de ce langage musical qui s'est rapidement ancré dans presque toutes les villes du pays avant d'étendre ses racines à travers le monde.

De nos jours, l'essentiel du jazz à La Nouvelle-Orléans est tourné vers le tourisme – mais on y trouve tout de même l'un des clubs les plus sérieux des États-Unis, le Snug Harbor. Bourbon Street était autrefois un célèbre boulevard du jazz, il est aujourd'hui plus orienté *honky-tonk*. Pourtant, un grand pianiste comme Richard Scott peut très bien faire un set au Fritzel's, un club de cette artère, à treize heures, un moment de la journée où la plupart des gens sont au bureau ou en pause-déjeuner.

Cette cité est un patchwork : un centre-ville moderne plein d'immeubles de bureaux anonymes, de centres de conférences et de chaînes hôtelières ; l'éblouissant Garden District, l'un des plus beaux quartiers résidentiels des États-Unis ; les environs mal famés d'East New Orleans, avec ses enclaves vietnamiennes ; Treme, un authentique quartier créole et africain-américain. Et puis, malgré sa position au sein de l'un des États les plus réactionnaires du pays, La Nouvelle-Orléans demeure un atoll progressiste à la dérive dans un profond océan sudiste et trumpiste.

« Les gens de La Nouvelle-Orléans admettent à contrecœur qu'on fait techniquement partie de l'État de Louisiane, m'a expliqué Frank Perez. Mais, en réalité, on est plutôt comparables à une île. Politiquement et métaphoriquement, on ne pourrait pas être plus éloignés de l'État qui nous entoure. »

Frank Perez est un historien local, activiste gay, et résident de longue date du French Quarter. Je lui donnerais la cinquantaine. Jovial, vêtu d'une chemise bleue assortie à son short et coiffé d'un chapeau de paille, il est également le directeur des archives LGBT de La Nouvelle-Orléans. On s'est retrouvés dans un bar discret du Quarter. Son petit ami plus jeune, Chris, l'accompagnait. Tandis que Frank fumait cigarette sur cigarette, Chris vapotait tout en s'occupant de leur chien. Pendant notre entretien, j'ai dit à Frank que j'avais lu son nom sur plusieurs affiches électorales pour le conseil municipal.

« Il y avait sept candidats, a-t-il expliqué après m'avoir précisé qu'il s'était présenté à la primaire démocrate. J'ai fini troisième – pas mal, étant donné la communauté que je représente, dans un pays où il faut être riche à millions pour être élu où que ce soit. »

Frank s'est montré aussi intarissable qu'éloquent. Il était une source inépuisable de connaissances sur l'histoire locale et avait des opinions bien arrêtées sur sa ville.

« À cause de sa réputation décadente, tout le monde s'imagine que La Nouvelle-Orléans a toujours été en faveur de la communauté gay. Ce n'est pas tout à fait le cas. Dans les années 1950, après la guerre, le tourisme est devenu une partie importante de l'économie locale. Les dirigeants de l'époque se sont mis dans la tête qu'une trop grande présence queer risquait d'effrayer les familles. Alors ils ont organisé une campagne contre ceux qu'ils appelaient les "déviants sexuels", dans le but d'éradiquer l'homosexualité à La Nouvelle-Orléans.

« Bien sûr, ils n'ont pas réussi… Mais la communauté gay a été obligée de vivre dans la clandestinité pendant un bon moment. Et qu'est-ce qui a changé la donne ? L'argent ! Pour être plus précis, au début des années 1990, un festival a vu le jour. Le Southern Decadence. Ce n'était d'abord qu'une fête entre amis – certains gays, certains hétéros, certains noirs, certains blancs. Mais il a vite pris de l'ampleur : en quelques années c'était devenu un immense événement rassemblant plus de trois cent mille homosexuels pendant le week-end du Labor Day [le premier week-end de septembre, qui marque officieusement la fin de l'été], avec des drapeaux LGBT partout. Et bien sûr, tous ces gays venus de tous les coins des États-Unis dépensaient leur argent ici. À mesure que le Southern Decadence s'est développé, les profits ont amené plus de tolérance à La Nouvelle-Orléans.

« Vous voulez savoir un truc intéressant ? La police a un groupe de liaison gay, maintenant. Les flics nous laissent tranquilles. Mais les femmes transgenres de couleur n'ont pas cette chance. Surtout quand elles sont aussi travailleuses du sexe. La police n'arrête jamais de les harceler. »

On a parlé de l'ouragan Katrina, qui, en 2005, a inondé 80 % de la ville – même si le French Quarter, où Frank réside depuis des décennies, a été épargné. Cette catastrophe naturelle, dont le Président de l'époque, George W. Bush, a géré les retombées avec une incompétence notoire, a laissé La Nouvelle-Orléans « sous l'eau » pendant plus d'un mois.

« La population a changé depuis Katrina, m'a appris Frank. On avait cinq cent mille habitants, avant.

Maintenant, on est à trois cent quatre-vingt mille. À cause de ça, la ville ne perçoit plus autant d'impôts, et la police est en sous-effectif. »

Mais l'ouragan a-t-il fondamentalement altéré la ville ? Frank s'est allumé une nouvelle cigarette avec un sourire amusé.

« Non. »

Il m'a ensuite cité un article qui décrivait La Nouvelle-Orléans comme « une ville à la barbe de trois jours ». Hilare, j'ai fait remarquer que c'était aussi un repaire d'écrivains. Nombreux sont les grands noms de la littérature américaine à y avoir séjourné au cours de leur vie. Tennessee Williams, William Faulkner, Truman Capote… Facile de comprendre ce qui leur a donné envie de venir traîner dans les ruelles étroites du Quarter : l'atmosphère d'insouciance humide, de décontraction sexuelle, de confluence culturelle, avec des notes de vaudou et de magie noire et une vie nocturne légendaire… Comment résister à l'attrait romanesque d'un tel lieu ?

Et bien que le tourisme et l'avancée de la culture dominante aient enrayé sa décadence, La Nouvelle-Orléans reste malgré tout experte en la matière.

« D'un côté, c'est le tiers-monde, ici. Vous avez vu l'état des rues ? On demande sans arrêt à la mairie : pourquoi il y a des nids-de-poule partout ? Pourquoi toutes ces ordures qui traînent ? Pourquoi autant de sans-abri ? Pourquoi laissez-vous le French Quarter se détériorer à ce point ?

« Mais, d'un autre côté, on représente l'antithèse de l'éthique de travail protestante en vigueur dans tout le reste du pays, où la productivité l'emporte sur tout. Ici, il fait chaud presque toute l'année – et atrocement chaud pendant six mois. Ce qui affecte littéralement tout. On boit beaucoup… Et je ne parle pas d'eau. L'alcool fait partie intégrante de la culture locale. New York est une ville où tout le monde est toujours pressé. À Los Angeles, tout ce qui compte, c'est de connaître les bonnes personnes. Ici, personne ne vous jugera si vous passez l'après-midi à picoler en public. Si vous êtes prêt à prendre un verre avec nous, alors vous êtes des nôtres. »

*

Les ruelles du Garden District sont un petit paradis. Le Vieux Sud en version urbaine. De beaux manoirs entretenus et préservés avec amour. Un havre de grâce et d'élégance qui révèle en même temps la présence de l'argent et de relations haut placées au sein de l'infrastructure financière de la ville. Non loin des ghettos où l'on ne voudrait pas se retrouver seul à la nuit tombée, le Garden District est un vestige du XIXe siècle parfaitement conservé, sans la moindre trace d'ostentation. Juste distingué et extrêmement raffiné.

Une équipe de jardiniers travaillait devant l'une de ces magnifiques demeures de style victorien. Parmi eux, Shelley, une femme africaine-américaine d'une petite quarantaine d'années qui a remarqué mon intérêt pour le manoir tandis qu'elle accrochait des décorations de Noël en fredonnant d'une voix de chanteuse professionnelle. Alors que je prenais quelques notes dans mon carnet, elle s'est adressée à moi.

« Quelque chose me dit que vous êtes écrivain.

— Je ne vois vraiment pas quoi, ai-je répondu avec un sourire. Et moi, quelque chose me dit que vous êtes chanteuse. »

Avec un petit rire, elle s'est présentée. Elle était en réalité bien plus que cela : chanteuse, compositrice, militante politique, mère célibataire d'un garçon de huit ans… et jardinière, en l'occurrence, chargée de créer « toutes sortes de merveilles pour les riches » à travers la ville. Comme un grand nombre de personnes que j'ai rencontrées à La Nouvelle-Orléans – surtout au sein de la communauté artistique –, elle peinait à joindre les deux bouts et se montrait volontiers prolixe sur ses expériences quand on lui posait des questions. Je l'ai écoutée me parler de ses divers projets de chant, de l'album qu'elle avait produit elle-même, d'une idée de théâtre de danse qu'elle voulait mettre en place – elle parlait à toute vitesse, rayonnante d'enthousiasme, mais je percevais sous la surface un besoin viscéral de validation pour tous ces projets créatifs assez peu lucratifs. J'avais l'impression d'entendre l'immense majorité des artistes américains, qui, sans la moindre subvention publique, doivent lutter pour réaliser leurs rêves tout en jonglant avec des emplois alimentaires aux antipodes de leurs centres d'intérêt.

« J'ai grandi ici, m'a-t-elle confié. Et je suis revenue après la naissance de mon fils, parce que j'ai de la famille pour me soutenir, mais aussi parce qu'on peut s'en sortir en tant qu'artiste : le coût de la vie est plutôt bas. Mais même comme ça, sans ce travail… »

Avant qu'elle puisse achever sa phrase, son chef – un type grand et dégingandé, à l'allure de hippie, mais dont la position hiérarchique ne faisait aucun doute – lui a crié :

« Eh, Shelley ! Dis au revoir au monsieur avec son carnet, on a du boulot. »

Elle s'est raidie.

« Il faut que j'y aille, a-t-elle murmuré. C'est la voix de l'argent. Et l'argent parle fort partout… Même à La Nouvelle-Orléans. »

*

À quelques rues de l'épicentre du Garden District se trouvait un long boulevard au superbe nom de Magazine Street. Très funky, très hipster, bobo à la sauce Nouvelle-Orléans – canaille, tranquille, détendu et insouciant. Je suis tombé sur une boutique d'objets d'occasion proposant une impressionnante collection de machines à écrire datant de la Grande Dépression. Puis sur un fabricant artisanal de donuts, une petite brasserie indépendante, et bien sûr tout un tas de cafés et de bars où traîner sans but. Les ruelles regorgeaient de petites merveilles architecturales. On était début décembre, et le thermomètre affichait presque vingt-trois degrés à quinze heures. La vie s'étirait partout à un rythme très lent.

Malgré les incursions de la modernité, ai-je songé, malgré les chaînes de magasins, de restaurants et d'hôtels qui tentent de s'imposer partout, La Nouvelle-Orléans restait un lieu de rêverie bohème célébrant l'oisiveté comme mode de vie. Dans ma librairie préférée de la ville, Crescent City Books, située dans le French Quarter, le gérant – un Créole de la treizième génération appelé Jason – m'a complimenté sur ma trouvaille : une version reliée de *Herzog* de Saul Bellow, dont il a insisté pour recouvrir la vénérable couverture d'une feuille de plastique protectrice.

« Vous savez, dans cette ville, le passé et le présent n'arrêtent pas de se croiser. La Nouvelle-Orléans sera toujours une réalité mi-moderne, mi-fantastique. C'est à vous de décider quelle version vous convient le mieux. »

La Nouvelle-Orléans : le réel et le rêve… Et toujours une tête d'affiche de la décadence au sein d'une Amérique de plus en plus aseptisée par la culture d'entreprise. Pas étonnant qu'en tant qu'écrivain, je me sois aussitôt senti chez moi dans cette ville dont la voix enjôleuse nous murmure à l'oreille : la vie peut commencer après midi et se poursuivre jusqu'à quatre heures du matin. Dans un monde où il est partout question d'argent, cet endroit nous rappelle de ralentir, de prendre notre temps. De lever le pied un petit moment… Et, tant qu'on y est, de reprendre un verre.

*

La clôture est toujours là. Elle entoure ce qui a souvent été décrit avec grandiloquence comme le temple de la démocratie américaine : le Capitole. D'après la séparation des pouvoirs savamment orchestrée par les sages auteurs de notre Constitution, le Président, les deux Chambres du Congrès (celle des représentants et le Sénat) et le pouvoir judiciaire ont chacun un rôle distinct mais égal à jouer dans le gouvernement de la nation. Il existe des processus pour s'assurer qu'aucun Président ne puisse se déclarer empereur, et encore moins démagogue ; que, même si la composition du Congrès est déterminée par la densité de population (l'État de New York dispose de vingt-six sièges, le Maine de seulement deux), chaque État est représenté par deux sénateurs. Quant au pouvoir judiciaire – principalement entre les mains de la Cour suprême, dont les neuf membres sont nommés par le Président à mesure que les postes se libèrent, nomination ensuite ratifiée par le Sénat –, il est chargé de faire en sorte que la Constitution soit dûment appliquée et d'éviter toute dérive vers le totalitarisme.

Si je parle de tout cela, c'est parce que toutes ces leçons apprises à l'école au sujet du « génie » de la démocratie américaine – censée être le meilleur système de gouvernement jamais inventé – me semblent à présent teintées de nostalgie.

Le siècle américain est-il bel et bien terminé ? À l'issue de la Seconde Guerre mondiale, notre pays avait toutes les cartes géopolitiques en main. Notre culture en pleine ascension était en passe de devenir globale, et nous avions foi en nos principes démocratiques – tout en soutenant des dictatures au Chili, au Salvador et aux Philippines, et en multipliant les guerres désastreuses en Asie du Sud-Est, comme toute puissance impérialiste qui se respecte. Mais aujourd'hui, alors que la classe moyenne en voie de disparition peine à maintenir la tête hors de l'eau et que les 1 % les plus riches tiennent les rênes du pays, après que des décennies de concessions à l'économie de marché ont gravement fragilisé notre infrastructure sociale, à commencer par l'éducation (rendant notre nation de plus en plus illettrée), peut-on encore se considérer comme la superpuissance de la planète, surtout quand on sait à quel point la Chine convoite cette place ?

Voici toutes les pensées qui m'ont traversé l'esprit alors que je contemplais la clôture érigée autour du Capitole. Et je n'ai pas pu m'empêcher de me repasser les événements du 6 janvier 2021 – quand, galvanisés par un Président sortant aux faux airs de Néron, un groupuscule d'extrémistes a commis l'impensable en prenant d'assaut ce bâtiment public. Une fois à l'intérieur, ils ont envahi les bureaux du Congrès et du Sénat. Ils ont menacé des élus. Un agent de police a trouvé la mort. Quand on connaît l'amour insensé de notre pays pour les armes à feu, c'est un miracle que davantage de sang n'ait pas été versé.

À présent, plusieurs années plus tard, j'observe Washington avec un regard empreint d'amertume. C'est une ville où se mêlent grandiose et vanité : les beaux quartiers résidentiels côtoient une indigence grandissante. Elle n'a à proprement parler qu'une seule industrie : le gouvernement et tout ce qui s'y rattache (comme le négoce et le lobbyisme), faisant des États-Unis un étrange hybride de la cité athénienne et de la Rome antique. Tout au bout du National Mall – un vaste espace vert de trois kilomètres de long –, le Capitole offre une vue imprenable sur l'obélisque du Washington Memorial et la Maison-Blanche au nord, ainsi que sur l'extraordinaire musée et lieu de conservation des archives nationales qu'est le Smithsonian à l'est, et enfin sur le Lincoln Memorial à l'ouest. Mais ce même quartier recèle vingt-trois autres musées, ainsi que la Martin Luther King Memorial Library et plusieurs monuments à la gloire de Franklin Delano Roosevelt, sans doute le Président le plus innovant et le plus audacieux qu'aient connu les États-Unis. Près du Capitole se trouve également un mémorial dédié à Ulysses Grant, le général dont les tactiques redoutables ont mis la Confédération en déroute pendant la guerre de Sécession ; il est plus tard devenu Président, ainsi qu'un alcoolique notoire. Je trouve la position de ce monument fascinante : juste en face du Capitole, alors que le Président sous les ordres duquel servait Grant – Lincoln, assassiné après la défaite du Sud par un acteur raté devenu fanatique – repose à l'extrémité la plus éloignée, près du fleuve Potomac qui sépare le district de Columbia du Commonwealth de Virginie ; la ligne de démarcation historique entre Nord et Sud.

Washington est pleine de paradoxes de cet acabit – certains des pires ghettos du pays se situaient autrefois tout près du Capitole, jusqu'à ce que la gentrification et l'explosion des prix de l'immobilier chassent les pauvres du centre-ville. Mais ce quartier articulé autour du National Mall, avec ses sièges du pouvoir, ses sanctuaires et ses institutions culturelles, représente à la perfection l'éclat et l'exceptionnalisme erroné de l'esprit américain. Tout comme le fait que la ville de Washington ne se soit jamais vu accorder le statut d'État, et ne dispose donc de représentants ni au Congrès, ni au Sénat – ce qui n'est pas près de changer, car les républicains savent pertinemment que sa population à dominante africaine-américaine et progressiste fournirait deux sièges supplémentaires aux démocrates.

La plupart des quartiers de la ville ont clairement été homogénéisés. Georgetown, où se trouve l'excellente université dont est diplômé Bill Clinton, est l'un des centres historiques les mieux préservés de l'Amérique du XIXe siècle. L'endroit est un véritable bijou, débordant de boutiques, de cafés et de restaurants chics ; mais ses maisons les plus petites se vendent autour d'1,5 million de dollars, ce qui en dit long sur les écarts de richesse en vigueur dans l'Amérique d'aujourd'hui. Ici, quiconque ne fait pas partie des gagnants – ceux qui récoltent tous les fruits financiers du pays – peine à joindre les deux bouts.

Lors de mes rares visites dans le District, comme on surnomme Washington, je loge généralement autour du Dupont Circle, un quartier à la fois résidentiel et administratif. Agréable, distingué, fade. La Maison-Blanche n'est qu'à quinze minutes à pied – non que j'aie la moindre raison de m'y rendre – et, à moins d'être aveuglés par l'extrémisme politique, les résidents s'accordent pour dire que la présidence de Joe Biden a ramené l'ordre et le professionnalisme dans cette bâtisse mythique, après quatre ans d'incompétence et de narcissisme forcené.

Récemment, j'ai dîné avec un ami de longue date qui était en train de lutter contre un cancer. Gay, républicain convaincu et résident de Washington depuis des décennies, il m'a pourtant expliqué que Trump représentait à ses yeux la mort de la démocratie américaine. Et il n'est pas le seul, parmi les conservateurs modérés, à avoir ce sentiment depuis que la frange extrémiste qui soutient Trump prend une ampleur sans précédent au sein du parti. Étant donné que les républicains s'adonnent depuis des années au charcutage des circonscriptions électorales et à l'entrave au vote (comme la restriction du vote par courrier, qui a joué un rôle clé dans la victoire de Biden en 2020), il se pourrait bien que ces mesures permettent à une minorité d'entre eux de conserver les rênes du pouvoir pendant encore des années, et peut-être des décennies.

J'ai également bu un verre en compagnie d'un ami extrêmement conservateur (oui, j'en ai quelques-uns !), profondément impliqué dans la politique républicaine depuis presque quarante ans, et qu'on pourrait décrire comme un véritable initié de Washington. Je l'appellerai ici Chet. Chet est incroyablement instruit, formidablement intelligent, et il a une longue expérience. Mais, alors qu'on sirotait nos martinis dans le jardin, non loin de sa piscine, au beau milieu d'un paysage idyllique manucuré avec soin et boisé à merveille à quarante minutes de route du centre-ville de Washington, il s'est lancé dans une diatribe contre le quasi-socialisme de Biden et le danger que représentaient les immigrés pour notre stabilité nationale, affirmant, entre autres, que le mur bâti par Trump le long de la frontière mexicaine était essentiel et que Trump lui-même était un Président incompris, critiqué à tort.

Je me suis contenté de boire mon gin martini en prenant mentalement des notes.

Mon ami sait pertinemment que je me situe de l'autre côté de l'échiquier politique ; que j'ai soutenu Elizabeth Warren pendant la primaire démocrate, que j'ai bien évidemment voté Biden, et que je suis convaincu qu'une démocratie sociale et progressiste est le seul moyen pour notre pays d'aller de l'avant. Tandis qu'il m'aiguillonnait avec ses propos agressifs et provocateurs, son ton restait calme et mesuré. J'ai pris soin de ne pas mordre à l'hameçon : par les temps qui courent, les discussions politiques aux États-Unis sont trop souvent réduites à deux individus s'affrontant de loin à grands cris haineux. Je savais que, si je m'avisais de le contredire, le débat risquait de dégénérer. C'est pourquoi je l'ai simplement laissé finir son discours avant de dire :

« Eh bien, je vois que tes idées politiques n'ont pas beaucoup changé depuis la dernière fois. »

Il a souri. J'ai orienté la conversation vers des questions plus personnelles. Comme moi, il avait traversé un divorce depuis notre dernière entrevue. Contrairement à moi, son fils venait d'être emprisonné pour une affaire de drogue. J'ai écouté cette terrible histoire en silence, avant de poser les questions appropriées. Et alors que je lui demandais comment il faisait pour tenir le coup dans une telle situation, il a vidé le reste de son gin martini avant de nous resservir.

« J'espère que ça fera de lui un homme », a-t-il murmuré.

J'aurais pu lui répondre bien des choses – notamment que le système carcéral américain a moins tendance à remettre ses détenus sur le droit chemin qu'à les transformer en multirécidivistes. Mais je me suis tu. Le chauffeur de Chet m'a reconduit jusqu'à Washington tandis que je réfléchissais à la véhémence conservatrice de mon ami et à l'histoire tragique de son enfant. Ne voyait-il pas l'affreuse ironie du sort dans tout cela ? Sa vision politique farouchement manichéenne, démentie par le destin malheureux de son fils aîné ? Alors qu'on traversait le Potomac pour retourner au centre-ville, j'ai pu contempler le National Mall sous un angle différent – du sud vers le nord. Le Lincoln Memorial, qui commémore un Président viscéralement attaché au maintien d'une Union écartelée par la discorde ; et, trois kilomètres plus loin, le Capitole pris d'assaut par des gens convaincus que la démocratie américaine n'a que trop duré, et que nos vénérables institutions législatives ne font pas le poids face à la force de leurs idées politiques.

De toute évidence, je suis un Américain profondément tiraillé. Mais notre patrie est comme notre famille : des conflits à n'en plus finir, des attaches irrévocables.

Les yeux posés sur l'étendue verdoyante du National Mall, réfléchissant aux triomphes et aux tragédies de l'expérience américaine, je n'avais qu'une question en tête : est-il possible d'aimer et de craindre son pays tout à la fois ?

Et, alors que j'écris les dernières lignes de ce livre, je me rends compte que je n'ai toujours pas la réponse.

Remerciements

Certains passages de ce livre ont paru dans *Le Journal du Dimanche*, sous la forme d'une série de récits du voyage que j'ai effectué au cœur de l'Amérique profonde de mars 2021 à janvier 2022. Je remercie à cette occasion François Clemenceau, mon rédacteur en chef de l'époque (et pour qui j'écris désormais dans *La Tribune Dimanche*), de m'avoir envoyé aux confins du Grand Nulle Part américain et de m'avoir donné l'occasion d'observer l'état de mon pays à un moment crucial de notre Histoire.

Et je souhaite remercier François Busnel pour avoir publié une première version de « l'histoire de la betterave » dans sa très belle revue *America*, dans laquelle je chroniquais régulièrement un classique du cinéma américain. Cette histoire est également apparue dans la revue anglaise *The New Statesman* ; un grand merci à Tom Gatti, pour qui j'ai écrit pendant tant d'années, de m'avoir permis de la raconter.

Table des matières

Composition et mise en pages
FACOMPO, Montrouge

Imprimé en France par
CPI Brodard & Taupin
en octobre 2025
N° d'impression : 3061076

#lisez! engagé
www.lisez.com
Pour plus d'information :
Imprimé sur du papier issu de forêts gérées durablement.

POCKET
92, avenue de France, 75013 Paris
serviceclients@lisez.com

S35156/01